Marion Chemin

À Force d'encaisser

Une enquête de Martin Mesnil

Éditions ouest france

« Nous portons tous en nous des pulsions
qui sont exacerbées dans certaines situations.
La pulsion ayant été exacerbée, vous revenez à l'être humain, normalement quelconque, et c'est cet être humain-là, pour lequel j'ai énormément d'affection. »

Anne Gruwez, juge d'instruction à Bruxelles.

I

— Brune ! Ne t'éloigne pas trop, il va pleuvoir ! On va rentrer !

Le vent soufflait fort sur la plage de Grandcamp-Maisy. Martin Mesnil ne se lassait pas de regarder sa fille courir à quelques mètres de lui. Ses cheveux parés d'élastiques multicolores contrastaient avec le ciel noir qui annonçait la tempête prévue par Météo France cette nuit. Novembre. Ce bon vieux mois de novembre. Son préféré. Celui qui promettait les premiers frimas, la nuit à 17 heures, les coquilles Saint-Jacques et les tartiflettes.

Brunehilde allait avoir bientôt 13 ans, mais elle avait gardé son côté facétieux qui avait toujours forcé l'admiration de son père. Elle était la vie. En tout cas, elle était une grande partie de celle de son père.

— Tu le veux avec beaucoup de sucre ton chocolat chaud ?

— Maman dit que c'est pas bon le sucre.

— Ta mère a oublié ce qui était bon, ma chérie… Deux cuillerées, ça te va ?

— Parfait !

Chacun son bol dans la main, Martin et Brune se faisaient face. Ils appréciaient ce moment père-fille. Ils l'appréciaient d'autant plus que Martin se rendait compte que son fils Guillaume, 18 ans, était grand maintenant, ses amis comptaient plus que tout et inéluctablement, les tête-à-tête avec Brune allaient se faire plus fréquents. Autant les rendre magiques et simples. Faciles en somme.

— Ah, au fait, Papa, je t'ai pas dit ! Devine ce que Louis-Vivien va m'offrir à Noël ?

— Un château en Espagne ? Un hôtel rue de la Paix ?

— Nan, allez, devine !

— Un yacht ? Un compte Instagram avec 800 000 abonnés inclus ?

— Nan, tu veux que j'te dise ?

— Bah oui, vas-y !

— Un double poney !

Les doigts se crispèrent sur le bol breton. Martin ravala sa salive. Il haïssait Louis-Vivien pour au moins deux bonnes raisons. La première, c'est que son ex-femme l'aimait, la seconde c'est que ses enfants aussi. En plus, il était arrogant et parvenu. Et puis il était laid avec ses cheveux crantés et son foulard en lavallière, ses pantalons de velours et ses vestes Barbour. Mais franchement, qui voudrait coucher avec Gontran Bonheur ? Hein ? Qu'est-ce qu'elle lui trouvait à la fin ?

— C'est pas vrai ? Un double poney ? Ouah, c'est dingue ça !

— Ouais, je suis trop contente ! Je vais l'appeler *Lily Chance*.

— Non, mais ce qui est dingue, c'est que j'ai eu la même idée que Louis-Vivi.

— Louis-Vivien, Papa…

— Ouais, c'est pareil ! Donc, j'ai eu la même idée que lui !

— Papaaaaa.... T'as pas assez d'argent… Mais avec Maman, on s'est dit que tu pourrais peut-être acheter un tapis de selle ou un truc comme ça !

— Brune, je sais que j'ai pas beaucoup d'argent, mais j'en ai quand même suffisamment pour participer à cet achat conséquent. Moitié pour Maman et Louis-Vivi, moitié pour bibi. On a eu la même idée, autant la partager, jusqu'au bout, non ?

Dubitative, Brune replongea dans son bol laissant son père dans le marasme de ses pensées.

— Et, tu sais combien ça coûte un double poney ?

— *Lili Chance*, elle coûte dix mille euros parce qu'elle est encore jeune et bien débourrée. En plus, elle est belle, tu verrais. Louis-Vivien me l'a montrée en photo, elle est blanche avec des petites taches noires partout.

— Un dalmatien, quoi.

— Ahaha, n'importe quoi !

Cinq mille euros. Il allait falloir trouver cinq mille euros… Martin en avait deux mille sur son compte, pas mal, mais pas suffisant. Ça faisait à peine une semaine qu'il avait terminé sa dernière mission d'intérim comme manutentionnaire, il en était encore tout fatigué, qu'il allait falloir enquiller. Il attendit que Brunehilde s'installe devant l'ordinateur pour s'isoler dans sa chambre et dégainer son téléphone. Il connaissait le numéro par cœur. La voix salvatrice et guillerette ne tarda pas à se faire entendre : « Astus Intérim Caen, Anne-Cécile à votre écoute ! »

II

Le moins qu'on puisse dire c'est qu'Anne-Cécile était volubile. Elle papillonnait, elle s'agitait, elle pétillait. Et même au téléphone, ça s'entendait. D'abord, elle fut surprise d'avoir Martin si vite après la fin de son dernier contrat. Lui, qu'elle jugeait, sans mot dire, un brin fainéant, prétextant la présence de ses enfants pour avoir le plus de temps libre possible, avait besoin d'elle et tout de suite. Et comme Anne-Cécile aime beaucoup Martin, elle allait l'aider. C'était dans sa nature, mais c'était peut-être un peu plus naturel pour Martin que pour les dizaines d'intérimaires dont elle s'occupait à l'agence. D'ailleurs, elle ne se l'expliquait pas vraiment. C'était vrai, il était charmant quand il lui souriait en coin, elle adorait sa démarche aussi, et puis son parfum, d'ailleurs, est-ce qu'il en portait vraiment ? Et puis ses yeux, qu'il plissait, comme ça, avec un air de petit chat…

— Anne-Cécile ? Vous êtes toujours là ?

— Euh.... Oui, oui, Martin, excusez-moi je me suis laissé distraire… Donc, vous voulez enchaîner avec quelque chose d'autre, c'est ça ? *Wonderful* ! Dans quel secteur cette fois ? Parce qu'en ce moment, je vais avoir des trucs, un peu, comment dire...

— Chiants ?

— Pas plus que d'habitude, mais peut-être plus contraignants en termes d'horaires.

— C'est déjà une bonne nouvelle si vous avez quelque chose à me proposer. Alors, qu'est-ce que c'est ? Gogo-dancer la nuit, cariste le jour ?

— Ahaha, rit la jeune femme qui se demandait à quoi pouvait ressembler un Martin Mesnil dansant en slip sur un comptoir. Vous y êtes presque ! Vous connaissez le supermarché Feelbee à Fleury-sur-Orne ?

— Ça me dit vaguement quelque chose. Ma mère a dû y faire une ou deux collectes alimentaires pour son asso. C'est un magasin bio, non ?

— Alors, pas exactement, en tout cas pas encore tout à fait. En fait, c'est ce qui fait leur force, ils proposent de tout, pas uniquement de l'alimentaire, mais d'après ce que j'ai pu lire ici ou là, ils prônent surtout un consommer plus éthique, plus durable et surtout plus juste. Bio or not.

Martin sourit en écoutant la jeune cheffe d'agence. Il s'abstint de demander ce qu'était « consommer plus juste » parce qu'il savait qu'Anne-Cécile allait soit s'emballer, soit s'irriter, et ce n'était pas le moment. Il avait besoin de ce job même s'il savait que tout ça n'était qu'une question d'orgueil mal placé.

Après tout, il n'était pas exsangue ce mois-ci et pourrait simplement profiter de la vie, recevoir ses enfants plus souvent, aller voir son frère ou ses amis.

Le temps libre, ça n'a pas de prix. Ça faisait bien longtemps qu'il l'avait compris. Entre trimer toute l'année pour un emploi qu'on n'aime pas et choisir de gagner peu, mais quand on veut, pour vivre libre et heureux, le choix ne lui avait jamais été trop compliqué. La vie de Martin ne se résumerait jamais à un chiffre en bas d'une fiche de paie. Mais là, c'était plus fort que lui. Pire même que lorsqu'il était obligé de manger des coquillettes n° 5 midi et soir, qu'il s'improvisait romantique en dînant seul aux chandelles pour économiser l'électricité, qu'il oubliait de traquer sur eBay la cassette audio d'un de ses groupes préférés, bref, pire que quand il n'avait plus un rond.

Là, il était question de valeur morale, pas financière. Brune était sa fille, pas celle de Louis-Vivien Hermelin de Fémy. Si Carole, l'amour de sa vie, avait préféré passer ses nuits dans les mêmes draps que cet homme pédant, imbu et imbuvable, ce n'était pas l'affaire de la petite. Il allait simplement lui prouver qu'au moins, lui, se donnait du mal pour lui offrir un cadeau, en l'occurrence un équidé dalmatien, tandis que son beau-père, héritier d'un des haras les plus connus du Pays d'Auge n'avait qu'à signer un chèque sans même y penser. Voilà, ce qu'il se disait. Vois, ma chérie, de quoi Papa est capable pour te faire plaisir : mettre en rayons des produits, soulever des caisses, accueillir des clients parfois peu aimables et se fader des conversations sans intérêt toute la journée avec des gens qu'ils n'auraient sans doute jamais rencontrés ailleurs.

— Je peux commencer quand ?

— Eh bien, je vais voir avec eux, mais je pense que vous pouvez commencer dès lundi après-midi, il faudra juste passer à l'agence pour signer votre contrat avant.

On était dimanche, lundi c'était demain. Martin ne s'attendait pas à ça, mais après tout, pourquoi pas ? Même si la haine envers Louis-Vivien ne risquait pas de refroidir, il fallait battre le fer tant qu'il était chaud.

III

La soirée avait passé vite. Trop au goût de Martin. Carole était venue chercher leur fille à 18 h 30 comme chaque dimanche, deux fois par mois. Elle avait comme d'habitude refusé d'entrer, de boire un café, prétexté qu'elle était pressée et attendue. Si au fil du temps leurs rapports s'étaient améliorés et détendus, Carole rechignait toujours à se retrouver dans l'intimité de Martin. Ça la déstabilisait. Elle n'avait pas envie de reconnaître un objet qu'ils avaient pu choisir ensemble, une photo d'eux quatre sur le frigidaire. Elle savait que son ex était capable de ça : garder des choses de la vie d'avant, les exposer sans penser à mal. Lui, au contraire, n'avait pas envie d'effacer leur longue période de vie commune qu'il qualifiait encore aujourd'hui d'heureuse. Il était important que leurs enfants sachent qu'ils étaient nés d'un couple amoureux. Mais voilà, la différence était que Martin n'avait refait sa vie avec personne, du moins pas de façon durable, et que Carole ne s'imaginait pas une seconde Louis-Vivien ouvrir chaque jour le frigo de sa cuisine avec, sur la porte, une photo de sa femme et de son ex maladroitement tenue par un magnet en pâte à sel. Non, c'était inenvisageable. Imaginer son compagnon dans cette posture au petit matin, cherchant son lait, mal réveillé, la fit sourire.

— Ça a été ? demanda-t-elle à Martin.

Évidemment que ça avait été. Cette question surprenait toujours Martin. Pourquoi un week-end avec sa fille devrait-il mal se passer ? Il regardait Carole. Ses cheveux noir jais coupés très courts étaient enveloppés d'un bonnet vert amande qui faisait ressortir ses yeux, le col de son manteau était remonté sur son cou et elle avait peint ses lèvres d'un rouge vif qui soulignait son teint mat. Elle était belle sans trop le savoir, ce qui lui donnait encore plus de charme. Comment avait-il pu laisser l'amour les quitter ?

— Oui, on s'est bien baladé cet aprèm. Ça va, toi ?

— Oui, pas mal ! Brunehilde est prête ?

Brunehilde l'était. Sans oublier d'embrasser son père, la petite, suivie par sa mère, s'engouffra dans le SUV sûrement offert par Louis-Vivien. Martin resta sur le perron de son immeuble les regarder filer vers de nouvelles aventures plus confortables, loin du village de Normands bourrus qu'il avait appris à aimer plus que n'importe quel autre endroit sur Terre. Novembre sans le passer à Grandcamp, serait-il encore son mois préféré ?

— Alors, vieux, tu cours pas après la voiture ?

C'était la voix du gros Richard, le patron du bar « À l'abri de la tempête » qui louait à Martin le logement juste au-dessus. Un type chic, mais un brin facho. Un de ceux qu'on souhaiterait ne pas apprécier. Pourquoi les hommes à la pensée moisie étaient-ils parfois si sympathiques ? Cette question, Martin se la posait souvent et avait choisi de ne pas trop y réfléchir en ce qui concernait Richard. C'était un bon gars, vraiment. Ça serait bien plus simple pour Martin s'il ne l'était pas. Alors, il évitait avec lui les questions politiques, histoire de se concentrer uniquement sur le côté aimable de son proprio.

— Elles sont trop loin, là, ça ne sert à rien ! sourit Martin.

— Allez entre cinq minutes, j'ai découvert une recette de grog qui fait son petit effet. Tournée générale ! En même temps, ça va pas me coûter cher, tu es mon seul client !

— C'est pas de refus, mais je vais juste prendre un petit blanc. Demain, je travaille.

Le bar était sinistre. Sur les murs défraîchis d'un vert qui s'était sûrement, un jour, voulu anglais, les publicités pour des alcools plus ou moins smart prenaient la poussière et les toiles d'araignée, certaines affiches étaient un peu déchirées. À droite, tout en longueur, un zinc immense maintes fois essuyé par les divers propriétaires, était patiné par le temps, quelques tables à gauche n'accueillaient jamais grand monde, sauf peut-être les soirs de match de l'équipe de France. Et encore, aujourd'hui tout le monde ou presque avait la télé et on ne venait pas « À l'abri de la tempête » pour l'ambiance. Mais Richard n'était pas là pour faire du business. Il œuvrait pour la collectivité.

« Est-ce qu'il y a un autre rade ouvert le dimanche soir que le mien, hein ? Vas-y, donne-moi un exemple ici ? Bah non, y a rien. Moi, je reste ouvert. Je suis pas un fainéant, moi ! J'attends pas le kéké de touriste tout l'hiver pour ouvrir seulement l'été. Je suis au poste, et ça, les autres, ça les dérange, crois-moi ! Moi, la mamie qui veut boire son café avec les copines tandis que Raymond fait sa belote au club de l'amitié, moi, je l'accueille, la mamie. Elle vient peu, mais quand elle vient, je l'accueille ! »

Martin aimait quand Richard s'énervait tout seul. Ça le mettait de bonne humeur. Il savait que bon nombre de Grandcopais n'aimaient pas son côté grande gueule, mais, lui, c'est ce qu'il préférait. Martin était de nature assez discrète. Poli et bien élevé pourrait-on dire, pas le genre à mettre le poing sur la table ou sur les visages. Un calme, un écorché vif, disent aussi ses aventures de passage. Il enviait parfois les gens sûrs d'eux, se disait qu'ils avaient une vie facile. Sans jamais douter, quel confort ce devait être !

— Dis-moi Richard, ça te parle un grand magasin à Caen qui s'appelle Feelbee ?

— Feelbee ? Nan, rien. Ils vendent quoi ?

— De tout apparemment, mais pas mal de trucs bios et éthiques. Ils sont dans le consommer juste.

Le gros Richard resservit un verre à Martin en le regardant droit dans les yeux :

— Et toi, tu crois à ces conneries de bobo ? Le consommer juste ? Déjà, ça veut dire quoi consommer juste ? Foutaises ! La grande distribution, c'est comme la chaîne alimentaire, à la fin, tu peux être sûr qu'il y en a un qui est de la baise !

— Je ne dirais pas que j'y crois, mais je suis curieux et je vais aller voir. Je commence demain chez eux !

— Tu commences quoi ? À travailler ?

— Oui, demain !

— Eh bah, bon courage, Marty ! Les gens sont stupides. Consommer juste, c'est aller le matin à la criée et acheter ton poisson qui sort directement de la caissette du pêcheur, de la main à la main, en toute simplicité et camaraderie. Ou alors, tu vas voir le maraîcher et tu lui achètes directement ses légumes, pareil pour la volaille. Voilà ce que c'est que de consommer juste. C'est pas aller soutenir les chacals de l'industrie agroalimentaire qui assassinent à coup de négociations illégales leurs fournisseurs jusqu'à ce qu'ils en crèvent. Du bio dans une grande surface ? J'aimerais bien connaître le bénéfice que fait l'agriculteur dessus, tiens !

— T'as pas tort, Richard, t'as pas tort. C'est bien pour ça que je ne te demande pas où tu achètes le Coca-Cola que tu vends ici. À la criée des boissons gazeuses, peut-être ? En toute simplicité et camaraderie ?

IV

Il était 20 h 30 quand Martin regagna son appartement. Il n'avait pas pris le temps de débarrasser les bols de chocolat sur la table. En les mettant dans le lave-vaisselle, des images de ses deux petits, se disputant pour celui qui serait chargé de le remplir, lui pincèrent le cœur.

Ce n'était pas une légende : les enfants grandissaient trop vite. Aujourd'hui, si Brune et Guillaume pouvaient s'arranger pour échapper à une quelconque corvée ménagère, ils étaient ravis. Lui ne grandissait plus, mais vieillissait. Il s'en rendait compte chaque jour un peu plus. Si 45 ans, ce n'est pas vieux, ce n'est pas jeune non plus. En fait, c'est rien, c'est même un peu nul, ça ne vaut pas tripette. Ces temps-ci, c'est cet état d'entre-deux qui le dominait. Pas vraiment déprimé, mais pas la grande patate non plus. Ni beau, ni laid, pas plus intelligent qu'un autre : quelconque. Peut-être que si Louis-Vivien avait décidé d'acheter un double poney à Brune dans une de ses phases de grande forme, il se serait contenté de hausser les épaules et de sortir deux ou trois blagues qui n'auraient, à coup sûr, fait rire que lui. Il était en train de se faire avoir par son humeur vacillante et ça l'énervait. De toute façon, c'était trop tard. Le contrat allait être signé demain matin, le premier pied chez Feelbee serait posé dans l'après-midi. Il ne lui manquait plus qu'un déjeuner chez ses parents pour parfaire l'étrange journée qui s'annonçait.

En attendant, histoire de visualiser un peu plus ce qui l'attendait, Martin s'assit sur son lit, l'ordinateur posé sur les genoux, et demanda à Google de lui en dire un peu plus sur Feelbee. Son vieux PC était resté sur le compte Instagram de Brune qui avait oublié de se déconnecter. Martin n'était abonné à aucun réseau social. À quoi bon ? Il avait suffisamment d'amis pour ne pas s'en inventer d'autres. Sur l'écran, les photos de son enfant fraîchement adolescente le firent sourire. Brune avait beaucoup changé ces derniers mois. Plus ça allait et plus elle ressemblait à sa tante Angélique. Disparue en 1986 lors d'une manifestation contre la loi de Vaquet, dans une des rues du centre-ville de Caen, elle avait 16 ans. Si Brune, avec sa chevelure de jais, portait élégamment son prénom, Angélique était blonde, mais leurs traits avaient quelque chose de commun. Peut-être la même expression de malice. Au fil du temps, le visage de sa sœur s'estompait dans la mémoire de Martin. Il n'avait qu'une dizaine d'années le jour de sa disparition. Seules les photos que ses parents chérissaient et qui ornaient les murs de leur appartement lui rappelaient les années heureuses auprès de sa diaphane frangine. Si elle était toujours en vie, aujourd'hui, Angélique avait 51 ans. C'était perturbant d'imaginer une femme de cet âge avec, pour seul repère, le visage de la gamine qu'elle était. Ses cheveux étaient-ils toujours aussi longs ? Ils avaient dû virer au blanc. Sa silhouette gracile et fluette s'était-elle alourdie de quelques kilos gagnés au fil des années ? Depuis 1986, plus personne n'avait eu vent d'Angélique. Liliane et Gilbert, ses parents, avaient voulu préserver le tout jeune Martin en le tenant loin de leur tristesse, à la maison on parlait peu de sa sœur.

La vie avait continué bon an mal an, chacun faisant semblant qu'elle pouvait être heureuse. Et elle le fut toutes ces années sans Angélique. Mais la blessure était béante et Gilbert ne passait pas une seule journée sans penser à sa petite, pas plus que Liliane qui s'occupait l'esprit en s'engageant corps et âme dans le bénévolat pour diverses associations caritatives. Martin, lui, malgré les efforts de ses parents, n'avait jamais oublié sa sœur. Il chérissait plus que tout le walkman qu'elle lui avait offert, ce n'était pas un objet, mais un talisman, chaque fois qu'il y glissait une cassette, les yeux rieurs d'Angélique remontaient à la surface. Il aurait tout donné pour la retrouver vivante un jour. Elle n'était pas morte, il en était sûr, il le ressentait profondément, sans se l'expliquer vraiment. Et de voir ce soir les traits de sa sœur sur le visage de Brune lui apporta autant de plaisir que d'effroi. « Oh Brune, toi aussi un jour tu auras 16 ans… ». Il déconnecta le compte de sa fille, et tapa « Feelbee » sur le clavier.

L'enseigne, comme tout magasin qui se respecte, avait un site internet. Et, plutôt un beau site. En page d'accueil, un arc-en-ciel surplombait un paysage de campagne dans lequel serpentait une rivière. On se serait cru dans un livre de Tolkien. Au bout d'une ou deux secondes, le vol d'une abeille inscrivait au centre de l'image la marque Feelbee et venait se poser à la fin du mot, comme un point final à toute discussion. Puis le slogan apparaissait en toutes lettres « Feelbee, notre éthique au service de votre vie ». Martin cliqua sur « Nos équipes à travers la France » et s'arrêta sur celle de Fleury-sur-Orne. Ses futurs collègues apparurent sur l'écran. Une vingtaine de salariés posaient tout sourire en arc de cercle. Ils étaient vêtus de leur uniforme de travail. Un polo vert jade sur un pantalon sombre pour les hommes et une jupe crayon de la même couleur pour les femmes. « Eh bien, l'éthique féministe n'est pas encore arrivée chez Feelbee, songea Martin. » Au centre de l'image, seuls un homme et une femme étaient en costume de ville. La légende de la photo disait « Hubert Costra, directeur de notre magasin de Fleury-sur-Orne et Christiane Pibart, sous-directrice, entourés de leur belle équipe. »

Le ton se voulait chaleureux, et c'était assez réussi, on avait presque envie d'être de l'aventure Feelbee. Mais ça c'était pour demain, en attendant, l'intérimaire pensa à son dîner. Il hésitait entre des pâtes et une soupe. Opta pour la soupe et soudainement eut envie de regarder un épisode de « Plus belle la vie ». Le vin blanc sûrement…

V

« France Inter, il est 7 heures. Anaïs Feuga, bonjour ! À la une de l'info de ce lundi 22 novembre… »

D'un habile revers de main, Martin réussit à éteindre le radio-réveil. Il aurait donné cher pour rester sous sa couette. Les infos, il les évitait le plus possible en ces temps covidés. Pas envie d'avoir le moral en berne. Les discussions avec son ami maraudeur Pascal, qui distribuait tous les jeudis des plats chauds aux SDF caennais, lui suffisaient amplement. La société à deux vitesses, les pro-pass, les antivax, les blablablax, il n'en pouvait plus. Avant de craquer, de devenir totalement atone, anesthésié face aux événements du monde et de tout le monde, il avait décidé de se tenir éloigné de l'actualité sanitaire de son pays. Son semblant d'humanité et d'altruisme résistait mieux comme ça. Non, décidément, rien ne valait un bon morceau de musique des années 80 pour se mettre de bonne humeur le matin. Une fois debout, il se dit que la journée tempétueuse qui s'annonçait, méritait bien le titre phare de 1984 de Bronski Beat « Smalltown Boy ». Allez hop, ni une ni deux, la cassette calée dans le lecteur, les hanches de Martin ne résistèrent pas longtemps à la voix aiguë de Jimmy Sommerville et c'est en dansant qu'il fila sous la douche.

Le petit déjeuner fut vite avalé, trop à son goût. Il aimait traîner le matin devant son café brûlant, à regarder la pluie battre contre le grand velux qui lui offrait une vue imprenable sur la mer et le ciel. C'était un luxe que de vivre à Grandcamp à cette période de l'année. Ça se choisissait. Et ce choix, Martin ne le regrettait pour rien au monde. Mais l'heure tournait. Intérimaire depuis quelques années déjà, il avait cet avantage de ne pas avoir à chercher partout dans son appartement ses papiers administratifs pour signer son contrat de travail. Anne-Cécile les avait méthodiquement scannés dès la première mission de Martin, certaine que le garçon reviendrait.

Cette façon de vivre de petits boulots de temps à autre était aussi vécue comme un luxe. Ainsi, il pouvait s'occuper pleinement de ses enfants, non seulement quand c'était son tour de garde, mais aussi quand Carole, souvent par monts et par vaux, le lui demandait. Malgré ses multiples compétences, il ne pouvait pas espérer beaucoup plus qu'un SMIC, mais la prime de précarité qu'offrait le statut d'intérimaire faisait qu'il s'en sortait.

Une fois dans sa vieille Saab cabriolet, Martin respira profondément espérant qu'elle démarre du premier coup. Garée sur le perré, la carrosserie de la voiture recevait les embruns salés et le guano des mouettes et goélands toute l'année. Un cauchemar pour les collectionneurs. Mais Martin n'en était pas un. S'il aimait sa voiture pour services rendus, cet attachement ne le guidait pas tous les samedis à la station de lavage. Il laissait ça aux autres. La vraie beauté se trouvait à l'intérieur. Un authentique radio-cassette Clarion E920 de 1986. Auto reverse, s'il vous plaît ! En avant les décibels et roulez petits bolides ! Toujours à portée de main un stylo bille réglementaire servait à rembobiner la bande magnétique avalée par l'autoradio. Un rouleau de scotch était également présent sur le tableau de bord, arme ultime pour réparer la même bande arrachée par son propriétaire lors de son extraction du lecteur. Mais aujourd'hui devait être un jour de chance. Non seulement la Saab démarra au quart de tour, mais la face 2 du best of de Balavoine s'enclencha sans encombre. La voix du chanteur mort préféré des Français résonna dans l'habitacle. « Et pourtant il faut vivre, ou survivre, sans poème, sans blesser tous ceux qui l'aiment… » Cette chanson plutôt triste donnait chaque fois à Martin une énergie de vainqueur. Il laissa défiler les paysages sans même y penser. La route était droite, à quatre voies, rejoindre Caen n'était qu'une formalité de quarante-cinq minutes. C'est presque sans s'en rendre compte qu'il trouva une place à deux pas de la gare, devant l'agence d'intérim Astus. Anne-Cécile avait déjà préparé le contrat. Seule la signature de Martin avait besoin d'être apposée en bas du contrat.

— C'est la première fois qu'ils travaillent avec vous ? demanda l'intérimaire, le stylo à la main.

— Feelbee ? Oui, la toute première. Mais *don't worry*, ça va bien se passer Martin !

— Je peux vous poser une question Anne-Cécile ?

— Bien sûr !

— Pourquoi est-ce que vous mettez toujours des mots anglais dans vos phrases ?

La jeune femme se mit à rire. On lui avait souvent fait la remarque, mais venant de Martin avec qui elle n'entretenait que des relations professionnelles, c'était un peu inattendu.

— Ça m'est resté d'un voyage scolaire au pays de Galles. J'étais en quatrième et avec ma meilleure amie de l'époque, on était tellement nulles qu'on faisait nos phrases en français avec seulement quelques mots de-ci de-là en anglais. On était certaines que ça passerait. Inutile de vous dire que ça passait pas ! Ça m'est un peu resté. C'est dérangeant ?

— Non, pas du tout ! C'est… mignon !

Un instant Anne-Cécile crut qu'il allait dire « sexy ». Tant pis.

VI

Les parents de Martin habitaient un immeuble du centre-ville caennais. Comme presque tous les immeubles de la ville bombardée durant la seconde guerre mondiale, il était un des nombreux « chefs-d'œuvre » de la Reconstruction. Conçu pour être plus pratique que beau, le bâtiment s'étalait en un rectangle parfait de trois étages, surplombant une des rues piétonnes de la ville : la rue Saint-Pierre. Liliane et Gilbert aimaient cet endroit qui avait vu grandir leurs trois enfants. D'abord Angélique, puis Martin et enfin Sébastien, arrivé dix ans après son frère dans la famille. Les deux garçons n'avaient pas grand-chose en commun. Plutôt rustre et taiseux, Sébastien appréciait la tranquillité de ses parties de pêche et de chasse et s'épanouissait dans la solitude qu'il avait trouvée en déménageant près des plages du débarquement, lieu chargé d'une histoire qui le fascinait. Reconstitutionniste et grand collectionneur de tout ce qui avait trait à la guerre 39-45, Sébastien était plus Normand que n'importe quel Normand. Sa région, il l'embrassait comme personne et ça avait le don d'agacer son aîné, persuadé que bon nombre des camarades de son frère devaient être dangereusement fanatiques et pas toujours du côté de la Résistance. Même s'ils s'aimaient, les deux frères qui étaient presque voisins, ne se côtoyaient qu'en de très rares occasions et, c'était surtout au domicile parental, que la mince silhouette de Martin croisait celle de son pataud de frère. C'était le cas en ce lundi midi.

— Tiens, t'es là toi ? fit Martin à un Sébastien assis dans le canapé du salon en tenue militaire vintage. Alors, c'est quoi aujourd'hui ? Chasse ? Pêche ? Nature ou tradition ?

— Je rejoins des potes à l'église Saint-Sauveur. Y a une cérémonie pour un collègue.

— Ah, zut, désolé…

— Nan, nan, il est pas mort, il se marie !

— Et tu vas à un mariage habillé comme ça ?

— Ça t'étonnait pas pour un enterrement…

— Et la mariée, elle est en quoi ? En infirmière de guerre ?

— Bonjour les idées progressistes… Tout de suite, l'infirmière… Bah, non, elle sera en mariée, la mariée ! Par contre son fiancé, Jean-Michel, il sera dans la tenue de 1945 des officiers américains, le fameux « *pinks and greens* ». Tu verrais comment il a galéré pour dégoter l'uniforme…

— Il est militaire Jean-Michel ?

— Nan, il est maître nageur au stade nautique Eugène-Maës.

— Mouais… Vous êtes bizarres quand même… Elle est où Maman ?

— Avec Papa, dans la cuisine.

Martin laissa son petit frère sur son canapé fleuri et entra dans la cuisine qui s'était modernisée au fil des années. Gilbert s'affairait au-dessus de la gazinière, ça sentait bon le chili con carne, sa spécialité. Liliane calait un rendez-vous associatif au téléphone et fit signe à Martin qu'elle allait être à lui dans deux minutes.

— Salut P'pa !

— Ah, Martin, bonjour mon grand ! Ça va ? Tiens, goûte-moi ça !

Gilbert tendit une cuiller remplie de bœuf haché et de haricots rouges à son fils. Il attendait avec impatience ses impressions même s'il ne doutait pas de la succulence de son plat. En réalité, Gilbert n'était pas de ceux qui doutent. En plus de la cuisine, il s'adonnait depuis sa retraite à l'écriture et, persuadé d'écrire des œuvres littéraires brillantes, s'offusquait de n'avoir encore jamais été publié. Mais il ne se décourageait pas et chaque année consciencieusement, il envoyait ses nouveaux manuscrits à une dizaine de grandes maisons d'édition. Les petites, à son sens, n'auraient pas compris sa démarche artistique à la fois « complexe et récréative pour qui savait penser » comme il aimait à répéter.

— C'est super bon Papa !

— Ça manque pas un peu de piment ?

— Non, c'est parfait !

— Très bien. Va mettre le couvert avec Sébastien, c'est prêt dans cinq minutes.

Martin aimait passer du temps chez ses parents. Il y retrouvait sa place d'enfant. C'était bon de se laisser glisser dans l'enveloppe du foyer. La tendresse qu'avaient pour lui ses parents était inconditionnelle. Leurs rapports étaient simples, les disputes passagères et, quelles que fussent les décisions de Martin, elles étaient toujours accueillies sans jugement. Il se sentait bien avec eux. Une fois à table, la conversation vogua entre le mariage de l'ami de Sébastien, le prochain essai littéraire de Gilbert et la future collecte alimentaire de Liliane.

— À ce propos, fit Martin. Je commence une mission tout à l'heure à Feelbee. Tu y es déjà allée pour ton asso, maman, non ?

— Feelbee ? Oui, des gens absolument charmants ! Je me souviens, on est arrivées, un matin, Josette et moi, comme on fait toujours, tu vois bien, le gilet rose fluo, deux caddies et des sacs en plastique pour que les clients achètent pour nous. Donc, on arrive, on se poste dans le hall. Là, le directeur arrive. C'est rare quand c'est le directeur qui vient. En général, ils envoient leur sous-fifre voire même personne et débrouillez-vous ! Et là, il nous dit : « Bienvenue mesdames, mais ne restez pas là, entrez dans le magasin, on va vous mettre à un point stratégique, en face des caisses. » Sympa, non ?

— Ah, mais oui, parfaitement ! Un homme qui sait vivre, ça fait du bien par les temps qui courent ! nota Gilbert.

— Oui, et en plus très gentiment, il nous a demandé si ça ne nous dérangeait pas de remplacer nos sacs en plastique par les sacs en papier du magasin. Question d'éthique. J'ai trouvé ça vraiment bien. Même si, entre nous, les sacs en plastique sont autrement plus costauds que ceux en papier.

— Dis pas ça devant Sébastien, il va te refourguer ses besaces en toile de jute, rit Martin.

— Tsss… C'est malin… C'est fait en coton épais, baltringue !

VII

Tous les magasins qui s'agglutinaient dans les zones d'activité avaient été construits sur le même modèle. Un grand hangar en plaque de tôles gigantesques peintes soit en beige, soit, pour les plus modernes, en gris anthracite, une enseigne rectangulaire au-dessus de portes à ouvertures et fermetures automatiques (sauf peut-être chez les soldeurs à l'année qui savaient que la clientèle n'entrait pas chez eux pour le confort, mais pour les bonnes affaires) pas de quoi inviter à la rêverie ou à la poésie. Ces temples d'un genre nouveau n'existaient que pour une chose : consommer. Et personne ne se donnait la peine de le cacher. Les panneaux 4×3 qui bordaient les allées de la zone étaient là pour rappeler aux visiteurs ce qu'ils étaient venus faire. « Faites-vous plaisir. », « Le bonheur est à 2 min », « De grandes choses pour de petits prix ». Et blablabla… C'était infantilisant, mais Martin n'était pas le dernier à se laisser bercer par ce type de publicités. Le fait qu'il vive à Grandcamp le tenait éloigné de la consommation à outrance, alors, une fois de temps en temps, il était capable d'éprouver un plaisir régressif à acheter quelque chose de totalement inutile.

« Si j'ai bien compris la démarche, je suis pas certain de trouver quelque chose de futile là où je vais… »

Après avoir emprunté quatre ronds-points, Martin se gara sur le parking de Feelbee. En ce lundi de début d'après-midi, il était loin d'être complet. À première vue, l'enseigne avait voulu se démarquer de ses collègues. Les murs du bâtiment bénéficiaient d'un bardage en bois clair et la couleur des chariots était du même vert jade que celui des polos du personnel. Pas de doute, la mode du style scandinave, minimaliste tout en restant cosy et de bon goût, était passée par là. Ici, on donnait dans le retour à la nature, au consumérisme engagé, à la belle des champs version XXIe siècle. Martin resta interloqué quelques instants quand il lut sur une ardoise, à gauche des portes : « Soyez vous-même le changement que vous voudriez voir dans le monde. » Pas besoin de fouiller bien loin dans ses souvenirs pour se rappeler que cette citation était de Gandhi. Il avait revu son biopic avec Guillaume le mois dernier. Qu'aurait pensé le sage s'il avait su que cette phrase accueillait les clients d'un magasin ? Martin n'avait pas le temps de pousser trop loin sa réflexion. Il était attendu.

En entrant dans le magasin, il s'attendait à une ambiance musique zen, lumières diffuses. Il n'en était rien. Les néons d'usage dans tous les supermarchés éclaboussaient les rayons de leur lueur blafarde et les enceintes laissaient filer le dernier morceau de Vianney, ce fringant jeune chanteur à la mode depuis quelques années déjà, et qu'il avait du mal à supporter. Cela ne semblait pas gêner les caissières qui étaient peu occupées à cette heure de la journée. Martin se dirigea vers l'une d'entre elles. Son prénom était brodé sur la poche de son polo. Un détail qui montrait qu'ici, le personnel était peut-être moins interchangeable qu'ailleurs. On ne se contentait pas de donner une épingle à nourrice et un badge en plastique, c'était plus sympa. Puis il repensa à l'anecdote de sa mère avec ses sacs remplacés par ceux en papier. La logique était la même, ils avaient une certaine constance.

À sa caisse, Victoire Lanoë attendait le client. Elle était jeune, pas plus de 25 ans. Ses cheveux étaient châtain foncé, rehaussés de mèches blondes faites maison. Elle n'avait qu'une hâte, prendre sa pause de 14 h 15 pour consulter son compte Instagram. Ce matin, juste avant d'aller au travail, elle avait eu le temps de faire une story sur le nouveau « contouring » à lèvres « nude » de la gamme Feelbio. Un must-have. Elle se demandait combien de vues sa petite séquence vidéo allait faire. La semaine dernière 1 752 followers avaient réagi à la photo de sa malléole fraîchement tatouée d'une feuille de ginkgo, symbole du…, elle ne savait plus trop quoi, mais en tout cas, quelque chose qui lui ressemble : la force et l'éternelle jeunesse, un truc du genre. Son rêve c'était d'atteindre le million d'abonnés, comme Horia, le top du top des influenceuses beauté sur Insta. Au début de sa carrière, la jeune femme se contentait de faire des démonstrations de maquillage. Aujourd'hui, elle en était à photographier son nouvel amoureux et leur emménagement dans leur nouvelle maison. Bim : 125 000 réactions. C'était pas près de lui arriver à elle, se dit-elle en voyant un grand dégingandé approcher de sa caisse.

— Bonjour, excusez-moi. J'ai rendez-vous, je suis le nouvel intérimaire, vous savez à qui je dois m'adresser ?

— Pas à moi, c'est sûr, sourit la jeune femme. Vous devriez peut-être monter à l'étage, dans les bureaux.

Pour tout ce qui concerne le personnel, faut voir avec M. Anganin.

— C'est le directeur du magasin ?

— Ah non, le directeur, c'est Costra. Lui, c'est le responsable des ressources humaines, un truc du genre.

— Il est sympa ?

— Ah, ça, je vous dis pas ! Je vous laisse juger comme un grand. Vous, enfin tu, hein, on va être collègues et on se tutoie tous ici, tu me diras après !

Martin laissa Victoire à sa caisse et ses espoirs de future influenceuse. Le monde d'Instagram et consorts lui était totalement étranger. À vrai dire, il s'interrogeait sur ce que pouvait apporter au monde ces stars d'un genre nouveau. Ça en disait long sur ce que devenait l'être humain. Brune lui avait déjà parlé de quelques-uns de ces jeunes gens. Il y en avait pour tous les goûts. Certains font du sport et vous expliquent quelle nouvelle brassière porter pour votre cours de yoga, d'autres cuisinent et vous prouvent avec quel bonheur ils utilisent le nouveau robot de chez Bosch, un travail de pro, il y en avait même qui étaient capables de vous montrer avec quel talent ils étaient capables de calmer la crise de nerfs du dernier-né. Comment rivaliser ? À côté des intérieurs chatoyants des instagrammeurs, votre appartement ressemblait à un infâme gourbi. Ne parlons pas des silhouettes de ces néoprophètes, rois et reines de l'image 2.0, qui remettaient Jessica Rabbit au rang des laiderons. En montant l'escalier qui le mènerait au service administratif, il se demanda s'il n'allait pas interdire à Brunehilde tout accès à internet. Bon, c'était un peu radical et ça le fit sourire d'imaginer la réaction de sa fille. Une fois, elle l'avait traité de vieux réac parce qu'il avait soumis l'idée que, non, décidément, il n'était pas pour qu'elle aille en stop chez sa copine Marjorie. Elle avait 8 ans. À ce souvenir, c'est presque en riant qu'il frappa à la porte du bureau sur lequel une plaque en faux cuivre annonçait « Ludwig Anganin, ressources humaines ».

— Entrez ! fit une voix forte.

La première impression est souvent la bonne dit l'adage. Ludwig Anganin avait la quarantaine, les cheveux noirs coupés très courts, façon militaire, le costume cintré sur une chemise sans cravate qui laissait apparaître quelques poils de torse, et des yeux d'un bleu à glacer n'importe quel sang. « Punaise, on dirait Armand dans *Entretien avec un vampire* », se dit Martin qui n'en menait pas large en s'asseyant face à Anganin.

— Vous êtes ?

— Ah oui, euh, pardon. Martin Mesnil. Vous aviez besoin d'un intérimaire pour trois semaines et me voilà !

— Ah oui… Vous connaissez Feelbee, M. Mesnil ?

— Pas vraiment, mais je ne demande que ça !

— Où faites-vous vos courses d'ordinaire ?

— Eh bien, euh, vous savez je vis à Grandcamp-Maisy, et j'évite de trop rouler parce que ma voiture est capricieuse, du coup je vais…

Martin se rendit compte que le responsable des ressources humaines ne l'écoutait pas. Il tapotait sur son ordinateur.

— À la supérette juste en face de chez moi.

— Quelle enseigne ?

— Je ne sais plus, en même temps ça change souvent alors…

— Voilà, vous n'y faites pas attention. Eh bien, voyez-vous, ici ça n'arrive jamais ; les gens savent où ils sont : chez Feelbee. Les gens savent pourquoi ils y sont : parce que c'est chez Feelbee. Vous comprenez ?

— Je vois le concept, oui…

— C'est là où vous vous trompez, M. Mesnil, Feelbee, ce n'est pas un concept, c'est un art de vivre. Tous nos employés, de l'hôtesse de caisse avec qui vous venez de parler, en passant par Simon de la sécurité, ou Serge des liquides, ils ont ça en eux : Feelbee, c'est une philosophie. Et nous attendons d'eux, même ceux qui ne restent pas longtemps avec nous, d'avoir ça en tête : Feelbee, c'est une philosophie.

Après la citation de Gandhi à l'entrée, Martin avait droit au discours sur les bienfaits quasi spirituels à venir acheter son repas du midi chez Feelbee. Mal assis sur sa chaise, il se demandait s'il n'était pas en train de s'apprêter à travailler pour une secte. Ses soupçons disparurent vite quand Ludwig mit les pieds dans le plat.

— Évidemment vous êtes polyvalent, les horaires flexibles ne vous font pas peur, porter des cartons non plus ?

— Évidemment.

— Bien. Comme tout le monde en bas, entendez dans le magasin à proprement parler, vous porterez les couleurs de Feelbee, on vous donnera un polo et un pantalon à votre taille, vos pauses se feront dans la salle prévue à cet effet où se trouvera votre casier. Le matin quand vous prenez, vous devez y laisser votre portable, sauf bien sûr, en cas d'extrême obligation : enfant malade, proche au bord du décès, et cætera. Je vais demander à Christiane si elle a un moment pour vous faire visiter le magasin. Des questions ?

— Euh, oui. Juste une : comment vous savez que j'ai parlé avec une caissière avant de monter ?

— Feelbee a beau avoir une belle philosophie, il n'en reste pas moins un supermarché, M. Mesnil.

À ces mots, Ludwig Anganin sourit et tourna son ordinateur vers Martin. Sur l'écran, des images du magasin pris sous différents angles montraient en simultané les faits et gestes des clients comme des employés. Pas de doute, on était bien dans un monde meilleur.

VIII

Anganin décrocha le téléphone sur son bureau, tapa sur une touche sans quitter Martin des yeux. À l'autre bout du fil, une voix féminine se devina.

— Oui, Christiane, tu as quelques minutes pour faire visiter le magasin à l'intérimaire ?

Martin entendit la chaise du bureau d'à côté bouger et trois secondes plus tard, une femme souriante entra dans le bureau et tendit la main à Martin.

— Christiane Pibart, sous-directrice de Feelbee. Bienvenue chez nous, jeune homme ! Je vous fais faire un petit tour du propriétaire ?

— D'accord, je vous suis !

— J'adore quand on me parle comme ça, ria la femme. Ah, Ludwig, tu penseras à voir pour la prime de fin d'année de Simon, je te laisse juger, mais je pense qu'il la mérite, ses résultats sont exceptionnels depuis six bons mois.

Ludwig maugréa quelque chose qui voulait sûrement dire d'accord et replongea dans son écran. Martin lui dit au revoir, mais pour Anganin, il ne devait déjà plus exister. Sans se défaire de son sourire éclatant, Christiane le guida le long du couloir en coursive qui offrait une vue plongeante sur les rayons et les caisses.

— Impressionnant, pas vrai ? fit-elle.

— C'est vrai qu'on ne voit jamais un supermarché sous cet angle.

— Oui, là vous voyez un tout. Un ensemble parfaitement harmonieux, très bien pensé.

Et c'était parti pour l'harmonie, pensa Martin qui appréciait tout de même la compagnie chaleureuse de la sous-directrice. La cinquantaine à peine passée, de hauts talons, loin de l'empêcher de marcher vite, rehaussaient sa petite taille. Un peu ronde, un tailleur-pantalon gris perle marquait ses hanches, de petites lunettes rectangulaires donnaient à son visage poupin un dynamisme étonnant. Mais ce qui frappait le plus était sa coupe au carré stricte et lisse sur des cheveux noir corbeau. Elle était ce qu'on appelle sophistiquée, pas le genre de femme qu'on s'attend à croiser dans un magasin qui prône le naturel.

— À cet étage, qui est d'ailleurs le seul, vous avez tout ce qui est administration. Au fond, c'est le bureau de notre directeur, Hubert Costra. Je ne sais pas si vous aurez l'occasion de le croiser, il est très occupé, vous vous en doutez, mais il est très sympa, tout le monde l'apprécie beaucoup. Un homme en or, vraiment.

— C'est rare qu'on entende parler d'un directeur de supermarché en ces termes, remarqua Martin.

— Vous avez raison, mais ici vous n'êtes pas dans un simple supermarché, vous êtes chez Feelbee, c'est différent. La réussite de notre modèle économique repose sur la confiance que nous accordons à nos collaborateurs, tout se doit d'être en synergie la plus totale. C'est extrêmement important. Une brebis galeuse et tout peut foutre le camp, si vous me permettez ce langage. C'est aussi pour cela que la confiance n'évite pas le contrôle, nous restons vigilants !

— Qui sont vos collaborateurs ? demanda Martin

— Mais enfin, le personnel ! ria-t-elle. Tout le personnel, les employés comme vous et moi. Car, oui, Martin — permettez que je vous appelle Martin — moi aussi, je ne suis qu'une simple collaboratrice, comme vous !

Martin avait toujours du mal à entendre ce genre de discours hypocrite. Évidemment qu'elle n'était pas qu'une simple collaboratrice, il n'y avait qu'à attendre la fin du mois et comparer sa fiche de salaire avec la sienne. Seulement quelques milliers d'euros les différencieraient. Un détail. Christiane continua d'arpenter le long couloir.

— Ici vous avez le local sécurité. Malheureusement, nous ne pouvons pas nous en passer et nous le regrettons, mais la société est telle qu'elle est : les voleurs et les personnes agressives existent aussi ici. En journée, c'est Simon le garant de notre sérénité.

Elle frappa à la porte, un homme immense à la mâchoire carrée ouvrit :

— Ah ! C'est toi Chris !

— Simon, je te présente Martin Mesnil qui va travailler pour nous quelques semaines. Sois gentil avec lui, je le sens fragile, dit-elle en taquinant Martin.

L'agent de sécurité serra si fort la main de Martin qu'il crut s'évanouir de douleur.

— Salut. À part Christiane, ici, tout le monde m'appelle Saïmone, à l'américaine. Même le big boss m'appelle comme ça, je préfère.

— O.K., Saïmone, fit un Martin au bord de la syncope. Je m'en souviendrai.

— J'ai jamais réussi à m'y faire, continua Christiane, c'est tellement un joli prénom Simon. Tout se passe bien aujourd'hui ?

— À part la petite mamie du lundi qui rôde dans le rayon frais, ça roule. Putain, j'aimerais trop la chopper !

— Simon, on en a déjà parlé, ne sois pas trop exigeant avec toi-même.

— Elle vole, je le sens, ça se voit.

— Et tu as sûrement raison, mais on ne va pas la fouiller sans l'avoir prise en flagrant délit tout de même !

— Et pourquoi pas ?

— Eh bien parce que c'est interdit Simon… Allez, nous on continue ! À plus tard !

Christiane semblait plus amusée que gênée par la conversation qu'elle venait d'entretenir avec Simon. Ce n'était pas le cas de Martin. À part son meilleur ami, mais aussi flic, William, il ne portait pas dans son cœur les gardiens de l'ordre, et ce Saïmone était du pain béni à haïr. En descendant l'escalier, il remarqua à quel point Christiane Pibart était rapide, elle avait cinq marches d'avance sur lui. Sans l'attendre, elle se dirigea vers la caisse centrale.

Une trentenaire aux yeux verts assortis à son polo entretenait une conversation plutôt vive au téléphone.

— Non, d'abord, c'est moi qui parle Samuel ! Je ne te le répéterai pas, ton planning tu l'as eu il y a deux mois, certes, mais si j'ai besoin de le changer je n'ai pas à t'en informer. Donc, content ou pas, tu travailleras lundi prochain. Tu le sais une semaine à l'avance, c'est pas comme si c'était la veille !... Non, on n'en recause pas, j'ai pas que ça à gérer, tu le sais très bien !

Elle raccrocha brutalement et passa ses mains dans ses longs cheveux platine, respira un grand coup et remarquant la présence de la sous-directrice à son comptoir fit un sourire si large que Martin se demanda si elle était bien humaine :

— Ah Chris ! Dis-moi que c'est un nouveau caissier que tu m'apportes, parce que là, Sam, j'en peux plus. Ils ne se rendent pas compte comment c'est dur à gérer un planning, ils s'en rendront jamais compte. Et Sam, aussi chic soit-il, c'est le pire. Les autres sont plus cool, c'est peut-être parce que ce sont des femmes, on se comprend.

— Ah ah, non, c'est le nouvel intérimaire, Martin. Remarque, peut-être qu'il passera aux caisses à un moment, il est là pour son sens de l'adaptation et de la polyvalence.

Martin sourit en se disant que décidément, Anne-Cécile avait, une fois de plus, bien vendu son chouchou.

— Enchantée Martin, je suis Clarisse Legendre, cheffe de caisse. C'est moi qui m'occupe de la team que tu vois là.

Derrière le trio, une demi-douzaine de femmes s'affairaient à leur caisse, sourire aux lèvres. Sauf une, qui, clairement, aurait préféré être ailleurs. Clarisse reprit son téléphone. À la caisse, la femme à bout de tout décrocha :

— Je te vois, Christèle, fit Clarisse. Allez, du nerf, de la joie. Je sais que c'est pas facile en ce moment pour toi, mais fais un effort. Personne n'a envie de payer ses courses à une caissière qui fait la gueule. Encore deux heures et demie et tu rentres chez toi, alors, donne le meilleur !

Christèle ne s'était même pas retournée vers la caisse centrale, elle n'avait pas dit un mot, laissant sa supérieure lui faire un discours qu'elle avait déjà maintes fois entendu. À 53 ans, elle avait fait toute sa carrière dans la grande distribution. Trente-cinq ans de métier, c'est beau parfois, là, pas. La nuit elle rêvait de sa caisse, des éventuelles erreurs qu'elle avait pu commettre. Dans le noir, sous sa couette résonnaient encore les bips du scanner de code barre. Il y a quelques années, elle était capable de passer vingt-sept articles à la minute quand la direction exige un minimum de vingt et un. Elle était plutôt une bonne caissière. Pas toujours première du classement, mais dans la bonne moyenne. Mais là, Christèle n'en pouvait plus, elle n'avait plus la niaque. Elle avait eu le malheur de se retourner sur sa vie le jour de son anniversaire, le 5 octobre. Le bilan n'était pas glorieux. Ni mari ni amant ni enfant et surtout pas de passion. Oh, bien sûr, il y avait des choses qu'elle aimait et lui apportait de la douceur : les romans à l'eau de rose qu'elle dévorait dans son bain, rendre visite à son amie Louise pour cancaner un brin, elle aimait aussi courir, s'était promis de participer à un semi-marathon, mais même ça, elle n'y arrivait plus. Depuis que Clarisse était passée de simple caissière à cheffe, le travail n'était plus le même. La jeune femme avait réussi à diviser son équipe en les mettant en compétition. C'était à celui qui passerait le plus d'articles à la minute, celui que les clients préféreraient. Il fallait être fraîche, disposée, enjouée, parfois empathique et compréhensive, souvent forte, et toujours, toujours polie. Bonjour madame, bonne journée monsieur. Peu importe si vos marques de politesse ne recevaient aucune réponse, si parfois on vous méprisait, il ne fallait pas se départir de son sourire. Souriez, tel était le mot d'ordre. Mais Christèle n'en pouvait plus de sourire, elle n'en avait plus rien à foutre et ne s'en donnait plus la peine. Quand le matin, elle se rendait compte qu'une nouvelle journée débutait, elle enrageait que la mort ne soit pas venue la chercher dans son sommeil. Christèle fantasmait d'amener un flingue à son travail, de le cacher dans son tiroir-caisse et de se mettre une balle devant toute la clientèle, les collègues, la direction, tout le monde. Ah, le beau tableau que ça serait : la tête de Clarisse épouvantée, les cris dans les rayons. Là, oui, dans ces brefs instants imaginés, quelque chose en elle trouvait encore la force de sourire.

En raccrochant visiblement agacée, Clarisse ne reprit pas son sourire mécanique et souffla :

— J'en peux plus de sa dépression à celle-là, qu'elle démissionne et on n'en parle plus ! Mais bon, hein, c'est pas à toi Christiane que je vais apprendre que le pire c'est pas les dépressifs, c'est les alcooliques. Tu te rappelles de Julien ?

Les deux femmes partirent d'un rire de connivence, Martin se demandait ce qu'il faisait là et n'avait qu'une envie : commencer à travailler pour qu'elles lui foutent la paix.

IX

Dans les rayons, Martin s'amusa de voir que les promotions étaient annoncées par des étiquettes en forme d'abeille. « Pas mal comme piqûre de rappel », se dit-il.

Christiane lui expliqua que dans la grande distribution, on divisait un magasin en zones. La zone froide et la zone chaude.

— Petite interro surprise, Martin ! Qu'est-ce qu'une zone froide ?

— Le rayon surgelé et les produits frais ?

— Vous êtes mignon, mais non. La zone froide, c'est là où on dispose les produits que le client est venu chercher, les denrées alimentaires et les achats courants du type liquide vaisselle, papier toilette, *et cætera*. La zone chaude, c'est là où on place les articles que le client n'avait pas l'intention d'acheter en entrant chez nous. Elle sert à favoriser les achats d'impulsion. C'est très étudié et ça a fait ses preuves, croyez-moi !

— J'avais déjà entendu ça, oui, vous incitez le client à consommer plus, car il est « obligé » de circuler dans tout le magasin et devant un maximum de rayons.

— Exactement !

— Ce qui est surprenant, c'est que Feelbee vante le fait — je résume, mais je pense que c'est ça — de ne pas prendre ses clients pour des cons et de leur offrir une nouvelle façon de consommer, mais vous faites comme les autres finalement…

— Ah non, la grande différence c'est que nous vendons du juste et de l'équitable. Tout le monde s'y retrouve. Le client, le fournisseur et Feelbee, évidemment. La qualité de nos produits, leur provenance, tout est choisi pour le bien de nos clients.

— Oui, mais le fait d'inciter les gens à l'achat compulsif, c'est pas très Feelbee, si ?

— Peut-être, mais c'est très humain, Martin. Moi-même j'achète parfois par compulsion, vous savez ce petit plaisir inattendu qu'on s'offre au détour d'un rayon. Le plaisir, Martin ? Vous connaissez ?

— Oui, oui, bien sûr…

— Ah, nous arrivons au rayon liquide. Les alcools, les sodas, tout le toutim. C'est Serge qui en a la lourde charge, dans tous les sens du terme d'ailleurs. Bon, je vais vous laisser avec lui, il sera un peu votre tuteur, je l'ai vu ce matin, il en est ravi. Vous verrez, c'est quelqu'un d'un peu bourru au premier abord, mais il est vraiment adorable.

Serge Baleine avait une bonne soixantaine. Toute sa vie, son nom de famille lui avait valu un nombre incalculable de sobriquets plus ou moins bien sentis. Mais Serge s'en moquait comme de son premier slip. Il avait d'autres chats à fouetter. Serge était un homme, un vrai, de ceux qui coupent du bois dans la forêt. Toute l'année, il était en tee-shirt ou en maillot aux couleurs du Stade Malherbe qu'il supportait depuis l'adolescence. Il avait du mal avec le polo vert que Feelbee lui infligeait. Il avait d'ailleurs failli faire grève quand ça lui avait été imposé, mais il était le seul parmi ses collègues que ça offusquait. Petit, trapu, son caractère bien trempé faisait qu'il était respecté par tous. Face à lui, personne n'osait trop broncher. C'est qu'il avait de la verve, Serge. En 2018, il a presque cru au grand soir. Enfin, ça arrivait : les petits, les gens de peu, les derniers de cordée, les sans-dents se révoltaient. Tous ses samedis de repos, il était avec les autres sur le rond-point de Mondeville. Grillades, cafés et discussions à n'en plus finir, ce que c'était bon... Deux fois, avec les copains, il était monté en bus jusqu'à Paris. Pas plus. Il avait eu peur de perdre un œil ou une main, ça l'aurait bien emmerdé pour bosser. Parce qu'à la maison, il y avait Noëlle, sa princesse, son amour depuis quarante et un ans, rencontrée dans un bus, comme dans les films des années 60. Mais depuis son attaque, Noëlle était en longue maladie et les fins de mois commençaient le 5. Alors, il ne crachait pas sur les heures supplémentaires, s'asseyait sur ses matinées pour donner la main à l'entrepôt les jours de grandes livraisons, et avait décidé de moins ouvrir sa gueule, histoire, justement, de ne pas trop faire d'histoires. Il avait des avis bien tranchés sur ses collègues, mais ce n'était jamais bien méchant, ça faisait même rire dans la salle de pause. En fait, Serge avait vraiment le profil du chic type.

— Salut Serge ! fit Christiane tandis que l'employé chargeait un rayon en jus de fruits multivitaminés et écoresponsables.

— Salut Chris. Je suis à toi dans deux secondes, souffla-t-il.

Visiblement fatigué, Serge se redressa, les deux mains sur le bas du dos :

— Je te présente Martin Mesnil, le nouvel intérimaire dont on a parlé au débriefing de ce matin. Je te le confie, il m'est avis qu'il apprend vite ! À plus tard, Martin, et surtout si vous avez des questions, quelles qu'elles soient, vous n'hésitez pas, vous savez où se trouve mon bureau !

— Merci madame.

— Ah non, ici c'est Chris pour tout le monde !

— Merci Chris.

Martin regarda la sous-directrice s'éloigner de son pas cadencé, quasi militaire.

— Sacrée bonne femme, pas vrai ? fit Serge.

— Elle est toujours comme ça ?

— En fait, j'en sais rien. Tu sais, nous, on la voit pas beaucoup. À part pour leurs foutues réunions du lundi, le fameux débriefing. Ceux de là-haut trouvent super de se mêler une fois la semaine avec la plèbe du bas. Ça doit être exotique. T'as loupé celle de ce matin, c'est dommage, Benji a annoncé qu'il ferait pas secrétaire de gestion toute sa vie et surtout pas à Feelbee. Ça a mis une ambiance… En fait, lui il s'en fout de son boulot, ce qu'il veut, c'est se barrer vivre en Thaïlande. Les autres, ça les choque. Bon, c'est vrai qu'il était pas obligé de dire ça devant la direction. Mais moi, je comprends les gamins. Aujourd'hui, la vie, c'est plus quarante ans dans la même boîte, tout va vite, faut qu'ils en profitent. Il se fait un peu de fric, et zou, les palmiers. Moi, si j'avais son âge, pas une seconde d'hésitation, je ferai pareil. Rassure-moi, t'es pas le cousin du patron ou un truc comme ça ?

— Ah ah, non, juste un type qui a besoin de travailler.

— Ouais, comme nous tous ici, quoi… Bon, tu vas aller aux vestiaires, on va te donner de quoi te feelbeeser, le polo, le pantalon et les chaussures de sécu, parce qu'un pack d'eau sur l'orteil, c'est bon pour personne.

Serge activa la porte automatique qui se trouvait au fond du magasin et donna quelques consignes à Martin. Tout droit, deuxième porte à gauche. Frapper avant d'entrer parce qu'il peut y avoir une collègue qui se change. Martin trouva étonnant que les vestiaires soient mixtes. Ils ne l'étaient pas, mais depuis deux semaines, on attendait quelqu'un pour rallumer le chauffage dans celui des femmes. Du coup, s'était naturellement mis en place le système courtois du tocage à la porte et ça marchait plutôt bien. Martin frappa et entendit un « ouais » masculin. Il entra. Un jeune homme finissait d'enfiler son pantalon.

— Bonjour, je suis le nouvel intérimaire, Martin.

— Salut, je suis Samuel Roepers. Seule caissière à porter le pantalon, tu vois ! On t'a mis où ?

— Bah je sais pas trop, avec Serge aujourd'hui, je crois.

— T'as eu tes horaires ?

— Non, j'ai juste vu Christiane qui m'a fait visiter et rencontrer deux trois personnes.

— Ah, la mère Pibart. Toujours au taquet celle-là ! T'as vu Clarisse ?

— La cheffe de caisse ? Oui, pas longtemps.

— Comme tu me vois là, je suis passablement énervé après elle. Elle m'a mis au planning lundi. J'avais prévu autre chose que de sourire aux vieilles, lundi prochain moi ! Elle fait ça pour me nuire, tu vois, elle sent que je pourrais lui prendre sa place, du coup, elle me sape. C'est pas la première fois… Bref, il te faut tes horaires, gros ! Sinon, ils vont te laisser ici et tu vas finir par bosser avec Souli et Germain comme veilleur de nuit.

— Non, ça ira ! Je les trouve où mes horaires ?

— Chez Typhaine Valentine, à la direction, c'est la secrétaire.

— Elle est plus sympa que Clarisse ? se moqua Martin.

— Ah ah, tu verras que c'est facile d'être plus sympa que cette… collègue.

Martin trouva un uniforme à sa taille sur un portant installé le long du mur, là où on pendait les habits pour les extras. Ils sentaient tous la même lessive écologique sans parfum, juste avec cet effluve étrange dont on ne savait exactement ce que ça rappelait. Le propre, aurait dit Liliane. Le propre peut-être, mais pas le bon. Une fois aux couleurs de Feelbee, Martin grimpa jusqu'à l'administration et frappa timidement à la porte de la secrétaire de direction. Une voix aiguë lui dit d'entrer.

Chez Feelbee, les bureaux avaient tous été conçus sur le même modèle. Ça se voulait certainement chaleureux et au top de la tendance. Amis du maximalisme, s'abste-nir. Ici, rien ne dépassait. On n'était pas là pour rigoler, O.K. ? Une plante verte sur un meuble bas en métal laqué blanc accueillant des dossiers extrêmement bien rangés. Typhaine Valentine avait même poussé le vice à les classer par couleurs. Elle avait vu ça sur Pinterest, qui se définissait comme étant « un moteur de découverte visuelle ». Quand Martin avait eu vent de ce site par son amie Sabine et qu'elle lui avait donné cette succincte description, il avait pensé qu'il n'y a pas si longtemps, on appelait ça une fenêtre. Le meuble de bureau était blanc tout comme le fauteuil en faux cuir sur lequel était assise la secrétaire. Elle invita Martin à s'asseoir face à elle, sur une chaise blanche. La pièce était réchauffée par un parquet dont la couleur naturelle était exactement la même que celle du grand cadre sur lequel figurait un lac bordé de roseaux au soleil couchant.

— Je suis le nouvel intérimaire, Martin Mesnil. On m'a dit de venir vous voir pour mes horaires.

— Ils ne vous conviennent pas ? fit la femme sans âge ni agacement dans la voix.

— Euh… Je ne peux pas vous répondre, je ne les ai pas.

— Comment ça ? M. Anganin ne vous les a pas donnés en même temps que votre contrat ?

— C'est-à-dire que c'est avec l'agence d'intérim que j'ai signé mon contrat. Pas avec Feelbee.

— Ah, oui, bien sûr ! Où ai-je la tête ? Et à l'agence, on ne vous les a pas donnés ? C'est de plus en plus n'importe quoi ces boîtes d'intérim. Ils ont trop de dossiers à gérer et voilà ce qui finit par arriver ! Vous avez commencé à travailler sans savoir si vous travaillez aujourd'hui en somme ?

— Pas vraiment, j'ai juste mis le polo.

— Peu importe. Dès lors que vous passez du temps dans l'entreprise, vos heures sont comptées. Il n'y a pas de bénévole ici, M. Mesnil ! On n'est pas aux restos du cœur. Vous souriez, mais c'est important de le répéter. Après les gens s'étonnent qu'on leur marche sur les pieds, mais ils se laissent faire. Bien, vous êtes arrivé à quelle heure ?

— 14 heures.

— Voyez, je note sur un post-it, et si ça cloche au niveau de vos horaires prévus, on fera un rattrapage.

— C'est-à-dire ?

— Vous récupérerez votre heure et demie passée chez nous à un autre moment, on rallongera votre temps de pause ou que sais-je.

— On ne me paiera pas en somme ?

— Si, en temps. Le temps c'est de l'argent, n'est-ce pas ? rit Typhaine. Ne bougez pas, je reviens, je vais voir ça avec Ludwig.

Typhaine Valentine n'avait qu'une envie : rentrer chez elle. C'était dans sa nature de jouer à la femme forte, sûre d'elle. Quand elle était petite, elle attendait que personne ne la regarde pour pleurer et ça ne s'était pas arrangé avec l'âge. Mais depuis quelque temps, elle sentait que tout ça se fissurait. C'était venu un matin, au petit déjeuner. Mathis s'était, pour une fois, levé en même temps qu'elle. Et dès le réveil, il n'avait eu de cesse de parler à sa mère des théories complotistes dont il s'abreuvait l'esprit sur internet, enfermé dans sa chambre à longueur de journée. Le jeune homme de 21 ans regardait sa mère avec des yeux fous et pour la première fois, au lieu de chercher une réponse pour l'apaiser, elle avait baissé les yeux. Elle n'avait plus rien à dire. Plus envie de se battre pour sortir son enfant de son enfermement paranoïaque. Pour la première fois, oui, elle regrettait de l'avoir fait naître. À quoi ressemblerait sa vie sans lui ? Peut-être qu'un homme voudrait bien d'elle ? Qu'il ne quitterait pas le navire en réalisant que le fils de sa compagne est psychotique, sous traitement depuis ses 5 ans, incapable de s'adapter au système scolaire classique, perdu d'avance ? Parce qu'elle était là, la réalité : son enfant l'empêchait de s'épanouir. Alors pour se rassurer, elle se disait que, le célibat, c'était pas si mal, qu'elle était libre de faire ce qu'elle voulait à l'heure qu'elle voulait, qu'elle n'avait de comptes à rendre à personne. Mais elle se mentait. Elle était totalement emprisonnée dans sa relation avec Mathis. Elle ne recevait aucune aide extérieure. Elle n'était que la spectatrice du cauchemar éveillé que vivait son enfant depuis toujours, de ses terreurs nocturnes de bambin à son désarroi actuel face à la déliquescence du monde. Elle sortait de chaque rendez-vous avec les divers psychologues et thérapeutes en tout genre complètement sonnée. On lui renvoyait de façon plus ou moins insidieuse qu'elle était une mauvaise mère, qu'elle ne savait pas y faire. Leur constat était toujours le même : il manquait une figure masculine dans l'entourage de Mathis, quelqu'un qui lui montre la voie. La belle affaire. Une fois, elle s'était énervée, elle avait claqué la porte, son fils sous le bras. Elle avait réussi à dire stop, ça suffit maintenant, je fais ce que je peux, c'est dur, prenez ma place. Et personne n'en avait voulu. Heureusement, il y avait le boulot. Les sacro-saintes huit heures par jour sans Mathis. Secrétaire de direction, ça en jetait pour celui qui ne savait pas que ça voulait dire larbin du patron. Mais Hubert Costra avait ceci de chic qu'il n'était pas de ceux à lui demander un café tous les quarts d'heure, à compter sur elle pour prendre ses rendez-vous personnels chez le coiffeur ou pire — elle l'avait déjà vu ailleurs — à lui demander de laver sa voiture. Non, un café le matin et basta, et encore, c'était parce qu'elle en prenait un avec lui pour planifier la journée. Mais ces temps derniers, même le travail ne lui apportait plus la même joie. Typhaine fatiguait et pour l'heure, personne ne s'en doutait et ça aussi, quelque part ça avait tendance à la déprimer.

Au bout de cinq minutes, elle revint dans son bureau et s'assit face à Martin, l'air particulièrement agacé.

— Bien, alors, effectivement, vous êtes censé travailler aujourd'hui avec Serge dès 14 heures. Anganin a bien voulu me donner votre planning, ça n'a pas été simple, il est débordé. Par quoi ? Je ne sais pas, mais on va dire que je le crois. Tenez Martin et bienvenu chez Feelbee.

En partant, Martin voulut glisser son emploi du temps dans la poche de son pantalon, elle était cousue. La confiance n'évite pas le contrôle.

Tout l'après-midi, il aida Serge à mettre en place des caisses de vin issu de l'agriculture biologique en rayon. Son tuteur lui expliqua comment bien se baisser pour ne pas abîmer son dos.

— Plie tes genoux ! C'est le secret de tout bon magasinier, crois-moi ! En plus, t'es grand, la terre est basse pour toi. Et puis, tu peux pas tellement compter sur tes biceps, hein ! rigola-t-il.

Martin avait l'habitude qu'on lui fasse des remarques sur sa silhouette. Mince et dégingandé, il savait depuis l'adolescence qu'il ne ferait jamais partie de la classe de ceux qui en imposent. Mais ce que les autres ne soupçonnaient pas, c'est que sous la peau, ses nerfs en tension permanente ne demandaient qu'une chose : en découdre. Et force était de constater que ce travail physique n'était pas pour leur déplaire, genoux pliés ou pas. À la fin de la journée, Serge dut se rendre à l'évidence : le petit nouveau était un bosseur, et ça lui plaisait.

X

— Ça fait longtemps qu'on t'avait vu, ça fait plaiz' !

Émilie ne changeait pas. À 50 ans, elle gardait un visage mutin et la couleur bleue de ses cheveux ajoutait à son air d'éternelle adolescente. Elle avait été la meilleure amie d'Angélique. Elles manifestaient ensemble le jour de la disparition. Émilie avait quitté le cortège le temps d'aller acheter des cigarettes, elle n'avait jamais revu son amie et s'en voulait encore d'avoir abandonné Angélique pour du tabac. La relation qu'elle entretenait avec Martin était proche de celle d'une grande sœur pour son frère : beaucoup de moqueries, mais un amour inaltérable. Elle vivait avec Sabine, sa compagne depuis vingt ans et épouse depuis trois. Le couple recevait souvent Brune et Guillaume, elles étaient leurs tatas d'adoption. « Chez elles, on rigole et on peut parler de tout, aimait dire Brunehilde. » Martin se demandait souvent ce que parler de tout voulait dire, mais ne préférait pas le savoir. Il était soulagé d'avoir ces deux femmes pour amies et confidentes de sa fille. Vu le tempérament de Brune, il craignait que son adolescence ne soit pas de tout repos, deux paires d'oreilles attentives, c'était toujours bon à prendre.

Il avait profité de ses trois heures de coupure dans sa journée de travail pour rendre visite aux deux femmes. Émilie avait raison, ça faisait un long moment qu'il ne s'était pas rendu dans l'appartement bohème et bordélique du Vaugueux qui plaisait tant à Guillaume. Lui aussi, aimait ce refuge. Petit avec une seule chambre qui s'ouvrait sur le salon-salle à manger-cuisine, on avait peine à imaginer comment elles avaient pu y installer autant de meubles et de babioles parfaitement inutiles, mais extrêmement attachantes. De la biche en porcelaine à la collection de poupées des années 60 en haut d'une armoire indienne, ce bric-à-brac enveloppait les amis de passage de douceur et de fantaisie.

— J'ai commencé à bosser dans un magasin qui se dit équitable à Fleury.

— Me dis pas que t'as signé chez Feelbee ? s'enquit Sabine qui préparait un cocktail amaretto-vodka-crème fraîche dans le coin cuisine.

— Tu connais ? demanda Martin.

— Émilie connaît mieux que moi, ria-t-elle.

Émilie, cramoisie, raconta qu'un de ses collègues du Printemps qui, malheureusement pour lui, en pinçait pour elle, y avait travaillé avant de postuler à son poste actuel.

— Il dit qu'ils sont cinglés.

— Ah oui ? Cinglés comment ?

— Je sais pas trop, il y a des tas de trucs qui le stressaient, des pressions de la direction pour faire toujours plus vite en toujours moins de temps. Un peu comme partout, je pense ! Mais là, c'est la différence entre le discours et les actes qui l'a achevé. Il en a eu marre, il est parti au bout de quelques mois.

— Qu'est-ce qu'il faisait comme boulot ?

— Il était à l'entrepôt. C'est sûr que Benoît, c'est plus un manuel qu'un intellectuel. Au Printemps, on n'a pas d'entrepôt à gérer. Du coup, il est vendeur, comme moi, mais rayon hommes. Il passe sa vie à draguer les nanas qui accompagnent leurs maris essayer un costume. Il fait un peu pitié, mais bon, il est sympa…

Sabine posa ses cocktails sur la table basse et embrassa Émilie dans le cou.

— Allez, bois ça avant que je te fasse une crise de jalousie. Tu en auras besoin ! Tu sais comment s'appelle ce cocktail ?

Émilie fit non de la tête. Et dans un grand sourire de satisfaction, Sabine susurra entre deux gorgées amères :

— Un alibi.

Les jours se suivirent et ne se ressemblèrent pas pour Martin. On le changeait de rayon au bon vouloir de la direction, mais c'était dans le contrat : mobilité et facilité d'adaptation. Ce qui lui pesait le plus c'étaient ces coupures qu'on lui infligeait et qui ne répondaient à aucune logique humaine. En quatre jours, il avait beau essayer de comprendre son planning, rien à faire, ça lui échappait. Pourquoi bosser deux heures à un poste pour s'arrêter une heure et demie, reprendre ailleurs pendant trois heures, s'arrêter encore une heure et finir sa journée au poste initial ? Mystère qu'il se gardait bien d'essayer de résoudre auprès de ses collègues qui avaient l'air d'avoir lâché l'affaire depuis un moment. À part Clarisse, totalement exaltée par sa mission de manageuse, les autres étaient en pilotage automatique. On travaillait pour manger et avoir cinq semaines de congés payés. Point barre.

Pour autant, Martin remarquait les ongles rongés et les cernes de certains de ses camarades feelbeesiens.

La tension était palpable dans la salle de pause comme dans les rayons. Et ce sourire obligatoire que tout le monde devait porter lui donnait un peu la nausée. Ça se voyait que les employés, pardon, les collaborateurs, n'étaient pas au top de leur moral. Pourtant, les arrêts maladie restaient rares. Samuel, le caissier, avait donné un semblant d'explication à Martin pendant une de ces journées décousues. Il fumait une cigarette à l'arrière du magasin, Martin profitait de la lumière du jour.

— Ouais, t'as pas tort, les gens sont crevés. En même temps, t'as vu les cadences, c'est normal. Moi, je m'en fous, je vais me barrer bientôt. J'ai un plan pour monter un business qui va tout déchirer. Je me donne à fond deux ou trois mois, et après bye-bye les babos, vous pouvez vous carrer vos capteurs de rêves là où je pense, le petit Sam s'en va servir le grand capital !

Martin n'avait pas demandé le plan magistral de Samuel et ce dernier semblait un brin déçu.

— Les gens ne se mettent jamais en arrêt maladie ?

— Ah ah, tu rigoles j'espère ? On n'est pas des fonctionnaires. Joue à ça et je te donne trois mois avant de te faire virer. Et attention, ils ne vont pas te virer comme ça, trop facile, non, ils vont te pousser à la faute grave et je te promets que la faute, à la fin, tellement que tu n'en pourras plus, tellement que tu seras à bout, tu la commettras. Ils sont hyper forts à ce jeu-là. Même Serge qui est syndiqué, il ne le fait pas. Bon, en même temps, le Sergio, il a tellement besoin de blé que même covidé au dernier degré, il viendrait bosser. C'est un fou.

— Ah ouais, il y a beaucoup de gens que tu connais qui se sont fait virer comme ça ?

— Quelques-uns, oui. Tu vois qui c'est Christèle, elle est souvent à la caisse 6 ?

— Oui, elle n'a pas l'air bien…

— Tu m'étonnes ! Eh bah, Christèle, ma main au feu qu'elle va faire une connerie du genre grosse erreur de caisse et que bim, elle est plus là dans deux mois.

— Pourquoi, elle a eu un arrêt de travail ?

— Non, mais la blondasse a décidé que ce serait son souffre-douleur de la saison 2021-2022. Et elle en bave, mais elle en bave.

— La blondasse, c'est qui ? Il y en a plusieurs des blondes ici.

— Clarisse, gros. Ça vire au harcèlement, je le vois bien quand on bosse ensemble Christèle et moi, elle ne la lâche pas une seconde. Souris, tiens-toi droite, plus vite, tu traînes ; on te paie pas pour parler avec les clients, la sympathie oui, mais pas la thérapie ; si t'étais psy, tu serais pas derrière une caisse. Horrible.

— T'as connu un type qui a bossé ici et qui s'appelle Benoît ?

Samuel faillit en lâcher sa cigarette. Pour sûr qu'il l'avait connu ! Le type de l'entrepôt, hyper chouette type d'ailleurs, qui ne rechignait jamais à bosser plus pour ne pas gagner plus, juste pour être sympa et soulager le dos de ses collègues plus âgés.

— C'est marrant que tu me demandes ça, je pensais à lui pas plus tard qu'hier en me demandant ce qu'il était devenu. Tu sais ce qu'il fait toi ?

— Il est vendeur au Printemps. Il bosse avec une de mes amies.

— Tant mieux pour lui, ça doit lui faire du bien d'avoir changé d'ambiance.

— Pourquoi il est parti ? Tu sais ?

— Tout ce que je sais, c'est qu'on lui a laissé le choix entre la démission ou la faute grave. Il a choisi la démission, il voulait pouvoir bosser ailleurs sans être tricard. Après, m'en demande pas plus, parce que tout simplement j'en sais pas plus ! Si tu le croises, tu lui diras bonjour de ma part ! On rigolait bien avec lui.

Martin ne savait pas s'il rencontrerait un jour Benoît, ce qu'il savait, c'est qu'il ne voulait pas devenir un jour un Benoît obligé de choisir entre la peste et le choléra. Jamais. En regagnant Grandcamp ce soir-là, il se le promit. Et seul sous son velux étoilé, il apprécia encore plus que les autres soirs le bruit du ressac mêlé à celui de la pluie d'hiver. La vie simple, pas la vie Feelbee.

XI

Martin espérait profiter de la nuit pour réparer la fatigue physique qu'il accumulait chez Feelbee. Il avait prévu de dîner léger, de lire un ou deux chapitres de son livre en cours, un de ceux dont il n'arrivait à retenir ni le titre ni l'auteur, comme souvent, et de dormir comme un bébé. Ce qu'il fit sitôt sa lampe de chevet éteinte. Mais la nuit fut courte. À 5 heures du matin, la sonnerie du portable retentit, une fois puis deux, puis trois. On insistait. Complètement dans le coaltar, Martin finit par décrocher.

— Mmmmm… Allô ?

— C'est Will, tu dors ?

— Qui ça ?

— William ! Réveille-toi, j'ai du gros scoop de champion !

William, le vrai pote, presque quarante ans d'amitié indéfectible qui résista même à son entrée dans la police alors que dieu sait ce que pense Martin de la maréchaussée. Pas du bien. Un de ceux sur qui on compte et qui compte. Un de ceux qui peuvent se permettre d'appeler à 5 heures du matin.

— Qu'est-ce qui se passe ? fit Martin en se redressant dans son lit.

— J'ai croisé tes parents hier en ville, ils m'ont dit que tu bossais chez Feelbee, tu y es toujours ?

— Ouais, en même temps, ça fait que quatre jours, hein !

— Je t'explique. Cette nuit, y avait pas grand monde au commico, j'étais pas débordé niveau déposition, tu vois, et alors que j'avais commencé tranquillement à imaginer que peut-être, je dis bien peut-être, je pouvais sortir le lit de camp pour dormir deux trois heures, y a Bertrand, l'OPJ qui frappe à mon bureau. Tu suis ?

— Bah, c'est pas trop compliqué, jusqu'ici je suis oui…

— Nan, mais OPJ, tu sais ce que c'est ?

— Bah oui…

— Alors, vas-y, dis, c'est quoi ?

— Will, il est 5 heures du mat', tu m'appelles pour un scoop de champion ayant un rapport avec l'endroit où je travaille et toi tu me demandes de te dire que je sais comment on dit officier de police judiciaire en plus court ? T'es pas un brin spécial, sur ce coup-là ?

— Nan, je fais durer le plaisir ! Donc l'OPJ me dit : « William, y a un mortel à constater, tu m'accompagnes. » Je me dis, merde, encore un suicide d'ado, un noyé dans le port, un crash de bagnole, j'avais pas très envie de me prendre une fois de plus des images dures, ça va, j'ai passé l'âge de l'adrénaline, j'ai plus du tout envie de faire ce genre de choses. Bon an mal an, j'ai pas vraiment le choix, aucune excuse, je suis pas débordé, j'y vais.

— Abrège....

— Ça vient. Il me dit, on file sur Fleury, au magasin Feelbee. T'imagines le choc ? Moi, j'ai cru que c'était toi le mort, je me suis dit, putain, Martin avec son bol légendaire, il lui est arrivé quelque chose de grave ! J'étais blême, il m'a demandé ce que j'avais, je lui raconte que mon meilleur pote bosse là-bas, et Bertrand me rassure en me disant que le macchabée est une femme.

— Ah ouais ?!

— Ouais, retrouvée par les veilleurs de nuit à 2 heures et demie du mat', ils nous ont tout de suite appelés. Et tu sais où ? Sur le parking où se garent les camions de livraison à l'entrepôt.

— C'est un meurtre ?

— Disons que vu où on l'a trouvée, je peux te dire que, oui, c'en est un. Ça a été fait par des branques ou de sacrés tordus qui voulaient qu'on la retrouve vite : elle était à moitié cachée sous un camion frigorifique. Son corps a dû être poussé à la va-vite en dessous, on ne pouvait que la voir…

— Tu sais qui c'est ?

— Christiane Pibart.

— Sérieux ? C'est elle qui m'a fait visiter le magasin le premier jour, c'est la sous-directrice.

— Eh bien, je peux te dire qu'elle ne fera plus rien visiter…

Des tas de questions lui vinrent à l'esprit à présent totalement réveillé. Que faisait Christiane à deux heures du matin sur le parking de l'entrepôt ? Qu'avait-elle vu ou fait qui mérite la mort ? À qui profitait le crime ? Et puis, est-ce que vu les circonstances, le magasin serait ouvert aujourd'hui. Sur ce dernier point, William put lui répondre.

— Eh oui, vieux, tu bosses aujourd'hui. On a constaté le décès, délimité la zone, fait venir la scientifique qui a fait son boulot avant d'enlever le corps, on a recueilli le témoignage des deux veilleurs (très sympas d'ailleurs). Et puis, voilà. Pas de quoi faire arrêter la Terre de tourner. L'enquête va continuer, mais ce n'est plus de mon ressort. Ni du tien d'ailleurs Martin ! T'entends bien, hein ? Ni du tien !

— Oui, oui… J'ai entendu…

Il est vrai que plus d'une fois, au gré de ses missions d'intérim, il s'était retrouvé sans le vouloir et surtout sans le chercher dans de drôles de situations qui lui valurent de demander un peu d'aide à William. Mais c'était heureusement très rare et plutôt logique quand on sait le nombre de missions que Martin était capable de cumuler en une année. C'est vrai aussi qu'il n'était pas particulièrement chanceux. C'est aussi un peu vrai qu'il était très curieux de nature. Mais jamais, il n'aurait été fouiner de lui-même. S'il enquêtait, c'était sans le savoir et, d'ailleurs, un instant, il se demandait s'il n'avait pas déjà un peu commencé.

Christiane était morte. Ça fait toujours bizarre de connaître un mort, même s'il ne fait pas partie de la famille ou des amis. En buvant son café, Martin repensa à cette petite femme un peu ronde et dynamique qui l'avait accueillie tout sourire. Ils n'étaient pas du même monde, mais sa compagnie n'était pour autant pas désagréable. Elle n'avait pas l'air de mériter de finir comme ça, mal cachée sous un camion. Martin ne finit pas son café, il lui trouva un arrière-goût métallique, celui du stress. La journée n'allait pas être facile.

XII

Martin prenait dès 8 heures. En entrant sur le parking réservé au personnel, le plus éloigné de l'entrée du magasin qui devait être facilement accessible aux clients, il ne put s'empêcher de jeter un œil à celui qui jouxtait l'entrepôt. Le camion n'était plus là, la police l'avait sûrement fait enlever pour analyse, en tout cas, c'est ce qu'il imaginait, il avait dû voir ça dans une quelconque série télévisée. Il appréhendait de devoir feindre la surprise à l'annonce du décès de Christiane Pibart. Hors de question que ses collègues sachent qu'il était déjà au courant, ça mettrait en difficulté William qui venait d'enfreindre le secret professionnel et il n'avait aucune envie qu'on le harcèle de questions sur des détails sordides que lui-même ignorait. Mais, au fait, allait-on leur annoncer ce décès ? C'était une question qu'il était en droit de se poser après tout. Comment une enseigne telle que Feelbee allait-elle gérer cette situation ? Il hésitait entre « Christiane se repose quelque temps » ou « Christiane est partie en vacances, est au chevet de sa mère, a posé une année sabbatique pour réfléchir à son moi intérieur », ou alors, allaient-ils prôner la vérité « Christiane est morte tuée sur le parking de l'entrepôt cette nuit ». Non, manque d'empathie pour le personnel, pardon, les collaborateurs. Martin sourit au souvenir de ce mot de Christiane sur les employés.

Ça y était, elle faisait déjà partie des souvenirs et pour l'heure, il devait être un des seuls collaborateurs à le savoir.

En entrant dans le magasin, Martin fut accueilli par Clarisse. Elle était surexcitée, passait d'un pied sur l'autre comme un enfant pressé d'aller aux toilettes peut le faire, mais elle ne manifestait aucun désarroi, plutôt de la hâte. Elle ne devait pas être au courant ou alors, c'était une bien étrange femme.

— Ah, Martin, te voilà ! Réunion dans la salle de débriefing, on attend encore deux trois personnes et Costra prendra la parole.

— Qu'est-ce qui se passe ? demanda avec un maximum de sincérité dans la voix Martin.

— Un drame…

C'était donc bien une étrange femme. Son truc à elle c'était le règne. Fascinée par la cour d'Angleterre, elle avait prié pour que le fils de son frère naisse un 22 juillet comme le petit George de Cambridge, mais il était né le 25, et ça l'avait rendue malade. Depuis l'enfance, Clarisse attendait son prince comme beaucoup de petites filles influencées par la société qui leur apprenait à être gentilles, polies et surtout à ne pas faire de bruit. Seulement, tous les princes qui avaient fini entre les jambes de Son Altesse, étaient soit de parfaits connards, soit de sombres idiots. Lassée, elle avait donc décidé de garder sa couronne pour elle seule. Ce serait donc son règne, et tous les autres deviendraient ses sujets. Clarisse écrasait tout sur son passage et sans le moindre remords. Une seule chose comptait : son nombril. Sa famille hésitait à l'inviter à partager la dinde de Noël, ses amis n'en étaient pas, elle était seule et bien comme ça.

— Quel drame ?

— C'est pas à moi de te le dire, c'est à Costra. Je ne suis pas directrice du magasin, du moins pas encore, ria-t-elle !

— Si tu rigoles, c'est que c'est pas si grave que ça…

— Ça n'a rien à voir, considère que c'est nerveux.

— Elle est où la salle de réunion ?

— Dans la salle de pause, près de la fontaine à eau, y a une porte, c'est là. Mais ce sera ouvert, on attend encore du monde, je t'ai dit.

Déjà deux autres employés que Martin n'avait encore jamais croisés, arrivaient. Il laissa Clarisse leur annoncer le drame mystère et rejoignit la salle de débriefing que Serge portait tant dans son cœur.

C'était donc ça, cette fameuse salle… À gauche en entrant, une autre fontaine à eau vous accueillait avec ses gobelets recyclables en carton. Les stores étaient baissés et la lumière artificielle baignait la pièce dans une ambiance froide qui donnait envie de se pendre. Ici, on s'asseyait sur les tables poussées contre les trois murs libres. Quelques chaises, toutefois, avaient été posées çà et là, mais personne ne s'en servait. On n'était pas là pour le confort, rester debout était de bon ton. Feelbee : magasin dynamique où se laisser aller au repos n'était pas conseillé. Le temps, n'était-il pas de l'argent comme l'avait justement soufflé Typhaine à Martin ?

Il fit comme ses collègues, une fesse posée sur une des tables à côté de Samuel et Victoire qui s'entretenaient avec Christèle dont le teint s'accordait parfaitement avec le vert de son polo ce matin. Au bout d'une dizaine de minutes, Hubert Costra entra, suivi de Clarisse, Typhaine et Ludwig Anganin. Leurs visages étaient fermés. L'heure était grave. C'était la première fois que Martin voyait le patron en vrai. De stature imposante, le veston un peu trop serré sur son abdomen rebondi, il avait le cheveu grisonnant et rare, une paire de lunettes attachée à un cordon pendait autour de son cou. Sa chemise à carreaux beige, lui donnait plus un style d'ouvrier des années 50 que de chef d'entreprise. En fait, il avait l'air sympa ce Costra ! Du moins, c'était l'impression qu'il faisait. Quelque chose du bon père de famille se dégageait de lui et invitait à la confiance. Après avoir regardé chacun des employés avec insistance, il prit la parole :

— Bien. Tout le monde est là ? Pour ceux qui seraient en congé aujourd'hui, je vous laisserai le soin de leur rapporter ce qui va être dit ce matin. Sans, bien sûr, les affoler inutilement. Vous vous en doutez, il s'est passé quelque chose de grave cette nuit. J'ai choisi de vous dire la vérité parce que nous sommes une équipe et que nos valeurs sont basées sur le respect et la confiance que nous nous accordons mutuellement. Clarisse, je vous prie, tâchez de vous calmer et de cesser vos gesticulations, mon petit.

Clarisse qui se tenait à sa gauche, rongeait ses ongles et trépignait littéralement sur place. Elle était effectivement très nerveuse. Aux mots de son patron, elle mit ses mains derrière son dos et se cala sur ses deux jambes. Martin sourit.

— Cette nuit, donc, Christiane Pibart a perdu la vie aux abords du magasin.

Un murmure d'effroi parcourut la salle. Saïmone qui se tenait près de la porte était visiblement au courant parce qu'il ne cilla pas. Il observait avec calme la réaction de ses camarades.

— Comment ça, perdu la vie ? Elle s'est suicidée ? osa un jeune homme dont la tenue blanche et verte signifiait qu'il devait travailler au rayon traiteur.

— Non, Kamel, fit Costra. Il ne s'agit *a priori* pas d'un suicide. Si nous ne connaissons pas les états d'âme de chacun, je pense que vous avez tous remarqué à quel point Christiane aimait la vie, et son métier qu'elle exerçait avec beaucoup de professionnalisme et de bonne humeur.

— Un accident alors ? entreprit Victoire, pour qui, d'un coup, Instagram n'était plus la priorité.

— Nous ne savons pas, l'enquête est en cours. Je vous tiendrai au courant de son évolution avec le plus de transparence possible. En attendant, soyons unis face à ce malheureux événement. Feelbee est une famille qui, ce matin, se retrouve endeuillée. Christiane aurait aimé que, dans de telles circonstances, vous donniez le meilleur de vous-même et continuiez à accueillir les clients avec la même ferveur. Faisons lui honneur. En attendant de recruter quelqu'un pour remplacer Christiane, j'ai confié l'intérim de la sous-direction à Clarisse Legendre. Je compte sur vous pour l'accompagner dans cette tâche avec le plus de sympathie possible. Clarisse a les compétences pour ce poste, laissez-lui le temps de trouver ses marques.

— Et qui va devenir chef de caisse ? demanda Samuel.

— Compte tenu de son ancienneté, ce poste revient à Christèle Frame. Elle connaît les rouages du métier sur le bout des doigts. Elle est capable de vous guider dans votre tâche. N'est-ce pas Christèle ?

Christèle était blême. Deux chocs le même matin, c'était lourd à encaisser. Tremblante, elle répondit :

— Je ne sais pas M. Costra. Je n'ai jamais eu de poste à responsabilité et…

— Allons, allons, mon petit, si je vous offre cette opportunité c'est qu'ici, nous pensons que vous saurez vous en sortir. Feelbee c'est aussi ça : évoluer, grimper les échelons au mérite. Rien n'est figé.

— Oui, mais, bon, là, on peut pas trop parler de mérite. Vous me proposez ça parce qu'il y a un mort dans la boîte et que vous avez besoin de Clarisse.

— Écoutez Christèle, là où vous vous trompez c'est que nous, nous avons confiance en vos capacités. Prenez cela comme un nouveau départ. Un nouveau défi ! Et comme nous tous, ici, vous êtes une femme de défi.

— Qui s'ignore, alors… fit Christèle.

Samuel souriait. Il n'en revenait pas. Ce n'était pas qu'il rêvait de ce poste, mais de là à le donner à une neurasthénique, il y avait un monde. Qu'est-ce qui leur prenait à la direction ? Si tant est qu'il restât une direction. Aux yeux du personnel, c'était Christiane Pibart qui tenait les rênes du magasin. Cousin Hub, comme on l'appelait dans les couloirs, était gentil, mais pas un homme de pouvoir. Il était arrivé là un peu par hasard, on ne savait pas vraiment comment. C'était comme s'il avait voulu s'offrir une préretraite paisible derrière son écran d'ordinateur, sans jamais sortir de son bureau. On murmurait d'ailleurs qu'il y disputait de nombreuses parties de solitaire et que finalement, son truc à lui, c'était de déléguer au maximum pour avoir la paix. Christiane était un bon sbire qui ne comptait jamais ses heures. Preuve en était qu'elle se trouvait encore sur son lieu de travail au beau milieu de la nuit. Était-il le seul à se demander ce qu'elle était en train de faire à une heure indue aux abords du magasin, comme l'avait joliment dit Costra ? Il fallait qu'il le demande. Au moment où il décida d'ouvrir la bouche, il fut devancé par Serge, visiblement bouleversé par la nouvelle.

— Excusez-moi, M. Costra, mais vous nous dites que Chris est morte aux abords du magasin. Où ça, aux abords ?

— Ah, Serge, je m'étonnais de ne pas vous avoir encore entendu, mon ami ! Christiane a été découverte à l'aube près de l'entrepôt, sur le parking.

— Par qui ? demanda Samuel.

— Par Germain et Souliman qui faisaient leur ronde. Bien, ai-je répondu à vos questions, messieurs ?

— C'est bizarre qu'elle était encore là, non ? continua le caissier.

— Chris était une bête de somme, tout le monde le sait. Ce n'était pas la première fois qu'elle restait travailler la nuit au magasin. Je vous l'ai dit, l'enquête nous donnera plus de détails. Pour l'instant, reprenez vos tâches. Chacun sait ce qu'il a à faire. Pour les questions d'ordre pratique, de planning, ou que sais-je, voyez avec Clarisse. Sur ce, mes grands, j'ai encore à faire avec les autorités et je vous demanderai de ne pas ébruiter ce drame, la réputation de Feelbee pourrait en pâtir de façon irrémédiable et nous savons tous que ce n'est dans l'intérêt de personne. Restons soudés et bonne journée !

« Bonne journée… » Il avait osé. C'était sûrement dit comme ça, dans les airs, mais ça avait fait saigner les oreilles de Martin. Quelqu'un était mort, là, à deux pas de la salle où tout le monde commençait à se disperser lentement, comme sonnés, et Costra avait souhaité à tous une bonne journée. Clarisse feignait de cacher sa joie, mais c'était difficile pour elle et ça se voyait. Elle ne put s'empêcher de lancer à la cantonade :

— Maintenant, c'est à moi que vous vous adresserez pour toutes vos questions ! En attendant que le bureau de Chris me soit accessible, vous me trouverez dans celui qui est derrière la caisse centrale. Allez, allez, mes petits chats, on ne se laisse pas abattre, Feelbee ouvre ses portes dans vingt-cinq petites minutes. Louis, remets bien le col de ton polo, on n'est pas sur un stade de rugby !

Martin était dans les derniers à sortir de la pièce, il interpella Clarisse :

— Du coup, je ne sais pas où je suis aujourd'hui…

— Comment ça ? Y a écrit quoi sur ton planning ?

— Rien, seulement mes horaires, j'allais demander justement à Christiane, mais ça va être compliqué…

— Bon, eh bien tu vas prendre la caisse de Christèle. J'ai besoin de la briefer. Pendant la première heure, Victoire sera derrière toi pour te montrer et après, zou, dans le bain ! Tu vas voir, c'est chouette d'être caissier !

— Mais j'ai jamais fait ça !

— Il faut une première fois à tout, pas vrai ?

« Je rêve où elle m'a fait un clin d'œil », se demanda Martin. Il se mit à la recherche de Victoire qu'il trouva au bout de plusieurs minutes, dans le rayon maquillage.

Elle pleurait dans les bras de Saïmone. Quand elle le vit, elle essuya ses larmes et desserra son étreinte.

— Oh Martin, excuse-moi, mais c'est tellement horrible tout ce qui se passe que…

— Je comprends, pas de souci.

— Oh que si, y a un souci, lâcha Saïmone. Et un gros ! On est en danger. Quelqu'un veut du mal à Feelbee, sinon pourquoi tuer Christiane ici, hein ?

— On ne sait même pas si elle a été tuée, tu as entendu ce qu'a dit Costra, il faut attendre que l'enquête avance avant de faire des conclusions hâtives, fit Martin.

— Vas-y Saïmone, dis-lui ce que tu sais. Il peut rien comprendre, là ! dit Victoire dont les yeux s'allumaient d'excitation.

— O.K., tu répètes rien à personne, d'accord ! fit le vigile.

— Je serai une tombe.

— Les gars l'ont trouvée sous un camion frigorifique. Même pas bien cachée. Quand on a un accident, type attaque cardiaque, anévrisme ou même mauvaise chute, on ne se retrouve pas sous un camion, si ? Ton réflexe de survie n'est pas de ramper sous un putain de camion, si ?

— Bah non, en effet… osa Martin. Qui t'a raconté ça ? Costra ?

— Costra ? Mais d'où tu viens, toi ? C'est à peine s'il me regarde Costra, pourtant, j'en fais des heures pour lui ! Nan, mec, celui qui m'a dit ça c'est Germain, et je le crois, parce que Germain, c'est pas le genre à raconter des conneries et en plus ça l'a vraiment choqué de voir Chris dans cet état.

Martin se rappela du brin de conversation auquel il avait assisté entre Christiane et Saïmone. Ils s'entendaient bien, ça se voyait. Il se dit que le garçon devait être chamboulé à l'annonce du décès de celle qui était la seule à pouvoir l'appeler Simon.

— Donc tu vois, quand je te dis qu'on est en danger, c'est qu'on est en danger. J'exagère rien !

— Elle avait peut-être des ennemis à l'extérieur.

— Mouais… M'étonnerait. C'était vraiment une chouette fille ! Bon, faut que j'aille me mettre en tenue, j'ai un travail, moi !

Sur ces mots, Saïmone mit une grande claque dans le dos de Martin, embrassa Victoire dans le cou et les laissa seuls.

Dehors, les premiers clients arrivaient sur le parking. Loin de se douter de ce qui s'était joué à quelques mètres de leurs voitures quelques heures plus tôt. Martin prit la caisse n° 6, Victoire debout derrière lui.

— Bon, fit-elle, tu sais ce que c'est qu'un code barre ?

— Oui, bien sûr.

— Tu sais ce que c'est qu'un scanner de code barre ?

— Le truc qui fait « bip » mille fois par jour ?

— Ah ah, mille fois… Tu es naïf ou quoi ? Un article toutes les deux secondes, un magasin ouvert non-stop de 8 h 30 à 20 heures soit pendant onze heures et demie. Alors, ça fait combien d'articles qui passent pour une seule caisse ?

— Beaucoup ?

— J'ai fait le calcul : 20 340. Bon, évidemment, parfois, il y a des moments de creux comme maintenant, mais dans l'absolu, ça fait ça. Et à ton avis, tu penses que nous soulevons combien de kilos par jour ?

— Je ne sais pas trop…

— Entre deux et trois tonnes ! Eh ouais ! Alors, elle est où la petite caissière toute frêle, hein ? ria Victoire en pinçant les hanches de Martin.

Victoire était une jeune femme pétillante, à n'en pas douter. Seulement, Martin ne put s'empêcher de se demander. « Si nos genres étaient inversés, si j'étais une caissière stagiaire et elle un caissier chevronné, là, je pourrais être en droit de crier au harcèlement sexuel, non ? » Il en fit part à Victoire. Celle-ci rougit.

— Désolée Martin, je ne voulais pas te gêner. Je l'ai fait sans penser à mal, c'est stupide. Tu as raison, même sans qu'on échange nos genres, je n'ai pas à te toucher. D'ailleurs, le fait que tu en parles, ça montre que tout ça commence à entrer dans les mœurs, non ?

— Tu sais, j'ai une fille et c'est plus pour elle que ce changement de mentalité me ravit.

— Ça te serait égal si c'était un garçon ?

— J'ai un garçon aussi. Mais je me dis qu'il est peut-être plus apte à se défendre.

— Ah ouais, O.K., je vois ! Y a du boulot, quoi ! Il y a six mois, Benji de la compta a été harcelé sexuellement par Pibart, celle qui est morte.

— Ah oui ?

— Parfaitement ! Elle lui a fait un gringue d'enfer. Mais quand je te parle d'enfer, c'est la vérité, hein. Avec Saïmone on lui avait même conseillé de porter plainte. Il n'en pouvait plus le pauvre.

— Qu'est-ce qu'elle lui faisait ?

— Oh, je ne sais pas exactement, des invitations, des « pensez à votre augmentation mon petit », trucs du style.

— Il a porté plainte ?

— Non, bien sûr ! C'est pas très Feelbee de porter plainte. Ici, tout se règle en interne. Et puis, je crois que Benji avait un peu honte.

— De quoi ?

— Tu trouverais ça viril, toi, d'être harcelé par une femme ?

À dire vrai, Martin ne s'était jamais vraiment posé la question. Ça ne lui était jamais arrivé. En y réfléchissant dix secondes derrière sa caisse, il s'était senti mal à l'aise. Que l'on soit homme ou femme, être une proie était glaçant.

— Je ne me pose pas la question en ces termes, en fait. Je n'aimerais pas du tout, c'est certain.

— Tout à l'heure, j'ai pas pu m'empêcher de penser que quelque part, il devait être soulagé de ne plus avoir à la croiser dans les couloirs !

Quelque part, Martin comprenait très bien. À la caisse centrale, Clarisse donnait des directives à Christèle qui n'en finissait plus de tomber des nues. De là où il se trouvait, Martin avait une vue imprenable sur le duo. Celle qui d'un coup se trouvait promue au rang de cheffe de caisse lissait nerveusement sa jupe tandis que la jeune blonde lui expliquait avec beaucoup d'emphase l'art du management. Christèle n'était pas une meneuse, pas la peine d'avoir une thèse de psychologie pour s'en rendre compte. Sa promotion était vécue comme une purge et annonçait des semaines difficiles pour la quinquagénaire. Samuel arriva d'un pas nonchalant vers Victoire et Martin.

— Ouh la, j'ai des soucis à me faire si j'ai un beau gosse comme collègue. Je te préviens, mec, je suis le premier sur les mamies, elles m'adorent ! Pas vrai, Vic ? fit le jeune homme

— Ah ça, c'est vrai ! Même que des fois, il y a la queue à sa caisse alors que nous on se tourne les pouces. C'est dingue !

— Laissez le charme agir… continua Samuel crâneur.

— Ne t'en fais pas, répondit Martin, il y a peu de chance que ça arrive avec moi. Quand elles verront le temps que je mets à passer les articles, elles retourneront vite voir le petit Samy !

C'était faux. À peine un quart d'heure après que le rideau de fer fut ouvert, Martin n'eut plus une seconde à lui. Les aficionados des courses du matin voulaient tester le petit nouveau. Victoire derrière lui, Martin tâchait de faire ce qu'il pouvait pour satisfaire la clientèle. De nature aimable, il n'avait aucun mal à sourire aux clients. « Bonjour ! Ça fera 17 euros et 32 centimes s'il vous plaît madame. Merci ! Passez une belle journée. » Victoire observait. À la fin de la première heure, profitant d'une accalmie, elle fit son petit topo à Martin :

— Tu te débrouilles plutôt pas mal pour un novice. Par contre, ici, on a obligation de fidéliser la clientèle par des phrases-gimmick. Tu vois ce que c'est ?

— J'imagine, mais j'attends que tu me dises.

— Au lieu de dire simplement merci au client, tu dois dire « Merci de faire vos achats chez Feelbee. » Pourquoi ? Eh bien premièrement, la marque rentre dans son cerveau, deuxièmement, il se sent important. Nous le remercions de venir chez nous, et il entend que, pour nous, c'est un honneur de le recevoir, il aura envie de revenir.

— Qui t'a raconté des trucs pareils ?

— Psychologie humaine de base. Bon, Clarisse nous en a fait des tonnes sur la question, faut dire. D'ailleurs, on n'en pouvait plus. Je pense que ça va changer avec Christèle, ça va être plus free-style. En deux semaines, on l'aura bouffée, la pauvre. Ça va être un de ces bordels !

— Oui, c'est bizarre de l'avoir choisie, non ?

— Ils veulent la virer, qu'est-ce que tu crois ! C'est pour ça qu'ils font ça ! Ma main au feu.

— Tu crois ?

— Je ne sais pas si tu seras élu meilleur employé du mois, en tout cas, t'as déjà la couronne de la naïveté, mon grand ! Évidemment que je crois ! En deux semaines, je te dis. Elle va cumuler les fautes, elle n'a jamais fait un planning de sa vie, elle n'a jamais été cheffe de quoi que ce soit. Ils vont la licencier pour incapacité et tu verras qu'elle sera soulagée. C'est aussi ça la magie Feelbee.

Martin n'avait pas pensé à cette méthode d'un genre nouveau, mais ça se tenait. On imaginait mal un salarié mettre son patron aux Prud'hommes avec pour accusation « j'ai été promu. »

Ce à quoi Martin n'avait pas pensé non plus c'est à quel point les clients peuvent être épuisants. Il savait que l'ambiance générale d'un supermarché était, à elle seule, éreintante avec ses lumières artificielles, ses bruits incessants et sa musique crachée par des enceintes capables de transformer n'importe quel chef-d'œuvre en brouhaha inaudible, mais les clients, mon Dieu, les clients…

D'abord les grincheux, ceux pour qui ça ne va jamais comme il faut. Les ayatollahs de la réduction vue sur catalogue et qu'il est inadmissible de ne pas avoir trouvée en rayon, les pros de la promo, toujours premiers sur le bon d'achat. Ensuite, on trouve les lambins, ceux qui mettent au choix cinq minutes à sortir le porte-monnaie, ou ceux qui attendent d'avoir payé avant de commencer à remiser leurs achats dans le caddie. Ce n'est pas une question d'âge, ce qui se comprendrait aisément, non, Martin se demandait si certains ne faisaient pas exprès d'être le plus lent possible pour agacer les autres. Il existait aussi les méprisants, ceux qui ne disent ni bonjour ni merci ni au revoir. Ceux pour qui vous n'êtes rien qu'un robot qui passe des articles sur un tapis roulant. Ceux qui ne vous regardent pas.

— Tu as vu ? Elle ne m'a même pas regardé…, avait soufflé entre deux clients Martin à Victoire.

— Tu t'habitueras.

— Jamais ! L'impolitesse, à la limite, mais le mépris, jamais !

— Je t'assure que tu t'y feras, on en reparlera !

C'était malheureusement probable. Martin avait fait comme il fallait toute la journée : ne jamais se défaire de son sourire, telle était la règle et en fin d'après-midi, les commissures des lèvres de l'intérimaire étaient comme tétanisées, crispées dans un étrange rictus. Il était tout simplement stressé. Et il détestait ça. Il était temps de rentrer.

— On va boire un verre Saïmone et moi après le taf. Tu viens avec nous ?

— C'est gentil, mais je suis vanné, je vais rentrer me reposer.

— D'accord une prochaine fois, alors !

— Dis-moi Victoire, Saïmone c'est ton petit ami ?

— Bah oui ! Depuis presque six mois. Il est beau, hein ?

— C'est un beau garçon, oui. Il travaille ici depuis longtemps ?

— Depuis l'ouverture. Avant il était videur au Cargo, la salle de concert sur les quais. Et puis il s'est fait virer.

— Ah ouais ? Pourquoi ?

— Il prenait son boulot trop à cœur. Y a des gens qui se sont plaints. C'est dégueulasse parce que je peux te dire qu'il faisait super bien son job.

— Trop, peut-être…

— Exactement, Martin ! Trop bien.

XIII

William alluma sa troisième cigarette depuis qu'il était arrivé à Grandcamp. Appuyé sur le perré, il attendait Martin depuis une bonne demi-heure. L'envie de voir son ami lui avait pris au réveil, vers 14 heures. C'était un homme imprévisible, aussi quand Martin devina sa silhouette se découpant sur le front de mer, il ne fut pas plus surpris que ça.

— Tu voulais pas arrêter ? s'enquit Martin en sortant de sa voiture.

— J'arrête pas d'essayer. J'ai réussi une fois.

— Oui, cinq jours en 2004. On prend un café ? Le Gros Richard est ouvert.

Les deux amis entrèrent dans le bistrot. Richard essuyait des verres au bout de son comptoir. Il avait sa tête des mauvais jours, celle où cela ne servait à rien d'engager la conversation, il n'allait faire que maugréer. William le salua et c'est à peine si le tenancier releva la tête.

— Deux petits blancs ? finit-il par demander.

— Ah non, dit Martin, plutôt deux allongés, s'il te plaît.

— Ah ça, s'allonger devant la racaille, elle sait faire la flicaille !

William ne releva pas, il n'était pas d'humeur à débattre avec qui que ce soit, surtout pas avec Richard. Diverses expériences avec le bistrotier lui avaient prouvé que c'était vain. Par nature, le Gros Richard avait toujours raison et celui qui n'était pas d'accord n'avait qu'à passer la porte pour ne plus jamais revenir.

Ils choisirent une table à l'abri des oreilles qui pourraient traîner, plutôt par habitude que par souci du secret. Martin et William avaient depuis l'adolescence développé une certaine intimité qui aurait pu les faire passer pour un couple amoureux aux yeux des inconnus. S'il avait été d'humeur aimable, Richard n'aurait pas manqué de faire deux ou trois blagues minables sur le sujet. « Deux petits cafés pour les petits pédés » par exemple…

— Alors, raconte !

— Raconter quoi ? fit Martin.

— Ils vous ont annoncé ou pas le décès de la sous-directrice ?

— Oui. Étonnamment, oui. Je crois que la transparence est dans la culture de l'entreprise ou en tout cas, c'est ce qu'ils aiment se raconter.

— Ouais, c'est plutôt ça ! Tu vends du bio, t'es obligatoirement quelqu'un de bien.

— Quelque chose comme ça, oui. Mais tu sais, à part les produits en rayon, il n'y a aucune différence avec un autre magasin. Je trouve que tout ça est d'une grande hypocrisie. À part celle qui est morte et qui avait l'air attachée à cette pseudo philosophie humaniste, les autres ne sont pas dupes.

— Qui est-ce qui vous l'a dit ?

— Le patron en personne. T'aurais vu ça, ils ont organisé une réunion pour nous faire l'annonce. J'ai pas l'impression que le décès de cette pauvre Christiane a ému beaucoup de monde. Les gens se sont tout de suite demandé ce que sa mort allait changer pour eux. C'était presque indécent.

— Non, Martin, c'est surtout humain. Si tu faisais partie de la boîte depuis des années, tu aurais aussi pensé à toi, non ?

— Peut-être, mais je ne l'aurais pas exprimé comme ils l'ont fait. Je suis bien élevé moi, monsieur !

— Ah ça, on peut dire que Liliane et Gilbert ont fait du bon boulot ! C'est un gentil garçon qu'ils ont engendré là.

Sur la plage, un crachin commençait à mouiller le sable. Le ciel avait cette couleur propre au rivage normand, à la fois menaçante et enveloppante, mêlée de noir et de bleu. William, pourtant citadin, était toujours fasciné par ce spectacle de préapocalypse. Il sirotait son café, le regard perdu sur la mer.

— Il faut que je te dise quelque chose. Normalement, j'ai pas le droit, mais il faut que je t'en parle.

Martin ne répondit pas, attendant que son ami reprenne la parole.

— Je ne sais pas pourquoi je ne te l'ai pas dit avant. Je n'y ai pas cru, je crois. La semaine dernière, un type s'est présenté au commissariat pour déposer une plainte pour le vol du scooter de son gamin devant le lycée Malherbe. C'était Sonia à l'accueil. Elle l'a fait patienter dans le hall et le mec s'est mis à regarder les avis de recherche, comme tout le monde quoi.

Martin savait ce qu'allait dire son ami. Ce panneau d'avis de recherche, il le connaissait bien. Y figurait l'image de sa sœur au moment de sa disparition puis juste à côté, la photo de celle qu'elle pourrait être aujourd'hui, vieillie au logiciel.

— Il a reconnu Angélique ?

— Oui. Il a dit l'avoir connue à la toute fin des années 80 et plutôt bien d'ailleurs.

— Où ça ? Putain, William, fais pas de mystère avec ma sœur, t'entends ! Joue pas avec ça !

— Calme-toi Marty, j'allais te le dire ! En Espagne, à Santa Susanna, une petite station balnéaire de la Costa del Maresme. Elle était serveuse dans un hôtel-restaurant et lui il était animateur.

— C'est impossible. Si elle avait voulu partir comme ça, à l'aventure, elle l'aurait dit, elle n'aurait jamais laissé les parents sans savoir.

— Je suis bien de ton avis ! Inutile de s'emballer. Mais, bon, son témoignage a permis une chose : on a appelé les flics en Espagne et ils vont vérifier qui était cette jeune femme aux très longs cheveux blonds qui bossait dans cet hôtel entre 1988 et 1991.

— Qu'est-ce qu'il a dit d'autre ?

— Pas grand-chose, qu'elle était française, mais qu'il ne savait pas d'où exactement, et qu'elle s'appelait Laura.

Martin laissa tomber sa tasse sur la table. Laura. Si Angélique avait dû un jour changer de prénom, c'était à n'en pas douter celui qu'elle se serait choisi. Laura Ingalls, son personnage préféré dans la petite maison dans la prairie. Elle ne s'en vantait pas, mais elle ne manquait jamais un seul épisode de ce feuilleton maintes fois diffusé sur les chaînes françaises. Martin aimait bien regarder les aventures de la famille de Walnut Grove avec elle.

— Et si c'était elle ? finit-il par dire dans un souffle.

— Tu dis toi même qu'elle ne vous aurait pas laissés comme ça. Vous n'étiez pas fâchés !

— Non, mais, tu sais, l'adolescence parfois…

— Par contre, s'il te plaît, n'en parle pas à tes parents, pas avant qu'on en sache plus. Je n'aurais d'ailleurs pas dû t'en parler, mais j'avais l'impression de te trahir.

— Tu as bien fait, ne t'en fais pas. De toute façon, en Espagne ou ailleurs, je sais qu'elle vit toujours.

William était tout de même soulagé d'avoir parlé. Depuis que cet homme était venu remuer cette sombre histoire dans le commissariat, il avait du mal à trouver le sommeil. S'il acquiesçait chaque fois que Martin lui disait que sa sœur vivait encore quelque part, il regardait la disparition d'Angélique avec plus de distance que son ami et avait peu d'espoir de la retrouver un jour, même morte.

Martin finit son café en silence, il était fatigué et triste. Qu'est-ce que c'était que ce monde qui laissait disparaître des enfants de 16 ans et cacher des femmes mortes sous des camions ? Les deux amis se quittèrent sur la plage après une promenade quasi silencieuse. William rentra à Caen tandis que Martin termina de noyer son cafard sur son lit, un épisode de la petite maison dans la prairie défilant sur son ordinateur.

XIV

Saïmone se tenait droit devant le miroir de la salle de bains. Torse nu, s'amusant à faire tressaillir l'un après l'autre ses pectoraux, il se trouvait beau. Sexy, même. Il passa sa langue sur ses lèvres avant de prononcer pour lui « Saïmone, t'es un super beau gosse… Ouais, super beau gosse… » Sur le canapé-lit du salon, Victoire se rhabillait. L'appartement était petit, mais fonctionnel, un studio d'étudiant sans étudiant dedans. Son locataire avait pris soin tout seul de la décoration et ça se voyait. Sur les murs, des posters d'arts martiaux avaient été soigneusement punaisés, une barre de traction était fixée dans l'encadrement de la porte de la salle de bains, et un sac de frappe pendait au centre de la pièce. Magique. Quelque chose la décontenançait. Peut-être le fait que depuis l'annonce du décès de Christiane, elle n'avait vu aucun changement dans le comportement de son petit ami. Elle n'osait pas lui en parler. Saïmone n'était pas violent avec elle, mais il pouvait se montrer assez véhément, ce qui s'apparente déjà à de la violence. Pas pour Victoire. Elle aimait bien les engueulades, c'était son truc, ça pimentait son quotidien et alimentait même parfois son compte Instagram quand elle décidait d'y raconter sa vie. Hashtag « encore une dispute avec mon chéri, snif ». Elle se repaissait des commentaires de ses fausses amies dont elle ne connaissait qu'un pseudo « matoumignon » ou « mesenfantsmafierté », c'était délectable de lire les réactions outrées et bienveillantes entre les « quitte-le » et les « oh ma pauvre chérie, de tout cœur avec toi ».

Ils venaient de faire l'amour, comme si rien ne s'était passé de notable. Ça n'avait pas duré longtemps, quoi qu'en pense Saïmone qui avait toujours une étrange notion de la temporalité dans ces moments-là. Mais ça avait été pas mal, pas génial, mais pas mal, rien de très marquant. Saïmone sortit de la salle de bains et se jeta sur le lit, atterrissant à côté de sa compagne.

— Alors, heureuse ?

— Grave.

— Bah qu'est-ce qu'il y a, mon petit loup ? C'était pas bien ?

— Si, si… C'est juste que… Ça ne te fait rien, à toi, la mort de Chris ?

Saïmone se laissa tomber sur le dos, prit une cigarette sur la table basse en pin à sa gauche, l'alluma et soufflant sa fumée au plafond, partit dans un monologue.

— C'est pas que ça me fait rien, je ne dirais pas ça, elle était sympa Christiane. Bon c'était pas ma meilleure amie non plus, juste une collègue qui me laissait faire mon boulot comme je voulais, et tu sais bien que pour moi, ça n'a pas de prix. Mais la vie continue, comme on dit. Je suis pas du genre à me laisser abattre, et puis je tiens trop à mon poste pour aller fouiner. Quand j'entends Serge qui demande ce qu'elle foutait sur le parking au milieu de la nuit, ça me fait doucement rigoler. Moi aussi je me pose la question, mais j'ai pas envie de montrer au patron que ça m'intéresse.

— Pourquoi ?

— Parce que ce que je veux montrer au patron, c'est que c'est Feelbee qui m'intéresse. C'est ça qu'il attend le cousin Hub. Il attend des types comme moi, investis dans leur mission, que rien ne peut écarter du chemin de l'entreprise. Je veux lui montrer que je suis là, que mon boulot c'est vigile et que grâce à des mecs comme moi, ils économisent des centaines d'euros par semaine en coinçant les blaireaux de voleurs.

— T'aurais dû être militaire.

— Ils ont pas voulu de moi.

— Sérieux ?

— Ouais, j'ai été boulé aux tests psychologiques, je sais pas pourquoi. Ils savent pas ce qu'ils ont perdu. Je serais peut-être général aujourd'hui.

— Dis-moi, Saï, tu l'as pas tuée Christiane ? T'es pour rien dans cette histoire, hein, tu me jures ?

Simon Bertrand regarda Victoire Lanoë dans les yeux et sourit. Leurs quinze ans d'écart fascinaient l'homme qu'il avait peiné à devenir. Il avait envie de protéger la jeune femme de 23 ans allongée à ses côtés. Il lisait l'appréhension de sa réponse dans ses yeux. Qu'elle était frêle et fragile dans son tee-shirt parme...

— Tu parles d'une question ! Bah non, c'est pas moi qui ai tué Chris, Vic. Pourquoi j'aurais fait ça ?

— Je sais pas, vous auriez pu vous engueuler, un coup de sang et voilà !

Saïmone écrasa sa cigarette et se mit à rire.

— Pourquoi tu rigoles ?

— La maîtrise, Victoire. Je suis un as de la maîtrise, t'as oublié ? Et puis franchement, quitte à tuer quelqu'un, j'aurais bien fini le travail. Je l'aurais jamais laissée comme ça, à la vue de tout le monde. Tiens, ouais, d'ailleurs, comment j'aurais fait ? Je l'aurais peut-être découpée et puis après j'aurais mis les morceaux dans des sacs avec des cailloux dedans et j'aurais dispersé tout ça dans plusieurs rivières. Ou je les aurais congelés en petits bouts, j'aurais fait des filets et tout et je les aurais placés au rayon viande bio et puis je les aurais conseillés à la petite mamie du lundi qui vole et que j'ai pas encore réussi à chopper.

Victoire riait, rassurée. Elle était de plus en plus amoureuse.

XV

La semaine se poursuivait tranquillement au rythme décousu de la grande distribution. S'il y avait quelque chose que Martin aimait dans ses missions d'intérim, c'est que chacune lui apprenait quelque chose sur sa personnalité. Celle-ci lui montrait clairement que cette vie d'employé de magasin n'était pas pour lui. Ne jamais voir le soleil le rendait maussade, et puis ces pauses obligatoires de plusieurs heures, coincé en pleine zone industrielle, étaient insupportables. Souvent, il prenait sa voiture pour rendre visite à ses parents ou à des amis, ça lui donnait de l'air, c'était salvateur et nécessaire. Mais là, en rentrant de chez son ami d'enfance Pascal, il se retrouvait coincé sur le périph en travaux, il n'avait pas prévu assez de marge. Erreur de novice, peut mieux faire, à revoir. C'était clair : il allait être en retard de quinze bonnes minutes au magasin. Pour rester dans les clous, il appela l'administration et c'est Clarisse qui décrocha.

— Tu te fous de ma gueule ?

— Je suis désolé, je fais ce que je peux, mais il y a un bouchon, ça va se décanter sous peu.

— Tu passes dans mon bureau dès que tu arrives, je crois qu'il faut qu'on parle.

En arrivant, Martin, en bon élève, se rendit dans l'ancien bureau de Christiane Pibart que Clarisse avait redécoré à sa sauce. C'était… différent. La jeune femme aimait le violet et ça se voyait. C'en était fini des murs impersonnels et épurés, le bureau ressemblait plus à un boudoir qu'à un lieu de travail. La table était jonchée de feuilles et de stylos en vrac. Il n'y avait plus un seul dossier qui était classé par couleur, certains jonchaient même le sol.

— Tu as l'air surpris ?

— Ah oui, c'est que la déco n'est plus la même. Tu t'es bien approprié le lieu on dirait.

— J'ai besoin de mon bazar pour être au top de mon efficacité. Chacun ses marottes. Et tu vois, là, je suis au top et j'ai très envie d'être efficace. Tu m'expliques ton retard ?

— Je te l'ai dit, j'étais coincé dans un bouchon, ils font des travaux sur le viaduc et tous les parents allaient chercher leurs gosses à l'école donc, forcément ça bouchonne… Je ne me ferai plus avoir.

— Encore heureux ! Je te pensais responsable, Martin Mesnil. T'es même pas capable de prévoir les aléas.

— Je ne me ferai plus avoir, te dis-je.

Martin sentait monter la colère en lui. Clarisse était en position de dominante assise à son bureau, mordillant son stylo bille, réfléchissant à la punition qu'elle allait infliger au vilain garçon qu'elle n'avait toujours pas invité à s'asseoir.

— Bien. Jusqu'ici, je t'ai donné du temps pour prendre tes marques. Victoire m'a laissé entendre que tu te débrouillais bien à la caisse. Serge est satisfait de ton travail en rayon. Il est temps pour toi de rentrer dans le dur. Nous aimons la polyvalence. À partir de maintenant et jusqu'à la fin de la semaine, tu seras à l'entrepôt.

— Je croyais que vous manquiez de monde en caisse cette semaine ?

— On en manque, mais on se débrouillera. Faut que tu apprennes Martin.

— Mais apprendre quoi ? À ne plus arriver en retard ?

— Ah, tu vois ! Tu sais être malin parfois !

Elle jubilait, toute forte de son nouveau pouvoir. Martin détestait les rapports hiérarchiques, surtout quand ils étaient injustes et méprisants. Ça le rendait dingue. Après tout, il n'était qu'un intérimaire, c'est avec Astus Intérim qu'il avait signé un contrat, pas avec Feelbee. S'il avait besoin de sa paie pour participer au cadeau équin de sa fille, sa santé mentale valait peut-être plus qu'un poney. Ne disait-on pas qu'un enfant était heureux si son parent était épanoui ? Il tenait ses poings serrés dans ses poches de jean. Il n'avait pas eu encore la possibilité d'aller se changer au vestiaire, tout à sa hâte d'aller se faire punir par la jeune femme. Ses yeux brillaient et ses joues étaient rouges, il le sentait. Clarisse regarda fixement Martin et sembla se radoucir.

— Fais pas cette tête, y a rien de personnel, mais si tout le monde se met à arriver en retard comme toi, eh bien, je ne suis pas sortie de l'auberge. Je me dois de sévir à la première incartade, c'est mon job.

— C'est ton job depuis quelques jours et pas pour longtemps, si tu veux mon avis.

— Je me fous de ton avis ! J'ai bossé très dur pour arriver où j'en suis. Tu n'imagines même pas ce qu'il a fallu pour avoir la confiance de mes chefs. Aujourd'hui, je l'ai cette confiance et je vais leur montrer que je la mérite. Et arrête de me regarder comme ça sinon j'appelle Saïmone !

Martin ne put s'empêcher de lâcher un rire. Pour une dure à cuire, elle se sentait vite menacée. On aurait dit une toute petite fille dans sa chambre mal rangée. Perdue au milieu de ses jouets. Sauf que Martin refusait d'en être un et était bien décidé à le lui montrer.

— Tu veux que j'aille à l'entrepôt, parfait, j'irai. Ça ne me pose aucun problème. Le seul problème que je vois ici, c'est toi. Il te manque quelque chose pour être à ce poste.

— Et allez, le refrain sur les femmes qui ont des responsabilités. Ça te met mal à l'aise que je sois à cette place, pas vrai ? La parité, ça te donne la nausée ? Vas-y, dis-le que ce qu'il me manque c'est ce que vous avez entre les jambes ?

Martin ria franchement cette fois.

— N'importe quoi ! Il me semble que la personne qui était assise à ta place le jour de mon arrivée s'appelait Christiane et pas Christian, non ? Ce qu'il te manque, c'est l'intelligence, et crois-moi, ce n'est pas une question de genre.

— Tu penses que je suis stupide ?

— Non, je pense que tu n'es pas intelligente, nuance, et que sous tes airs de manageuse à l'écoute, tu caches une propension certaine à la méchanceté. La méchanceté n'a rien à voir avec la stupidité.

— O.K., tu l'auras voulu, j'appelle Ludwig, on va régler ça tous les trois.

— Vas-y, appelle-le, j'ai déjà fait perdre quinze minutes à l'entreprise. Un peu plus, un peu moins…

XVI

C'est dans un silence de mort que Ludwig Anganin entra dans la pièce. Martin était toujours debout, dos à la porte et face à Clarisse qui faisait semblant d'écrire sur son ordinateur, préférant ignorer royalement l'intérimaire. Faire des histoires, elle adorait ça depuis la maternelle. Mais les gens grandissaient et ne rapportaient plus à la maîtresse. Ça lui manquait.

— Clarisse, M. Mesnil, un problème ?

Anganin se souvenait de son nom et ça, Martin ne l'aurait pas parié. Le cadre le scrutait avec ses yeux inquisiteurs tandis qu'il s'asseyait sur une des chaises face à Clarisse.

— Eh bien, asseyez-vous, on n'est pas chez le proviseur ! lança-t-il. Qu'est-ce qu'il se passe ?

— Oh plusieurs choses, fit la nouvelle sous-directrice. Premièrement, M. Mesnil est arrivé sur son lieu de travail avec quinze minutes de retard avec comme excuse d'être coincé dans les bouchons.

— Il a prévenu ?

— Euh… Oui, mais bon, il aurait pu anticiper !

— Vous vous êtes fait avoir sur le viaduc ? dit-il en se tournant vers Martin. Ça m'est arrivé la semaine dernière, une plaie leurs travaux… Bien, ensuite, Clarisse ? J'imagine que vous ne m'avez pas fait venir seulement pour ça.

— J'y venais. M. Mesnil n'a pas supporté que je le place à l'entrepôt pour le restant de la semaine et a proféré des menaces à mon encontre.

— Quel genre ?

— Pardon ?

— Les menaces, quel genre ?

— Eh bien, il m'a regardé méchamment et a dit que je manquais d'intelligence pour ce poste.

— Ça, Martin, c'est à nous d'en juger, fit Anganin avec calme. Mais dites-moi, Clarisse, pourquoi avoir mis notre seul intérimaire à l'entrepôt ? Il nous manque du monde au magasin cette semaine.

— Eh bien, j'ai pensé que ça lui permettrait de réfléchir à son sérieux. Et puis je me suis dit que c'était un bon exemple pour les autres.

Le silence se fit dans le bureau. Martin buvait du petit lait, il n'avait pas encore eu à ouvrir la bouche que déjà, Clarisse commençait à se rendre compte de sa bêtise et se liquéfiait dans son fauteuil. Ludwig Anganin pinça curieusement ses lèvres et sans lâcher la jeune femme des yeux, dit :

— La période est sombre, Clarisse. Très sombre. N'oubliez pas que vous remplacez quelqu'un qui ne sera plus jamais parmi nous et qui nous manquera beaucoup. Alors, soyez discrète, ne changez pas nos codes, gardez toujours l'esprit Feelbee, rentrez-le dans votre crâne à coups de marteau s'il le faut. Ici c'est bienveillance, esprit collectif, envie de travailler ensemble et dans la bonne entente. M. Mesnil, vous n'irez pas à l'entrepôt cette semaine. Vous y travaillerez quand on aura besoin de vous, pas avant. Et ne pensez pas qu'y aller est un déshonneur ou que sais-je. D'ailleurs, Clarisse, c'est un manque de discernement de croire que travailler à l'entrepôt est une punition. Qu'en penseraient vos collègues qui y bossent huit heures par jour et avec le sourire ? Vous les prenez pour quoi ? Des forçats ? Des esclaves ? Bref, nous avons tous trois perdu assez de temps comme ça. Chacun a du travail, ici, je crois. Bonne journée !

Sur ce, il se leva avec beaucoup d'élégance et rejoignit son bureau sans bruit. Clarisse était livide, les yeux fixés sur la porte qu'Anganin avait laissée ouverte. Martin ne réussissait pas à avoir pitié d'elle. Après tout, elle s'était punie toute seule.

— C'est bon, là, vas-y, dégage ! ordonna-t-elle sans le regarder.

— À quel poste ?

De toute puissante derrière son bureau et ses nouvelles responsabilités, elle était devenue fragile, en prise avec la rage et l'humiliation. Elle avait beaucoup de mal à garder une certaine contenance.

— Avec Serge., réussit-elle à articuler.

— Pas de problème.

Très à l'aise, Martin se leva et avant de passer la porte, glissa à la sous-directrice dans un sourire :

— C'est rien Clarisse, faut que tu apprennes.

XVII

— C'est pas vrai ? Tu lui as dit ça ? Et qu'est-ce qu'elle a répondu ?

— Bah rien, que veux-tu qu'elle dise ?

Le lendemain, dans la salle de pause, Martin n'avait pas résisté à raconter son altercation avec Clarisse à Samuel. Il savait qu'il ferait plaisir à son collègue. Et c'était vrai, l'anecdote semblait délectable au jeune caissier.

— Punaise, j'aurais tellement aimé être là ! Si tu savais comment elle nous a pourri la vie. T'es un peu notre héros, toi finalement ! Tu vas tous nous sauver, dit Sam en riant.

Martin prit dans son casier un sandwich fait maison, deux tranches de pain de mie et un peu de comté, ça suffisait bien pour finir la journée.

— En tout cas, elle en avait envie de ce poste, ça, on ne pourra pas lui enlever !

— Toi Martin, t'es en train de me dire que tu penses ce que tout le monde pense ici…

— C'est-à-dire ?

— Que ça arrange bien Clarisse que la mère Pibart soit morte.

— Bah, c'est vrai, non ?

— Oui, bien sûr, mais de là à la tuer, y a un monde…

— Vouloir un poste ne veut pas dire vouloir tuer celui qui a le poste, Samuel. Tu veux le poste de Christèle, mais tu ne comptes pas la tuer, n'est-ce pas ?

Samuel regarda, interloqué, son collègue. Il avait raison, ça ne lui viendrait jamais à l'esprit de liquider la pauvre Christèle, elle était assez grande pour le faire toute seule.

— D'ailleurs, on ne sait toujours pas ce qui s'est passé finalement. À ton avis, c'est quoi ?

— Un meurtre, fit, glaçant, Martin.

— Ouais, je crois aussi. Tout le monde le croit ici.

— Décidément, tout le monde pense la même chose chez Feelbee.

— C'est ça, l'esprit d'entreprise, gros ! *Corporate* jusqu'au bout des méninges.

Dans un fracas qui n'était propre qu'à lui, Serge entra dans la salle de pause. Il était essoufflé, comme toujours après le moindre effort. On avait l'impression qu'il était à bout de ce que son corps lui permettait de faire, usé par le poids des années et des palettes qu'il trimballait à longueur de journée.

— Ah, Martin, t'es là ! Je te cherche partout. On va avoir besoin de toi à l'entrepôt mon grand ! Y a un arrivage qui n'était pas prévu pour aujourd'hui, je sais pas ce qu'ils ont foutu avec leur carnet de commandes, mais ça devient n'importe quoi là-haut !

Martin fit un check amical à Samuel et suivit Serge dans le dédale des rayons. Il n'avait jamais mis un pied dans l'entrepôt et c'est avec beaucoup de curiosité qu'il s'y rendait. En passant dans le rayon fruits et légumes, il remarqua que des clients avaient fait tomber plusieurs barquettes de kiwis sous vide par terre. Il commença à les ramasser quand Serge l'arrêta :

— Oublie, on n'a pas le temps et d'ailleurs je saurais même pas où les mettre. Toutes les étiquettes se ressemblent, faut bien lire. La provenance, bio, pas bio, mais équitable, local, pas local, mais avec un indice de bilan carbone très faible. Enfin, bref, on n'a pas le temps.

— Bah, regarde, c'est facile c'est écrit « Feelbio, local et durable ». Des kiwis locaux… Je savais pas qu'il faisait assez chaud en Normandie pour cultiver des kiwis, moi !

— Eh bien, tu te trompes ! Plus ça flotte, plus il est content le kiwi ! Faut juste pas qu'il gèle en dessous de -18 °C. Ceux-là viennent de l'Eure, près de Bernay.

— Mais du coup, les étiquettes, c'est Feelbee qui les donne aux producteurs ?

— Tu rêves, ce serait un coût en plus de leur envoyer tout ça. Non, non, c'est nous qui emballons. Les fruits arrivent en cagettes et on se débrouille.

— Mais vous vous débrouillez où ?

— Bah, à l'entrepôt, voyons ! On va pas faire ça dans le rayon ! Quel nigaud celui-là ! Allez, laisse-les par terre, on est attendus. Avec un peu de chance, tu vas voir des gens qui emballent des fruits, petit veinard.

Serge était moqueur, mais gentil et depuis l'expérience désagréable qu'avait vécue Martin avec Clarisse, il ne crachait pas sur la gentillesse. Après avoir traversé tout le magasin, ils se retrouvèrent face à un large rideau de fer que Serge ouvrit en appuyant sur un bouton rouge contre le mur.

Ce qu'il y avait derrière ressemblait à un enfer métallique bien rangé. Des rayonnages qui partaient du sol au plafond se succédaient sur plusieurs mètres. Au centre de l'allée centrale, un homme sur un Fenwick salua Serge d'un hochement de tête.

— C'est Fifi, il bosse ici depuis le début. Un bon gars, mais un brin fainéant. Enfin, ce n'est que mon avis, hein !

Fifi s'éloigna sur son engin alourdi d'une palette de packs de bières biologiques, sûrement ici de l'agriculture locale.

— C'est grand, dis donc !

— Ah, tu trouves ? Non, c'est plutôt un petit entrepôt de stockage. Il y a bien plus immense. Va chez nos voisins suédois, au bout du rond-point, tu verras qu'ici on joue dans la petite cour.

Martin connaissait par cœur l'entrepôt self-service du géant du meuble en kit. Sa mère raffolait de l'enseigne et passait beaucoup de week-ends à monter des étagères en faux bois au grand désespoir de Gilbert que ça gênait dans sa concentration d'écrivain.

Il faisait froid dans ce grand hangar accolé au magasin. Martin le fit remarquer et Serge lui expliqua que le quai de chargement était toujours ouvert en journée. Cela facilitait les arrivées et départs des livraisons.

— Feelbee livre aussi ?

— Oui, un peu. Quand il manque du stock à d'autres Feelbee, on dépanne. C'est tout un circuit interne. Ça fait partie du truc, quoi.

Martin comprit que le truc dont Serge parlait sans trop y croire c'était la fameuse philosophie dont on lui rabâchait les oreilles depuis son arrivée. On aurait dit qu'elle seule comptait pour les cadres de la boîte. Personne n'était dupe, et ça avait le don d'agacer Martin au plus haut point. La cupidité d'accord, mais assumée, s'il vous plaît ! L'intérimaire remarqua qu'aucun des employés de l'entrepôt ne portait de casque. Il s'en inquiéta auprès de Serge.

— On a déjà des chaussures de sécu et c'est vrai qu'on devrait tous porter un truc sur la tête, mais bon, quand tu travailles ici, le casque c'est vraiment inconfortable, alors les gars ne le mettent pas. Costra laisse passer, il y a beaucoup de turn over à l'entrepôt, s'agirait pas d'en rajouter.

— Pourquoi les gens partent ? Les conditions de travail sont mauvaises ?

— Pas pire qu'ailleurs, pas moins non plus. Les jeunes ne tiennent pas en place et les vieux sont usés. Ici, à part Fifi et moi, tu ne verras pas beaucoup d'anciens.

— J'ai une amie qui connaît un type qui a bossé ici quelques mois. Benoît, ça te dit quelque chose ?

— Benoît comment ?

— Je sais pas, il travaille au Printemps maintenant.

— Ah oui, ça doit être Benoît Massaud. Un petit mec assez marrant. Les filles n'en pouvaient plus de lui, c'était un dragueur maladif. Christiane avait dû le recadrer à cause de ça.

— Oui, ça correspond au portrait que m'en a fait ma copine. Il est parti à cause de ça ?

— Non, je crois qu'il ne se plaisait pas du tout chez Feelbee. Ça arrive parfois que les gens n'adhèrent pas du tout à la…

— Philosophie ? ria Martin.

— C’est ça, à la philosophie ! Bon assez bavassé, tu vas me prouver que ce que je t’ai vu faire en rayon, tu peux t’en servir pour l’entrepôt.

Trois larges palettes de cartons de produits ménagers écolos attendaient qu’on les débarrasse de leur cellophane 100 % chimique pour être stockés dans les rayonnages de l’entrepôt. Facile s’il n’avait fallu porter un à un les cartons jusqu’à leur place dédiée. Durant l’effort, Martin se dit que ça pourrait être intéressant de rencontrer ce Benoît au Printemps. D’ailleurs, ça tombait bien, il avait besoin d’un nouveau jean.

XVIII

Typhaine frappa à la porte de la chambre de Mathis. Elle le faisait toujours avant d'entrer. Question de respect de l'intimité, lui montrer qu'il avait un vrai chez lui dans son chez elle. Mais plus les années passaient, plus elle se rendait compte que le foyer resterait leur chez eux. Elle n'imaginait pas comment son garçon saurait se débrouiller seul dans la vie. Il n'avait pas d'ami à part quelques types obscurs et jamais vus qui traînaient comme lui sur internet. La porte s'ouvrit brusquement.

— Ah, c'est toi, fit le jeune homme. Tu rentres tôt.

— Pas plus qu'hier. Je me demandais si tu voulais qu'on aille faire une petite balade en centre-ville. On pourrait aller voir les nouveautés à la Fnac.

Elle regardait son fils, sûre de sa réponse. Il allait dire non, comme toujours, qu'il n'avait pas envie ou pas le temps. Cette dernière excuse laissait toujours pantoise Typhaine. Qu'est-ce qu'il avait bien à faire dans sa vie qui puisse lui demander autant de temps. Pour elle, son activité se réduisait à daigner mettre son linge sale dans la machine ou parfois, et c'est qu'il allait neiger, mettre le couvert pour deux. Le reste du temps, Mathis restait enfermé dans sa chambre. La dernière fois qu'elle l'avait vu sourire, c'est lorsqu'elle lui avait offert un nouveau fauteuil de gamer. Et encore, il avait toujours un peu de tristesse dans les yeux. Le père de Mathis avait mis les voiles à la naissance du bébé. Trop jeune, trop con surtout. C'était mieux comme ça, Typhaine se sentait prête à assumer seule la grande aventure de la maternité. Celle qu'on vous vend dans les magazines, teintée de rose poudré et flottant au-dessus d'un nuage évanescent de douceur. Tu parles ! Personne ne prévient pour les seins qui se crevassent, le sang qui n'arrête pas de couler, les pleurs, les cris. Aucune bonne âme non plus pour alerter sur la culpabilité qu'on vous envoie en pleine face à longueur de conseils, fais comme-ci, laisse-le pleurer, ne le laisse pas pleurer et si j'étais toi et gnagnagna. Tant et si bien, que de prête, Typhaine était passée à totalement perdue et qu'elle n'était jamais parvenue à sortir la tête de l'eau. Un marasme que cette maternité. Une vraie galère. Mais l'amour était bel et bien là, et quand Mathis lui répondit un laconique « Si tu veux », elle crut qu'elle allait pleurer de joie. Elle n'osa pas lui demander de se changer, des jours qu'il portait le même sweat à capuche informe floqué du masque inquiétant des Anonymous, ce n'était pas la peine de risquer de le brusquer et qu'il refuse de sortir.

Dans la voiture, le jeune homme se risqua à demander :

— Alors, comment ça s'est passé aujourd'hui chez Feelbee ? Ça a été ?

— J'ai tenu bon, Mathis, comme tous les jours que dieu fait.

— Arrête avec dieu, c'est pas lui qui sauvera le monde.

— Ce n'est pas nous non plus, mon chéri.

— Peut-être, mais on y contribue.

— À notre manière, oui, peut-être…

— Sûrement tu veux dire !

La voiture se gara dans le parking souterrain du château de Caen, celui qui coûtait un bras. Le château de Guillaume le Conquérant était la gloire de la ville au même titre qu'Orelsan et que le stade Malherbe. Typhaine fit comme si tout allait pour le mieux et en souriant, elle dit à son petit de 30 ans :

— Avec un peu de chance, ils auront le dernier One Piece.

Mathis ria, il l'avait déjà. Sa mère avait décidément beaucoup à apprendre d'internet.

XIX

— Franchement, et j'ai l'habitude d'être franc, celui-là vous va moins bien que l'autre. Ça vous fait un fessier un peu plat, ou alors c'est parce que vous ne le remontez pas assez. Attendez, je vais voir si c'est mieux comme ça.

Martin fit la grimace quand le vendeur remonta le jean sur ses hanches. Il avait toujours détesté essayer des vêtements en partie à cause de ça : les vendeurs ne pouvaient pas s'empêcher de toucher les clients et de faire des remarques parfois désagréables. Un fessier plat, non, mais n'importe quoi…

— Ah là, je dis oui, je dis d'accord, je dis parfait. Prenez-le, il est mieux que l'autre finalement. L'autre était un brin trop sage.

— Et vous pensez que je ne suis pas sage ?

— Oh moi, je ne pense rien, vous savez, je donne juste mon avis. Après, on a d'autres modèles, vous pouvez très bien partir sur un pantalon type *friday wear*, ambiance décontractée en toile bleu prusse ou moutarde, c'est très tendance en ce moment.

— J'ai bien peur de ne pas être un garçon tendance. Je vais prendre le premier, j'étais à l'aise dedans. Je suis un garçon, disons, confortable.

Le vendeur fit une moue qui voulait dire « je ne peux rien pour vous, faites ce que vous voulez, je m'en fous ». Il était plutôt petit et trapu avec une coupe de cheveux très élaborée, soigneusement entretenue par un coiffeur sûrement tendance. De celles avec des petites stries sculptées au rasoir dont les joueurs de ligue 1 de football raffolaient il y a quelques années. Ses bras étaient serrés dans une chemise bicolore aux manches trop étroites pour les heures de gonflette qu'il devait leur infliger.

— Je peux vous conseiller une veste pour aller avec si vous en avez l'utilité.

— Merci, mais en ce moment, je fais de la manutention chez Feelbee, donc la veste resterait au vestiaire, ce serait dommage de ne pas pouvoir en profiter.

Benoît Massaud marqua un temps d'arrêt, comme s'il hésitait à rebondir.

— Feelbee, à Fleury-sur-Orne ?

— Oui, vous êtes client ?

— Plutôt crever ! Non, j'y ai travaillé un peu. Ça s'est mal passé.

— Ah bon ? Pourquoi, sans être indiscret ?

— Écoutez, j'ai du travail, mais si ça vous intéresse je finis à 18 h 30. On peut prendre un café à côté après.

— Oui, pourquoi pas ?

Martin remarqua Émilie en train d'encaisser une cliente un peu plus loin. Il lui fit un signe. Celle-ci parut à la fois surprise et contente de le voir.

— Vous la connaissez ?

— Oui, c'est une très bonne amie.

— Elle est coriace, ça fait des semaines que j'essaie de l'inviter à sortir. Elle est totalement bloquée cette fille. Je sais pas ce qu'elle a. Dommage, parce qu'elle est vraiment bonnasse…

— C'est vrai. En tout cas, c'est aussi ce que pense son épouse. On se voit tout à l'heure, alors ? Je passe vous chercher d'ici une heure.

Martin laissa Benoît les bras ballants et la bouche ouverte, sous le coup de ce que venait de lui révéler l'intérimaire. C'était assez jubilatoire. Et c'est tout sourire qu'il se rendit à la caisse où Émilie l'attendait avec curiosité.

— Qu'est-ce qu'il y a ? T'as l'air content de toi ?

— Benoît te trouve bonnasse. Je lui ai dit que Sabine aussi.

— Pfff… Bon bah au moins, ça, c'est fait. Mais si j'ai envie de parler de ma vie au travail, je préfère m'en charger toute seule. Tu sais les gens ne sont pas aussi ouverts d'esprit qu'on voudrait nous le faire croire.

— J'ai pas pensé à mal. Excuse-moi !

— C'est rien. Il a l'air un peu débile comme type, mais il est plutôt sympa et je pense qu'il n'est pas du genre à m'emmerder avec mon homosexualité. Enfin, j'espère !

— Il se contente juste de t'emmerder parce que tu es une femme, quoi !

— Ah ah, c'est ça ! Ça fera 117 euros, jeune homme !

— Ah oui, quand même…

— Oh, ça va, pour une fois que tu t'achètes un vêtement… Tu veux pas une veste pour aller avec ?

Martin laissa Émilie à ses ventes et fit un tour dans le centre-ville, attendant patiemment 18 h 30. S'il y avait grandi, il n'aimait pas particulièrement Caen. Il lui préférait de loin, le calme grandcopais. Pas que la préfecture du Calvados soit particulièrement agitée, mais déjà, pour Martin, il y avait trop de monde. Il n'avait jamais compris le choix délibéré de certains à vivre dans une grande ville. Bien sûr, il y avait l'accès facile à la culture et à toutes les activités dont on peut rêver, mais l'agitation perpétuelle lui donnait le tournis. Devant la vitrine d'un des magasins de bande dessinée de la rue Froide, Martin se souvint de la fois où il avait lâché la main de sa mère dans cette même rue alors qu'il devait avoir 4 ou 5 ans. Sa panique n'avait duré que quelques secondes jusqu'à ce qu'il retrouve sa mère à deux mètres de lui, il ne sait même pas si Liliane s'en était rendu compte. Dans le flot de passants, à cette époque où les gens faisaient encore leurs achats en ville et pas en périphérie, comme à Feelbee, il s'était senti totalement démuni, et pour la première fois avait eu conscience de sa vulnérabilité d'enfant. Quand, à son tour, il était devenu père, il serrait la main de ses petits si fort que Brune et Guillaume gardaient parfois la marque de ses doigts sur leurs tout jeunes poignets. Non, décidément Martin n'aimait pas les villes, celles où on pouvait se perdre et ne jamais être retrouvé, comme Angélique.

La demie sonna à l'église Saint-Sauveur. Martin retourna au Printemps en prenant son temps. Il était inutile que Benoît pense qu'il était aux aguets. S'il voulait en tirer le meilleur, il allait devoir jouer le parfait naïf, ce en quoi il excellait.

XX

C'était un pavillon comme on en construit par dizaines. Pareil à celui de droite, identique à celui de gauche, un toit en ardoises, une baie vitrée qui donne sur un petit jardin propret, deux chambres à l'étage et un petit bureau ou dressing, selon les besoins de chacun qui jouxte la cuisine-salon-salle à manger. En se garant dans la petite allée enrobée d'un bitume couleur brique, Serge se dit qu'il était peut-être temps de tondre la pelouse, une dernière fois avant l'arrivée de l'hiver. Michel, son voisin hyperactif, l'avait fait la semaine dernière, entre deux footings.

La maison était silencieuse, comme bien souvent. Cela faisait des années qu'elle ne résonnait plus des rires des enfants partis vivre leur vie ailleurs. Anne avait opté pour le Centre-Bretagne et José pour le Sud de la France. Ils étaient grands maintenant, parents à leur tour, Serge et sa femme n'étaient plus leur priorité. La vie, en somme. Mais, heureusement, il y avait Noëlle, la seule, l'unique. Évidemment avec les années, elle avait beaucoup changé, la maladie avait transformé son corps sublime en un petit amas de douleurs qui peinait à se mouvoir. Mais dans ses yeux, il y avait toujours la lueur qui avait rendu Serge amoureux et c'était tout ce qui comptait. Avec ses béquilles et son corset, Noëlle était belle. La plus belle pour Serge.

— C'est toi, Sergueï ?

La petite voix venait de la cuisine. Noëlle était la seule à appeler Serge par son vrai prénom. C'était aussi une des seules à le connaître. Grand adolescent, il avait dû fuir la Pologne qui l'avait vu naître, pour des raisons qu'il gardait pour lui. Son pays d'accueil lui avait conseillé de franciser son nom. C'était l'usage à l'époque, ça l'est encore aujourd'hui. De Sergueï Waleń, il était donc devenu Serge Baleine, sa traduction littérale.

— En personne, chérie.

— J'ai fait du thé, tu en veux ?

Noëlle se rendait compte du stress qui avait envahi son mari depuis peu. Il dormait de moins en moins et avait repris cette manie insupportable de se ronger uniquement le pouce droit. Il n'avait plus qu'un millimètre d'ongle sur ce pauvre doigt qui n'en demandait pas tant. Elle le regarda s'asseoir face à elle et lui offrir son sourire qu'elle aimait tant, celui qui n'avait jamais changé depuis leur rencontre dans un bus. À l'époque, Serge était plus svelte, bien sûr, le crâne bien plus fourni également, mais elle n'était pas attachée aux changements physiques de son mari, non, elle les aimait parce qu'elle l'aimait lui. Par contre, les changements d'humeur de Serge l'inquiétaient toujours beaucoup, dès que son moral baissait elle était aux aguets.

Il prit le bol de thé chaud entre ses mains et regarda sa femme avec tendresse.

— Ça ne va pas en ce moment, Sergueï, je le vois bien, tu sais.

— Tu as raison, oui, je travaille trop, il va peut-être falloir que je freine sur les heures sup'.

— Non, ce n'est pas ça, et tu le sais très bien. Qu'est-ce qui se passe vraiment ?

— Quelqu'un a tué Christiane Pibart, elle a été retrouvée près de l'entrepôt. Je ne t'en ai pas parlé pour ne pas t'inquiéter. Excuse-moi, c'était stupide de ma part.

Noëlle n'était pas ce genre de femme qui exprime ses émotions par des cris, ou des évanouissements. Elle était tout le contraire. Elle posa doucement sa tasse de thé, rapprocha sa chaise de la petite table de la cuisine, croisa les bras et fixa son mari du regard :

— Et, tu sais ce qui s'est passé ?

— Pire, Noëlle, j'étais là.

— Alors, raconte-moi, Sergueï, tu sais que je peux tout entendre.

XXI

William n'aimait pas avoir à tergiverser, surtout quand il s'agissait d'amitié.

La question qui l'avait préoccupé toute la journée était de savoir s'il devait appeler Martin tout de suite ou attendre encore un peu, histoire de retarder cette énième déception. Le matin même, il avait reçu un appel d'Espagne, on avait retrouvé la fameuse Laura de Santa Susanna. Elle avait bien travaillé dans l'hôtel indiqué par le Français, il n'avait fallu que quelques jours pour remonter sa piste. Elle était aujourd'hui une toute jeune grand-mère qui vivait dans un quartier populaire de Barcelone avec son mari et le plus jeune de leurs fils. Mais elle n'était pas Angélique. Elle était Laura Bartoux épouse Gorriguez, une femme qui avait simplement préféré le soleil espagnol au crachin du Nord de la France.

William s'en voulait d'avoir fait espérer son ami. Il se sentait misérable. Mais il allait bien falloir lui avouer que sa sœur était toujours perdue quelque part entre ici et ailleurs et peut-être même au-delà, qu'elle n'était pas près de revenir comme une fleur à la maison parentale. « Papa, maman, vous me manquiez trop, je suis rentrée. »

Au moment où, bien décidé, il prit son téléphone pour appeler Martin, celui-ci sonna. On avait reçu les résultats de l'autopsie de Christiane Pibart. Il ne s'agissait ni d'une attaque ni d'un quelconque anévrisme. On en était sûr depuis le début, mais maintenant, c'était scientifiquement prouvé. Quelqu'un l'avait violemment frappée à la base du cou, vraisemblablement avec un bâton ou une batte de base-ball, quelque chose en bois, une écharde était entrée sous sa peau. La force du coup ne lui avait laissé aucune chance. Avant de raccrocher, William remercia sa collègue de la scientifique de l'avoir appelé. En tant que simple brigadier, il n'avait pas spécialement de pouvoir d'enquête, mais ce fait divers l'intéressait parce qu'il connaissait suffisamment Martin pour savoir qu'il ne se contenterait pas de travailler dans un lieu au crime non élucidé. Par pure curiosité, il voudrait en savoir plus et comme William aussi était curieux et que sa collègue était un peu sous son charme, pourquoi ne pas en profiter un brin ? Ça tombait à pic. Cette nouvelle sur la mort de Chris allait atténuer la douleur de la fausse piste d'Angélique. La vie était bien faite parfois…

Il alluma une cigarette et appela son ami. Au bout de quelques sonneries, son répondeur se mit en marche.

— Ouais, Martin c'est Will. Bon alors j'ai une bonne et une mauvaise nouvelle, je te laisse me rappeler quand tu seras dispo. Ciao.

Il raccrocha en se mordant les lèvres. Pourquoi avait-il parlé de bonne et mauvaise nouvelle ? C'était quoi la bonne ? Quel idiot... Là, il se rendit compte que la bonne nouvelle n'était que pour lui : le soulager de sa mauvaise conscience. Il envoya un texto à son ami : « Oublie mon message vocal, j'ai en fait deux mauvaises nouvelles à t'annoncer. Je t'embrasse. »

XXII

Benoît attendait tranquillement Martin en discutant avec un autre vendeur sur le trottoir du magasin. Quand il vit l'intérimaire arriver, il alla à sa rencontre et ensemble, ils décidèrent d'aller boire un verre au « Mascaret » qui était à deux pas. Martin détestait ce genre de bar, rien à voir avec le côté intime, et chaleureux, malgré sa vétusté, de « À l'abri de la tempête ». Ici, tout était terriblement propre et lisse. Pas une tache sur le sol, pas un prénom gravé dans un cœur sur une table, on se demandait même s'il ne fallait pas mettre des patins en entrant. Le serveur manquait cruellement de spontanéité, soit il débutait, soit il rêvait d'être ailleurs et débitait ses phrases d'accueil apprises par cœur : « Bonjour, Messieurs, belle journée, n'est-ce pas ? Alors qu'est-ce qui vous ferait plaisir ? » Pffff… Cette phrase… On aurait dit celle d'un bon génie capable d'exaucer trois souhaits. « Ce qui me ferait plaisir c'est d'abord, un café, ensuite un verre d'eau et après l'addition. » Ouah… Exaucé, merci bon génie. Une fois la commande passée, Benoît prit spontanément la parole.

— Tu bosses dans quel secteur chez Feelbee ?

— Un peu partout, ils avaient besoin de quelqu'un de polyvalent.

— Tu m'étonnes, ils ont toujours besoin de ce type de profil, un mec qui est capable d'être partout de façon à être surtout nulle part, tu comprends ?

— Pas vraiment, fit Martin plus que dubitatif.

— Bah comme ça, le type qui est extérieur à l'entreprise n'a pas le temps de s'installer dans un rayon ou ailleurs et ne peut pas voir ce qui ne va pas et qui serait potentiellement dénonçable.

— Du genre ?

— Tu as bossé à l'entrepôt ?

— Un tout petit peu. À peine deux heures.

— Moi j'y travaillais chaque jour pendant parfois plus de huit heures. De temps à autre, pour m'aérer un peu, je donnais le coup de main ailleurs. Je n'en pouvais plus de la mentalité dans ce putain de hangar.

— Ça ne m'a pas frappé et puis j'ai juste travaillé avec Serge Baleine. On a déchargé des palettes de produits d'entretien et on les a mises dans leur rang de stockage, c'est tout.

— Des produits d'entretien, tu dis ? C'est nouveau ça ! Ils élargissent de plus en plus leur gamme, on dirait. Des produits estampillés Feelbee ?

— Bah oui, il me semble. En tout cas, c'est ce qu'il y avait écrit sur les cartons.

Benoît sourit en coin, mais n'insista pas. À dire vrai, il se demandait s'il avait bien fait de proposer de parler de son expérience à un type qu'il ne connaissait ni d'Ève ni d'Adam. Après tout, il était peut-être de leur côté, il n'en savait rien. Mais il y avait quelque chose chez ce Martin qui invitait à la confiance. Un petit côté Gaston Lagaffe dans l'attitude. Grand, fin, et surtout un regard qu'il qualifierait de frais. Il était son opposé et souvent, les contraires s'attirent. Martin sentait que son interlocuteur hésitait à s'ouvrir complètement. Il ne devait pas perdre de vue son objectif : le faire parler.

— C'est vrai qu'il y a quelque chose d'assez étrange dans ce magasin. La première fois que j'y suis rentré, les maximes à l'entrée m'ont fait marrer. J'ai trouvé ça ridicule.

— C'est quoi des maximes ? fit Benoît.

— Tu sais, les petites phrases sur les ardoises.

— Ah oui ! Vous pouvez changer le monde et blablabla.

— Oui, ria Martin. Je m'attendais presque à voir les caissières en sari indien. J'imaginais des bâtons d'encens partout et de la musique zen.

— Ah ah, ils devraient t'embaucher pour la com. J'imagine mal Clarisse Legendre en sari. D'ailleurs, comment va-t-elle cette chère Clarisse ?

Martin prit le parti de tout raconter au vendeur. La découverte du corps de Christiane, la promotion de Clarisse, la dépression de Christèle. S'il voulait motiver le garçon à parler, il fallait lui donner l'impulsion. Benoît n'était pas plus choqué que ça, il écoutait Martin sans se défaire de son petit sourire qui voulait dire « je ne suis pas vraiment surpris de tout ce que tu m'apprends ». C'est comme s'il avait tiré un trait sur Feelbee, laissé tout derrière lui. Martin en était presque à regretter d'avoir tout balancé à cet inconnu quand Benoît prit la parole :

— Ouais, j'entends tout ce que tu me dis, mais Clarisse n'est pas dans le coup. Pourtant, j'aimerais bien.

— Qu'est-ce qui te fait dire ça ?

— C'est une grue. J'ai jamais rencontré de fille comme elle. Pour tout t'avouer, c'est la seule avec qui j'ai pas eu envie de tenter quoi que ce soit. Déjà, elle aimait bien Chris, elles s'entendaient comme larrons en foire toutes les deux. Je veux bien qu'elle soit ambitieuse, mais je ne l'imagine pas une seconde tuer la sous-directrice pour prendre sa place. Et même, pour tuer quelqu'un en pleine nuit sur un parking, comme tu me l'as dit, il faut un peu de courage. Et Clarisse est d'une lâcheté incroyable. Une vraie connasse en fait, mais pas une meurtrière.

— Tu la connais bien. Je suis pas loin de partager ton avis.

L'heure tournait, le serveur revint vers les deux hommes pour leur demander de façon détournée de consommer à nouveau. « Vous voulez quelque chose ? » Dans ces cas-là, plutôt que d'avoir droit à la mauvaise humeur mêlée de lassitude du personnel, il valait mieux reprendre quelque chose. Il était presque 19 h 30, l'heure de l'apéro. Martin commanda un verre de muscadet, Benoît une pression. L'alcool, parfois, réussit à délier les langues. Du moins, c'est ce qu'il espérait. Il tenta le tout pour le tout :

— Pourquoi tu ne travailles plus là-bas ?

— C'est parce que Victoire n'a pas voulu de moi.

— Tu déconnes ?

— Bah oui, je déconne ! Non en fait, c'est parce que je trouvais l'ambiance pesante depuis quelque temps.

— À l'entrepôt ?

— Oui, et ça se répercutait partout dans le magasin. C'était tendu au niveau de la direction, c'était tendu au niveau des salariés, oups, des collaborateurs. On nous en demandait de plus en plus. Comme s'il y avait deux activités à Feelbee, tu saisis ?

— Pas trop… Qu'est-ce que tu veux dire ?

— L'activité qu'on voit et celle plus souterraine.

— Des trucs pas nets ?

— Peut-être, oui, enfin c'est ce que j'ai fini par comprendre à force d'entendre des discussions qui s'arrêtent brusquement dès que tu passes devant la porte de Pibart ou de Costra, dès qu'en salle de pause tu entres, et qu'à la place des rires gras de Serge et de Samuel, tu entends les mouches voler. Plus ça allait et plus je me sentais seul, mis à l'écart.

— Et tu as choisi de partir ? Ils t'ont laissé le faire ?

— Oui. J'ai cherché un job ailleurs avant, je l'ai trouvé au Printemps comme tu sais, et je leur ai donné ma démission sans fracas. Je ne suis pas très courageux, je suis un peu une Clarisse en fait !

Samuel avait raison, il était sympa ce Benoît. Martin aimait les gens qui doutaient d'eux-mêmes. Capable de reconnaître leurs défauts, de ne pas trop en faire. Il y avait une différence étonnante entre le Benoît des cabines d'essayage et le Benoît du bistrot. C'est comme s'il avait posé son masque. Lequel portait-il à Feelbee ?

— Tu penses qu'ils trafiquent ?

— Oui, je le pense. Mais je ne sais pas quoi ni pour qui. Tout ça, ce ne sont que des intuitions.

— Des intuitions, O.K., mais elles ne viennent pas de nulle part. Tu as bien dû voir des choses louches ?

— Pas vraiment, mais c'est vrai qu'à l'entrepôt, on me mettait parfois totalement de côté pour charger ou décharger des camions. Il y a certains jours où on me mettait en caisse ou en rayon avec Serge pendant que d'autres qui n'allaient jamais bosser à l'entrepôt me remplaçaient. Un peu comme ce qui t'est arrivé aujourd'hui. Tu y bosses deux heures, tu ne te rends compte de rien et voilà. Ce que tu décharges n'est peut-être pas forcément très propre, très Feelbee, mais tu ne le sauras jamais, simplement parce que tu découvres l'environnement, tu n'as pas de repère. Par exemple, moi, je connais tous les livreurs. J'ai même sympathisé avec plusieurs. Donc imagine la fois où c'est un nouveau, je serai forcément plus attentif à ce qu'il me livre. C'est normal. Et comme, chez Feelbee, ils avaient bien compris que j'étais du genre curieux, ils n'ont pas eu envie que je fouine, alors, zou, ils ont tout fait pour que je parte. Tous. Sauf quelques-unes : Victoire, Clarisse, Typhaine sont restées très bien avec moi. C'est pour ça que je te dis aussi que ça ne peut pas être Clarisse. Simplement parce qu'ils ne l'intègrent pas dans leurs discussions.

— Et Christiane ? Comment elle était avec toi à cette période ?

— Comme les autres. Pas très sympa.

— Et Serge ?

— Ah, Serge… Il est chouette, pas vrai ?

— Oui, je l'aime bien.

— Pas du genre à traîner sur un parking à 2 heures du mat', si ? Toujours auprès de sa petite femme, la fameuse Noëlle dont il nous rabâche les oreilles.

— C'est vrai que c'est mignon, oui.

— Non, Martin, c'est pas mignon, c'est malin.

Benoît finit son verre d'un trait. Le posa sur la table et dit qu'il avait un autre rendez-vous, d'un genre plus ludique et léger.

— En tout cas, fais attention à toi, Martin. Tu ferais mieux de trouver autre chose, ça te donnerait moins de souci !

— Oh je ne suis pas vraiment inquiet, c'est seulement de la curiosité. J'étais ravi de te rencontrer !

— Plaisir partagé et n'oublie pas de dire à Émilie que je suis le mec le plus cool de la terre, on ne sait jamais, sur un malentendu…

En regardant Benoît s'éloigner, Martin repensa au Serge essoufflé venu lui demander de l'aide, il pensa aussi à Clarisse qui voulait le mettre une semaine à l'entrepôt, preuve qu'elle ignorait ce qui potentiellement s'y tramait, il revit Anganin, tout miel, assurant qu'il resterait dans le magasin… Tout ça collait parfaitement avec ce qu'avait dit Benoît et c'était perturbant. Il n'aimait pas ce bar, mais il aimait leur vin, il commanda un deuxième verre puis écouta sa messagerie.

XXIII

Quand Martin ouvrit la porte de son appartement grandcopais à son plus vieil ami, William était particulièrement agacé.

— Pourquoi, mais explique-moi pourquoi tu habites dans ce bled, franchement, ça saoule !

Il venait de se prendre une chiure de mouette sur le revers de son col, Martin était mort de rire.

— Pour vivre ces moments de grâce !

— Hiiiin.... C'est malin ! Bon, tu m'invites toujours à dîner parce que je ne suis pas d'humeur à écouter les élucubrations de Richard ce soir, je serais pas très patient, je crois !

— Croque-monsieur ?

— Croque-monsieur.

Après avoir écouté le message de William, il lui avait proposé de manger chez lui. Son ami ne s'était pas fait prier. Ça tombait bien, Martin aussi avait des choses à lui dire.

— C'était pas elle, c'est ça ? fit Martin. La fille d'Espagne, c'était pas elle ?

— Non, c'était pas elle.

— Je m'en doutais, mais j'espérais un peu, ça faisait longtemps qu'on n'avait rien eu pour Angélique.

— Moi aussi, j'espérais un peu, mentit William.

— La prochaine sera la bonne.

— On va dire ça, oui… Mais bon, les années passent et tu vois bien que…

— Écoute, coupa Martin, si je lâche, je ne laisse aucune chance à ce qu'on la retrouve et je ne veux pas que ça arrive. Je ne veux pas l'abandonner.

— Oui, je comprends.

— Non, tu ne comprends pas, je le vois bien, je suis pas con ! Et c'est normal. Toi tu ne te réveilles pas en hurlant la nuit parce que ta sœur est venue dans ton rêve te supplier de la retrouver. Ouais, exactement comme dans les films stupides. Ce que tu imagines, c'est ça. Et tu sais, quoi ? Chaque fois qu'on a eu, ne serait-ce qu'un tout petit peu d'espoir, eh bien, elle ne venait plus hanter mes nuits, elle attendait patiemment. Dingue, non ?

William était désemparé par la détresse de son ami. Il n'avait pas grandi dans l'ombre d'une sœur disparue, il n'avait jamais connu ses parents désespérés à l'en oublier, Martin avait raison : il ne pouvait pas comprendre et c'était normal. Alors il sortit de son sac une bouteille de Vouvray, la posa sur la petite table de la cuisine, et comme s'il était chez lui, prit le tire-bouchon dans le tiroir des couverts. Ça ne surprit pas du tout Martin, ça aussi c'était normal.

— C'était quoi l'autre mauvaise nouvelle ?

— Pibart a bel et bien été assassinée.

— Ouah, scoop de champion, je suis sidéré par l'efficacité de la Police nationale !

— Rigole, mais maintenant on sait comment.

— Bah, vas-y, dis !

— Non, devine.

— Pfff… T'es lourd.

— Bon O.K. Elle a été frappée par un bâton ou en tout cas, quelque chose en bois, c'est la nuque qui a pris. Elle n'a pas dû voir le coup venir et est morte quasi instantanément.

— Ce qui suppose qu'elle n'a eu ni le temps d'avoir peur ni celui de souffrir. Une belle mort en fait. C'est qu'elle serait presque chanceuse la Christiane.

Entre amis, on pouvait rire de tout et William et Martin ne s'en privaient jamais. Martin raconta à William sa rencontre avec Benoît. L'histoire d'Émilie le fit bien marrer, pour autant il déchanta quand l'intérimaire lui parla de l'ambiance tendue à Feelbee et des soupçons qu'avait Benoît sur un éventuel trafic.

— Tu sais ce qui cloche chez toi ?

— Oui, je sais ce que tu vas me dire : je peux pas m'empêcher de fouiner.

— Exactement. C'est quand même dingue, tu prends un job pour acheter un poney à ta gamine et tu te retrouves infiltré dans la mafia en quelques semaines ! Demain tu vas m'appeler pour me dire que t'as trouvé des sacs de coke coincés entre les yaourts à la viande et les tourtes au lait de chèvre, ou mieux, des jeunes filles décédées dans les congélateurs, cachées sous les glaces au tofu.

— C'est le contraire, non ?

— Quoi ?

— Les yaourts au lait de chèvre et les tourtes à la viande, plutôt.

— Fais le malin, mais je tiens à toi, moi, et tu as une famille aussi. Tu ferais mieux de tranquillement faire ton boulot et d'amasser un peu de blé pour acheter ton cadeau. D'ailleurs, c'est bizarre, pourquoi Louis-Vivien lui achète un poney alors qu'il a un haras, il n'en a pas des gratos dans son écurie ?

— Le monde de Louis-Vivi est impénétrable. Il y a des choses qui nous échappent, à nous autres, les manants.

— Bref, raconte-moi ce que tu sais exactement.

— Ah ! Tu vois que ça t'intéresse quand je fouille un peu !

— Tant que c'est un peu, ça va. Mais ne va pas trop loin dans le un peu. On n'a plus de budget pour rémunérer les indics.

XXIV

En arrivant à Feelbee, Martin avait mal au crâne. William avait une autre bouteille dans son sac et la soirée était passée si vite, que ni lui ni son ami flic ne s'étaient rendu compte qu'ils avaient peut-être un peu abusé sur le blanc. Il raconta en deux mots à Saïmone qui se tenait près des caisses le pourquoi de sa pâleur matinale.

— Ah bah, c'est sûr que si tu bois du vin sulfaté, tu peux pas te réveiller comme un gardon. Faut prendre du vin nat'.

— Du quoi ?

— Du vin naturel. On en vend plein ici. C'est bio, c'est sain, c'est…

— Cher ?

— Non, c'est Feelbee, banane ! Moi, je ne bois plus que ça et je n'ai plus jamais la casquette quand je me réveille. Magique.

Le vigile était de bonne humeur. La veille, il avait enfin réussi à prendre la mamie du lundi la main dans le sac.

— On croit toujours que ce sont les jeunes qui volent. Bon, c'est pas faux, mais ce sont loin d'être les seuls. Les vieux, c'est les pires. On leur donnerait le Bon Dieu sans confession alors ils en profitent.

— Ils sont peut-être pauvres, aussi. Les retraites sont pas énormes pour beaucoup.

— Pfff… Arrête de faire ton assistante sociale, on n'est pas dans « Pause café, pause tendresse », non, les vieux, surtout les vieilles d'ailleurs, elles sont perfides.

— Qu'est-ce qu'elle avait volé ta mamie du lundi ?

— Tu vas pas me croire ! Deux boîtes de haricots extra-fins et un bâton de rouge à lèvres. Douze balles le rouge à lèvres, quand même ! Elle était là, mine de rien à faire ses petites courses, toute tranquille la mamie. Mais on ne me la fait pas, à moi. Je me suis dit, « Saïmone, c'est aujourd'hui, fais-le en mémoire de Christiane. De là où elle est, elle pourra dire : « T'avais raison Simon, t'avais raison. » Et putain, comment j'avais raison ! Je l'ai vue mettre le rouge à lèvres dans son sac, vue comme je te vois là. Bon, interdiction de la chopper dans le rayon. Il faut attendre le passage en caisse. Pourquoi ? Vas-tu me demander. Eh bien parce qu'elle peut très bien dire qu'elle l'aurait payé à la caisse, rien ne l'interdit de le mettre dans son sac si après elle le sort pour payer. Tu comprends la subtilité ?

— Oui, très bien.

— Elle passe à la caisse de Victoire. Je me poste discrètement au bout. Évidemment, elle ne le paie pas et là, une fois son argent encaissé par la petite, hop, Saïmone intervient, preux chevalier. « Bonjour, Madame, pouvez-vous ouvrir votre sac s'il vous plaît ? » Liquéfiée, la mamie. Et là, je vois quoi ?

— Un bâton de rouge à lèvres et deux boîtes de haricots verts ?

— Exactement ! Et c'est là que je me suis dit qu'elle était très forte parce que je n'avais rien vu pour les haricots.

— Tu peux être fier de toi, Saïmone.

— J'avoue que sur ce coup-là, ouais, je crois que je suis assez fier. Bon, tu fais quoi aujourd'hui ? Caisse ? Rayon ? Tricot ?

— Je ne sais pas. En fait, je crois que j'ai pigé : eux non plus ne savent pas, c'est au jour le jour, faut que je voie avec Clarisse.

— Elle est en réunion avec cousin Hub et Anganin. Faut que tu ailles voir Typhaine, elle saura te dire.

— Ah, O.K. J'y vais de ce pas.

— C'est ça et souviens-toi de ce que je t'ai dit : toujours du vin nat' !

Un tantinet consterné par tout ce qu'il venait d'entendre, Martin monta les marches menant au bureau de Typhaine avec la sensation désagréable de monter l'Himalaya. Il se jura de tenter les vins naturels la prochaine fois et sourit en imaginant la réaction de Richard quand il lui commanderait un muscadet bio sans sulfites. La gueule…

La porte du bureau était entrouverte, Martin se risqua à y passer la tête. Typhaine était assise face à son ordinateur et sans le regarder, lui proposa de s'asseoir :

— Comment vous savez que c'était moi ?

— Je vous ai vu à la caméra. On est tous équipés à l'étage. Comme ça, si on voit quelque chose d'étrange, on prévient Saïmone. Mais bon, il fait très bien son boulot, donc j'avoue que je fais très peu attention à cet œil de judas.

— Tout le magasin est filmé ?

— À peu près oui, sauf les cabines d'essayage, au grand dam de Saïmone, la salle de pause, les toilettes, les vestiaires, ce genre d'endroits.

— Ah oui, c'est drôlement sécurisé quand même.

— Faut ce qu'il faut, c'est normal et partout pareil.

— Vous filmez l'entrepôt aussi ?

Typhaine arrêta de taper sur son clavier et regarda Martin.

— Pourquoi toutes ces questions de si bon matin, Martin ? Vous préparez un casse chez nous ou quoi ?

— Ah ah, non, pas encore. En même temps, c'est vrai que j'ai toujours rêvé de remplir mes placards de graines diverses et variées et les pâtes au sarrasin me font bien envie aussi, je l'avoue. Non, je me renseigne bêtement, c'est tout.

— Qu'est-ce que je peux faire pour vous ?

— Je ne sais pas où je travaille aujourd'hui.

— Clarisse ne vous l'a pas dit ?

— Elle est en réunion avec le patron et Anganin, askip.

— Askip ?

— Pour « À ce qu'il paraît ». C'est ce que disent mes ados, j'ai pris certains de leurs tics de langage, excusez-moi. Mais vous avez peut-être la même chose à la maison, je veux dire des ados.

— J'ai un fils de 21 ans et je ne l'ai jamais entendu dire ça. En même temps, je ne l'entends jamais dire grand-chose. Mathis est un peu particulier. Bref, là n'est pas la question. Je suis surprise de votre histoire de réunion. Normalement, j'y suis toujours conviée, ne serait-ce que pour noter les remarques et autres décisions. C'est que ça ne doit pas être bien important. Ou alors, ils font un recadrage avec Clarisse, je crois qu'elle a du mal à trouver ses marques la pauvre… C'est difficile de remplacer Christiane, elle était si présente. Pourquoi je vous parle comme ça ? Vous m'avez ensorcelée ou quoi ? riat-elle en se levant pour aller chercher le planning de l'intérimaire dans le bureau voisin, celui de Clarisse. Je reviens de suite.

Typhaine n'était pas de ces femmes au charme évident, il fallait l'observer, prendre le temps de la regarder pour percevoir sa fragilité sous sa carapace de femme sûre d'elle. Mais Martin était un bon observateur. Il avait remarqué la mélancolie dans son regard quand elle avait parlé de son enfant, ses lèvres peintes en rouge vif s'étaient imperceptiblement pincées. Ça n'avait duré qu'une fraction de seconde, assez pour que l'intérimaire sache qu'il avait touché le point sensible. Elle était ce qu'on pourrait qualifier de jolie femme, élégante sans trop en faire. Sa chevelure châtain tombait sur des épaules carrées qui soutenaient un cou fin et raide. Ses yeux foncés étaient petits, mais vifs, son regard était celui d'une femme un peu joueuse, mais fatiguée.

— Entrepôt, jeune homme ! fit-elle en rentrant de son bureau. Vous ne serez pas perdu, vous y êtes déjà allé, je crois ! Ne faites pas comme vos collègues, portez un casque, je vois que votre tête a assez souffert pour la semaine !

Typhaine aussi était bonne observatrice.

XXV

Martin frappa à la porte du vestiaire, comme c'était l'usage, et une voix féminine lui intima d'attendre. La voix était étranglée et assez faible :

— J'attends, pas de problème. Mais, ça va ?

— Oui, oui, j'ai presque fini.

Au bout de cinq bonnes minutes, la porte finit par s'ouvrir sur Christèle Frame, les yeux rougis par les larmes. Elle tentait désespérément de sourire, mais sa bouche formait un étonnant rictus proche de celui qu'une grenouille ferait si elle était capable de sourire.

— Tu as besoin d'aide ? Ça n'a pas l'air d'être la grande forme, fit Martin.

À ces mots, la femme capitula et fondit en larmes. Elle recula dans le vestiaire, Martin la suivit et referma doucement la porte derrière eux. Il ne put s'empêcher de penser que la situation dans laquelle ils se trouvaient n'était pas du goût de Feelbee. L'entreprise avait à cœur d'assurer la sécurité de ses collaboratrices, il fallait qu'elles se sentent à l'aise, si ce n'était dans leur vie, au moins dans les locaux de la boîte. Question d'éthique et d'air du temps. Mais le mal-être de sa collègue comptait plus que les circulaires de la direction, il n'y avait pas photo pour Martin. Pendant quelques minutes, le vestiaire serait mixte, point barre. Il en prenait la responsabilité.

— Je n'y arrive pas, c'est pas faute de les avoir prévenus, mais je n'y arrive pas.

— À quoi donc ? demanda l'intérimaire.

— À faire mon travail. Avant, quand j'étais simple caissière, ça allait et encore ! Mais là, cheffe, c'est pas pour moi. Je ne dors plus la nuit, je me refais le film de la journée pour savoir si j'ai tout bien exécuté, ce que j'ai pu oublier et puis Clarisse qui me lâche dans la nature, comme ça, c'est dégueulasse ! Moi, mon truc c'est la routine, c'est pas sexy, mais c'est comme ça. J'aime bien mon train-train. J'aime pas les surprises, j'ai jamais aimé ça. J'ai besoin de tranquillité, tu comprends ?

Martin comprenait très bien que Christèle était à bout de tout, oui. Il avait déjà rencontré des dépressifs au cours de ses diverses expériences professionnelles, c'était assez dramatique de voir à quel point le monde du travail s'appliquait à broyer les âmes. Aujourd'hui, on ne disait plus dépression, on parlait de burn-out. C'était plus vendeur et peut-être plus facile d'en parler sans honte.

— Tu fais un burn-out, ça arrive à tout le monde. Faut que tu te fasses arrêter sinon tu vas aller droit dans le mur.

— T'es dingue ! Je peux pas me faire arrêter, personne ne se fait arrêter ici, c'est le sésame pour te faire virer et j'ai besoin de ce boulot !

— Il y en a d'autres des boulots dans la grande distribution ! Tu n'as pas toujours travaillé à Feelbee, tu trouveras ailleurs.

— Mais Martin, je suis vieille ! Réveille-toi ! Qui voudra de moi ? Aujourd'hui on embauche des gamines, pas des croûtons qui coûtent cher à l'entreprise.

— Tu leur coûtes si cher que ça, ici ?

La question réussit à arracher un sourire à Christèle. Martin avait raison, avec ses 1 326 euros nets par mois, Christèle n'était pas la mieux lotie des collaborateurs de Feelbee, mais elle avait certains avantages comme quelques primes d'intéressement dépendant du chiffre annuel de l'enseigne. Tout ça était très fluctuant. Feelbee était une petite structure comparée aux mastodontes de la grande distribution en France, il n'y avait pas de treizième mois, pas de réduction sur les achats au sein du magasin, rien de bien folichon. Mais, à dire vrai, l'argent n'était pas vraiment le problème. Elle n'avait pas de gros besoins, vivait plutôt chichement avec son hamster. Une fille sans histoire.

— C'est même pas le problème. En fait, ce qui me fout en l'air, c'est d'être à cette place alors que je ne la mérite pas et surtout que je suis incapable de la tenir. Tout le monde se fout de ma gueule, je le vois bien. Les autres caissiers n'attendent qu'une chose : que je leur foute une paix royale. Et dans mon nouveau poste, c'est impossible.

— Je les trouve plutôt gentils avec toi, moi.

— Ah oui ? T'as pas remarqué comment Victoire se moque de moi dès que je passe devant elle, son petit sourire en dit long, tu sais.

— Victoire se moque de tout le monde, elle est jeune.

— Et Samuel, je vois bien qu'il m'en veut que je sois à cette place.

— Samuel ne t'en veut pas, il en veut à la direction de ne pas l'avoir choisi lui, c'est différent.

— Il aurait été parfait pour ce poste. Tout le monde l'aime bien, il aurait été un bon chef de caisse. Je ne comprends pas la stratégie de la boîte, je suis totalement perdue. Et puis ce discours de Costra : « Vous êtes une femme de défi », j'en ai entendu des conneries dans ma vie, mais celle-ci les dépasse toutes.

Martin ria de la dernière remarque de sa collègue, elle sourit un peu. Ça lui faisait du bien de vider son sac. Depuis qu'elle était passée dans le camp des « puissants » de Feelbee, elle n'avait plus de discussions avec ses collègues, ils l'évitaient soigneusement. Ça lui manquait.

— J'ai l'impression que je suis tombé dans une période très étrange pour le magasin. Rassure-moi, ce n'est pas tout le temps comme ça, si ?

— Je peux t'assurer qu'on ne trouve pas chaque mois un employé mort, ça c'est certain. Pour le reste, je crois que ça a toujours été un peu comme ça, un peu flou. Tu as dit le bon mot, « étrange », ça va bien à la boîte.

— Ce qui m'étonne c'est qu'après le décès de Christiane, la médecine du travail n'a pas dépêché de psychologue. Juste pour faire le point avec vous tous, histoire de voir si vous allez bien.

— Ça se fait, ça ?

— Bah oui, c'est très courant.

— Eh bien faut croire que ce n'est pas partout pareil. Ici, un peu de quinoa, deux trois cuillerées de boulgour et c'est reparti !

Christèle avait retrouvé un peu le moral, elle ne pleurait plus et faisait même des blagues. Martin avait réussi à mettre de la distance entre elle et son nouveau travail, il lui faisait entrapercevoir la possibilité d'une autre vie, c'était énorme.

— Tout ça pour dire que la mort de Christiane vous a perturbés, et c'est bien normal. Moi qui viens d'arriver, ça m'a mis un sacré coup, alors vous tous qui bossez ici parfois depuis l'ouverture, j'ose même pas imaginer.

— Tu as vu des gens effondrés, toi ?

— J'ai vu Victoire pleurer, oui.

— Tu l'as dit toi-même, elle est jeune. Mais les autres ? Tu les as vu pleurer ?

— Non, tu as raison, tout le monde a repris son boulot presque normalement.

— La vérité c'est que Christiane était une conne et qu'ici, personne, à part une gamine, ne la pleure. Voilà la vérité.

— Tu es dure. Je ne l'ai vue qu'une journée, mais je l'ai trouvée plutôt sympa avec tout le monde.

— Elle faisait toujours son numéro devant les petits nouveaux. Feelbee par-ci, Feelbee par-là, caresses dans le dos et tout et tout. Je connais par cœur. Si tu trouves qu'être hypocrite, c'est être sympa, on n'a pas la même vision de la vie. Christiane, c'était un kapo, une planche pourrie. Première sur les licenciements abusifs, copine comme cochon avec le patron et Anganin, cette pourriture de première. Demande à Benji ce qu'il pense de Pibart, tu verras où se logeait sa sympathie pour lui.

— Où ça ?

— Dans sa culotte, pardi ! Une vraie violeuse.

— O.K. Bon, faut quand même que je me change pour aller bosser à l'entrepôt, mais pense à ce que je t'ai dit : tu as eu une vie avant Feelbee, tu peux très bien en avoir une après. C'est toi qui décides.

Christèle était presque amusée de voir Martin gêné par ces révélations qui n'en étaient pas pour lui. Victoire avait déjà fait le boulot. Elle quitta la pièce en le remerciant de lui avoir remonté le moral pour un temps, un tout petit temps, précisa-t-elle. Une fois seul, il se dit qu'il était entouré de psychopathes et que tout ça commençait à être un brin flippant.

XXVI

— Tu sais conduire un Fenwick ? demanda Fifi.

— J'ai passé mon CACES il y a quelques années, je l'ai eu, mais je t'avoue que ça fait longtemps que je n'ai pas conduit.

— Pas grave, c'est comme le vélo, ça ne s'oublie pas. Tu vois les palettes là-bas ? Tu me les mets au picking. Fais gaffe, ce sont des packs d'eau, c'est lourd.

— Euh, d'accord. Mais c'est quoi le picking ?

Fifi se dit qu'il y avait beaucoup à faire avec ce nouveau gus. Beaucoup trop à son goût. Il tripota un instant l'anneau qui pendait au lobe de son oreille, et demanda :

— T'as jamais mis les pieds dans un entrepôt, pas vrai ?

— Bah si, pour passer le CACES. Mais c'est vrai que j'ai jamais travaillé dans un entrepôt.

— Le picking, c'est l'endroit où on range les marchandises qui vont servir rapidement. Elles doivent être à hauteur d'hommes, histoire que ceux qui viennent se servir n'aient pas trop de manutention à faire. Bref, j'ai pas le temps de te former à la logistique aujourd'hui, je suis débordé de boulot. Je vais te mettre avec les préparateurs.

— Ceux qui emballent des kiwis ?

— Euh… Oui, entre autres… Suis-moi !

Le boulot était simple à première vue, presque enfantin. Et effectivement, coup de chance, aujourd'hui, on emballait des pommes et des kiwis. Martin était content, il avait l'impression d'en connaître déjà un rayon sur le sujet grâce à Serge. Bio, pas bio, local, pas local, mais équitable, blablabla. Une jeune femme expliqua la marche à suivre à l'intérimaire.

— Tu mets tes gants, tu prends la barquette en carton, tu y ranges tes six kiwis, pas sept, hein, juste six. Je te dis ça parce que dernièrement, on a eu un stagiaire de troisième qui voulait absolument en foutre sept. Bonjour la gueule des kiwis, tout écrasés. Il était pas fini ce petit. Ou alors à la pisse. On a bien rigolé, pas vrai Lucie ?

La Lucie en question ne réagit pas, elle était à fond dans son boulot, concentrée au possible sur ses pommes golden. Martin se dit que sa collègue devait passer sa vie à parler toute seule, pensant intéresser les autres. Une grande gueule qu'on laisse faire parce que lui dire de se taire était vain.

— Je m'appelle Chantal, ici on m'appelle Chanchan. Et toi ?

— Martin.

— O.K., Martin, bienvenu parmi nous. Donc où en étais-je ?

— Les six kiwis.

— Voilà, tu suis. Donc quand ils sont rangés dans ta barquette, tu prends l'enveloppe kraft avec la fenêtre plastique, tu ranges ta barquette dedans avec les kiwis en visibilité, et tu étiquettes. Facile, c'est un prix unique, les étiquettes sont déjà prêtes. Comme tu peux le voir, on est quatre sur le poste, on a six cents barquettes à faire et pas la journée pour, alors on y va à fond.

— C'est pour Feelbee ? Je veux dire, pour ici ?

— Mais d'où tu sors toi ? Tu penses qu'on peut vendre six cents barquettes en deux jours ? Non c'est un peu pour ici, beaucoup pour ailleurs. Allez au boulot !

L'étiquette indiquait « Feelbio, local et durable », le prix était de cinq euros tout ronds. En petit, le lieu de production : un bled dans l'Eure, les mêmes qu'il avait ramassés avec Serge. Chanchan donnait le rythme et elle allait très vite. Une machine de guerre de l'emballage. Un bulldozer du rangement de fruits. Cette femme était peut-être un robot. Lucie continuait de se taire tandis que Chantal ne cessait de parler. À l'autre bout de la chaîne, le préposé au rangement des barquettes dans les cartons ne disait rien non plus, il n'était plus tout jeune, avait sûrement plein de choses intéressantes à raconter, mais sa collègue ne lui en laissait pas l'opportunité. Un cauchemar que cette femme. Martin, d'ordinaire assez patient avec ses congénères sentait comme une toute petite envie de meurtre monter le long de la colonne vertébrale. Il avait envie de lui hurler dessus. « Mais tais-toi, bordel ! Tu nous gonfles ! » Il n'en fit rien et tenta une approche avec Lucie.

— Ça fait longtemps que tu travailles ici, toi ?

— Trop, fit la jeune femme en souriant amèrement. Mais je vais bientôt partir, je commence à saturer.

— Ah la la, tout de suite, la saturation ! fit Chanchan. Les jeunes c'est ça maintenant, au bout de deux mois, ça a déjà fait le tour. Va bosser à la chaîne dans l'industrie et reviens me voir, tu supplieras pour qu'ils te reprennent ici. Franchement, on est bien traités, nan ? Ils sont sympas ou pas avec nous ? Didier, qu'est-ce que t'en penses ?

— J'en pense que moi aussi je sature. J'en peux plus de t'entendre toute la journée, sourit-il dans un semblant de vérité que Chantal ne prit pas mal. Sinon, je me fous qu'ils soient sympas ou pas, ce ne sont pas mes amis, je veux juste être respecté et parfois, ce n'est pas le cas, et là ça me gêne vraiment beaucoup !

Et dans un accès imprévisible de colère, il balança un kiwi par terre, puis un second. Martin en resta bouche bée. La scène était presque comique, ce petit bonhomme chétif et tout rouge était un pitbull.

— Calme-toi Didier, tu gâches les bons kiwis Feelbio, fit Chantal. Les bons kiwis du cousin Hub, qu'est-ce qu'il va lui rester en dessert si tu les abîmes tous ?

— Mon poing dans sa gueule, à ce gros porc !

— Ouah, ouah, ouah…, fit Martin. Lâche ce fruit, Didier !

— Jamais deux sans trois.

Et vlan ! Le troisième partit contre une étagère métallique de l'entrepôt. Fifi arriva.

— Il se passe quoi, ici ? C'est encore toi Didier ? Faut que tu consultes ma parole ! Allez, prends une pause, va boire un café et reviens.

— Je suis pas sûr que le café soit la meilleure des solutions, dit Martin.

Les deux autres pouffèrent et pendant un temps, Chantal réussit à se taire. Martin en profita.

— Vous travaillez toujours au même endroit ? Toujours tous les trois ?

— Oui, fit Lucie, toujours. Le quatrième poste est pourvu par tous ceux qui peuvent boucher les trous. Aujourd'hui, c'est toi, demain ce sera un autre, la vie quoi !

— Et toute la journée vous faites des préparations de commandes ?

— Non, parfois on fait du ménage dans l'entrepôt, y a toujours de quoi s'occuper, tu sais. Ici, c'est vraiment un autre monde comparé à ce qui se passe à l'intérieur. Moi j'aime pas y bosser, j'ai fait un remplacement en rayon une fois, l'horreur...

— Ah oui, pourquoi ?

— La direction est plus sur leur dos. Ici, on est peinards, on les voit presque jamais. Surtout depuis que la sous-directrice est morte, hein, Chanchan, plus personne ne vient !

— Tu m'étonnes, fit Chantal en gardant la cadence, j'avais pas fait le rapprochement avec la mort de l'autre, mais maintenant que tu le dis, on se rend compte qu'il n'y avait qu'elle pour nous saouler. Maintenant, c'est royal.

— C'est triste d'en arriver là pour être tranquille, ria Didier qui revenait de sa pause, un gobelet en carton dans la main.

Martin comprit qu'il avait affaire à un vrai caractériel. Finalement, Didier n'était qu'un exemple parmi les autres. Il se remit à ranger les barquettes comme si rien ne s'était passé.

— Christiane venait voir si tout fonctionnait comme il fallait, j'imagine ? tenta Martin.

— On ne sait même pas ce qu'elle venait faire ici, le fait est qu'elle était chiante au possible, fit Chantal. Surtout avec nous. La veille de sa mort, elle était encore à nous siffler dans les oreilles de « préparer les fruits avec du respect pour le petit producteur », que c'était ça Feelbee, d'un bout à l'autre de la chaîne, l'amour pour ce qu'on faisait devait être ressenti jusque dans les papilles du consommateur qui dégustait les produits. C'est sûr qu'emballer des pommes et des bananes huit heures par jour, c'est chaque fois un orgasme. Quel discours à la con !

— En plus, franchement, tu les as déjà goûtés les fruits Feelbio ? demanda Lucie.

— Ah non, pas encore, répondit Martin.

— Moi, je vois pas la différence avec les autres. Tout ça, leur bio, sain et j'en passe, c'est pipeau et compagnie. Je suis sûre qu'il y a pas de différence de goût entre un kiwi bio et un autre cultivé avec de la chimie.

— Il n'y a justement pas de chimie, pas de pesticides, et ça, c'est quand même meilleur pour la santé, tu ne crois pas ?

— Mouais, peut-être, mais franchement au niveau du goût, je reste réservée. Et puis le prix, mazette, la différence de prix… Regarde, là, chaque barquette coûte cinq euros. C'est pas rien cinq euros, c'est ce que Macron a enlevé de nos APL en arrivant au pouvoir, tu te rappelles ?

— Plutôt bien, oui.

— Eh bien, la même barquette avec des kiwis normaux, enfin pas issus de l'agriculture biologique, comme on dit aujourd'hui, c'est trois fois moins cher ! Et pire, ici ils font le kiwi local à presque un euro pièce, ils jouent à fond sur le côté « produit de chez nous », mais si tu vas ailleurs, dans une bien plus grosse enseigne qui vend du bio aussi, venant de plus loin, les six sont à moins de trois euros. D'accord ils sont pas du coin, mais quand même… Franchement, c'est pas un peu se foutre des consommateurs de Feelbee ?

Lucie était énervée. Ses boucles courtes et brunes tressautaient à chacune de ses paroles, c'en était presque comique. Martin n'était pas un agité, il n'allait pas manifester sur les ronds-points, d'ailleurs il n'avait jamais mis les pieds dans une manifestation, trop de monde, trop de bruit. Et puis c'était dangereux, la police y faisait n'importe quoi et vous pouviez disparaître. Les groupes lui faisaient peur, peu importait le camp. Pourtant, bien souvent, il était d'accord avec les luttes, lui aussi était en colère, mais il savait que jamais il ne descendrait dans la rue pour montrer son mécontentement. Sur ce coup, il se sentait plus las que lâche. À quoi bon ? C'était vain de toute façon. Les manifestations pacifistes ne servaient foutrement à rien. L'Histoire prouvait que pour faire bouger les lignes, comme on disait de nos jours, il ne fallait pas avoir peur d'en découdre, de se battre, quitte à saigner, ou de bloquer le pays par une grève générale. Ça, c'était bon. La révolution ne s'était pas faite à coup de pancartes en carton avec un *peace and love* inscrit dessus au marqueur. Chaque fois qu'il regardait des manifs dans les médias, il ne pouvait s'empêcher d'avoir une certaine admiration pour le black bloc, ces anarchistes qui voulaient réveiller la France, mettre le dawa. Il le trouvait plutôt élégant et se gardait bien de le dire. Ce n'était pas socialement admis. Il imaginait facilement Lucie tout en noir, luttant pour des prix plus justes et casser une banque. Ça le fit sourire. D'ailleurs, y avait-il des filles dans le black bloc ? Il se renseignerait.

— Je vois bien que ça te fait rigoler ce que je raconte, mais si tu bossais plus longtemps ici, tu te rendrais vite compte qu'il y a des tas de trucs exaspérants, continua la jeune femme.

— Ouais, comme nos salaires, je peux te dire que ça m'exaspère bien profond ! fit Didier.

Martin ne renchérit pas, il n'avait aucune envie de se prendre un fruit de Bernay en pleine face. Cela faisait presque trois heures qu'il rangeait soigneusement des kiwis dans des barquettes cartonnées. Au début, il s'était dit que ce genre de boulot ne devait pas demander beaucoup de concentration, que sa pensée pourrait s'évader librement. Il ne se rendait pas compte à quel point l'ennui l'emportait sur tout le reste, l'ennui et la douleur. La station debout tétanisait les muscles de ses cuisses et de ses fesses, les gestes répétitifs, compter jusqu'à six des dizaines de fois, faire attention à ce que les fruits choisis pour un lot soient au même stade de maturation, sans trop les palper pour ne pas les abîmer. C'était bien plus compliqué que ça n'y paraissait. Et puis l'environnement, mon dieu, l'environnement… Du gris sur le sol, du gris sur les murs, une grande table haute et grise pour préparer la marchandise, que tout était triste...

Saoulé par le flot de paroles continuel de Chantal qui n'en finissait plus de se plaindre de son petit dernier, cet idiot qui avait tout pris de son père, Martin fut soulagé de voir la fin de la journée arriver. Il courut presque jusqu'au vestiaire pour se changer, tout à sa hâte de revoir la lumière du jour. Pas de chance, à cette heure-ci, la nuit était déjà tombée sur la zone industrielle. Comment ses collègues faisaient-ils pour supporter cette vie ? Dans leur monde sans fenêtre, penchés sur une table plusieurs heures par jour, comment pouvaient-ils tenir ? Tout cela lui était particulièrement mystérieux et quelque peu admirable. Si au bout d'une seule journée de travail, il avait déjà le moral en berne, qu'est-ce que ça serait s'il le faisait chaque jour ? Il n'était décidément pas fait pour ça. Mais qui l'était-il ? Aucun de ces travailleurs précaires n'avait rêvé, enfant, de travailler dans ces conditions. L'image de Didier, Chantal et Lucie autour de leur table de préparation l'accompagna jusqu'à Grandcamp. Ce soir, il n'irait voir personne sur Caen. De toute façon, depuis qu'il travaillait pour Feelbee, il n'avait plus envie de sortir. Trop fatigué, un brin stressé.

XXVII

Benjamin Blondel était un garçon sensible. Du genre, très sensible. Peut-être même un peu trop, dirait sa compagne Maëve. Mais ce n'était pas pour autant que Benji se laissait avoir par l'actualité. Ah ça non ! Lui, il n'était pas à la botte de la propagande des médias de masse. France-Info, France-Inter, tout ça c'était du déchet, du porte-parole gouvernemental. Et ça l'énervait, parfois même ça l'empêchait de dormir. Lui savait que la vérité était ailleurs. Tel un David Vincent perdu une nuit en voiture, il les avait également vus venir de loin, ces gros manipulateurs. On nous mentait sur tout, tout le temps. Benjamin n'était pas dupe. Pas dupe et en éveil. D'aucuns diraient « complotiste », mais chacun sait que c'est celui qui le dit qui y est. Ça avait commencé en 2011 avec l'attentat du World Trade Center. Comme tout le monde, il avait vu les images à la télé, comme tout lc monde, ça l'avait sidéré. Ce n'était pas possible, c'était trop violent, il devait bien y avoir une explication rationnelle. Les Américains n'étaient pas tout propres, c'était certain. Et puis ça l'avait intéressé d'essayer de comprendre, de chercher le détail qui pourrait justifier de dire : « Ah bah voilà, je le savais bien qu'on nous racontait n'importe quoi ! » Les détails étaient faciles à trouver. Internet en regorgeait. Les années avaient passé, mais les sujets cautions à débat ne s'étaient jamais taris. Au début, il avait tenté de faire du prosélytisme, d'éveiller son entourage. Il s'était vite rendu compte que s'il voulait garder un peu d'amis, il allait falloir qu'il se calme. C'est ce qu'il avait fait. Aujourd'hui, il gardait ses convictions pour ses copains internautes sur quelques forums spécialisés dans la quête d'une autre vérité et parfois, un peu, pour Maëve. Elle était gentille, elle l'écoutait.

À 28 ans, Benjamin Blondel savait qu'il ne resterait pas secrétaire de gestion pour Feelbee toute sa vie. Depuis son embauche, chaque mois, il mettait de l'argent de côté pour, un jour, s'installer en Thaïlande. C'était bien, la Thaïlande, on pouvait y vivre confortablement avec cinq cents euros par mois. Et puis il serait loin de tout, sûrement beaucoup moins angoissé.

La dernière fois qu'il avait vu Christiane Pibart, c'était à son dernier et fameux débriefing du lundi, celui où son regard sur lui l'avait paralysé. Il ne savait pas ce qui lui avait pris, mais il avait raconté son envie de voyager, de partir. Il avait même bien fait comprendre à tout le monde que la vie était ailleurs que dans ce magasin. Un coup de canif dans le moral des autres. Il avait vu la colère dans les yeux de Chris, ça ne resterait pas impuni. Et même si elle avait dit « Allons, Benji, qu'est-ce qui te fait dire qu'on te laissera partir ? », en souriant gentiment, lui, connaissait la part de vérité qui se cachait dans ses propos. Et ça lui faisait peur. Très peur.

Avec Christiane, il n'avait rien vu venir, ça s'était fait insidieusement. D'ailleurs, il s'était longtemps demandé si ça n'avait pas été un peu de sa faute. À force d'être sympa avec tout le monde, plutôt marrant et finalement pas vilain avec ses cheveux blonds vénitiens un peu longs comme un chanteur, c'était facile de le croire aussi séducteur que séduisant. Ce n'était pas le cas. Il était seulement sympa, quoi ! Fallait-il être un vrai rustre pour avoir la paix aujourd'hui ? Et puis, ça n'arrivait donc pas qu'aux femmes ? Ça aussi, ça avait été une révélation. Il devait être un cas d'école et en était d'autant plus troublé qu'il n'avait aucun autre exemple auquel se référer.

« Tu sens bon. Cette chemise te va bien ! T'es musclé dis-donc, tu fais du sport ? Je te sens tendu, attends je vais te faire un massage. Tes mains sont vraiment fines, montre, on dirait celles d'un pianiste et j'adore les artistes. Tu sais que tu mérites plus que ce que tu gagnes, si tu veux j'en parlerai à Ludwig, on pourrait peut-être faire un petit quelque chose. J'ai rêvé de toi cette nuit, c'était un peu érotique, ça m'a réveillée. J'aime bien ta nouvelle coupe, ça met en valeur tes yeux verts, ils sont coquins tes yeux, on ne te l'a jamais dit ? Tu as vu ma nouvelle robe, je l'ai eu en soldes, mais la fermeture n'arrête pas de glisser dans mon dos, ça t'ennuie de la remonter ? Avec ce masque, je ne vois plus ta jolie bouche, c'est dommage. Je peux te parler ? Je crois qu'il faut qu'on parle. Tu resteras un peu après le travail, j'ai à te parler. Et si on se donnait une chance tous les deux ? Je vois bien que je te plais. La différence d'âge, c'est rien. Je sais être un peu dingue tu sais. Tu me rends folle. Ta copine ? On n'est pas obligé de lui dire. J'ai envie de toi. Tu veux un café ? J'ai encore rêvé de toi. Si tu veux ton augmentation, faudra être plus gentil que ça. Tu sais que je peux te virer ? »

Et comme ça, tous les jours. Benji avait la sensation désagréable d'avoir une anguille sous le tee-shirt, il se sentait sale et visqueux. Il reconnaissait ses pas dans le couloir, alors il rentrait la tête dans les épaules, se penchait sur sa comptabilité, se donnait un air occupé. Il transpirait la peur.

À la maison, ce n'était plus le même, il n'osait pas en parler à Maëve, elle se serait moquée de lui. Pas méchamment bien sûr, mais elle ne l'aurait pas pris au sérieux. Alors quand elle s'inquiétait de son manque d'appétit ou de ses réveils au beau milieu de la nuit, il lui disait qu'il était préoccupé par le travail. Ce n'était pas mentir, c'était juste incomplet. Une fois, une fois seulement, il avait craqué en pleine salle de pause. Devant Christèle et Victoire qui se plaignaient encore et toujours de Clarisse. Quand elles lui avaient dit qu'il avait de la chance d'être toute la journée tranquille dans son bureau, ça avait ouvert les vannes. Il avait tout balancé. Ça lui avait fait un bien fou. Mais ça rendait ce qu'il vivait concret, ça l'avait ancré dans la réalité. Au début, les filles avaient un peu souri, puis voyant son mal-être, elles s'étaient mises à l'écouter vraiment, à le conseiller. En parler à Castro ? Porter plainte pour harcèlement sexuel ? Qui le prendrait au sérieux, franchement ? Non, d'une façon ou d'une autre il allait falloir que ça cesse.

Victoire était bavarde. Deux jours après s'être épanchée dans la salle de pause, tout le personnel savait que Chris avait le béguin pour lui. Avoir le béguin. C'est comme ça que la plupart qualifiaient les sentiments de Pibart à son encontre. Serge avait même dit : « Il cache bien son jeu le petit Blondel, c'est un tombeur. » Non, pas du tout, par contre il était bel et bien en train de tomber et la chute était dure. Saïmone fut le seul garçon à le comprendre. Il n'aurait pas aimé ça, lui, qu'on le colle toute la journée et que toutes les occasions soient bonnes pour qu'on lui frôle les fesses. L'horreur. « Surtout que c'est pas Miss Monde, non plus Chris. Faudrait vraiment que j'aie faim pour y goûter. J'ai trois ou quatre potes tchétchènes, si tu veux, je les appelle. » Il rigolait, évidemment, enfin, peut-être.

Quand Martin Mesnil, le petit nouveau, était arrivé ce lundi après-midi dans les bureaux, Benji était là. Juste à côté. Lui aussi l'avait vu monter les escaliers grâce aux caméras. Il s'était dit qu'il était pas mal, que c'était sûrement le genre de la sous-directrice. Il avait prié pour qu'elle change de cible. Il les avait entendu glousser dans le couloir avant d'aller visiter le magasin. Il se souvenait qu'elle s'était arrêtée juste devant sa porte pour dire « Une brebis galeuse et tout peut foutre le camp. » Il l'avait pris pour lui. Pendant toutes ces minutes, il avait espéré que Martin devienne sa nouvelle proie, mais, sitôt remontée, c'est dans son bureau qu'elle entra.

— Le petit nouveau, il est ultra sympa, et intéressé par ce qu'on lui montre. C'est le premier qui me pose de vraies questions sur notre éthique, et tout. Non, franchement, très bien ! Bon, je l'ai mis dans les pattes de Serge, je ne sais pas si c'est bien pour un premier jour. Enfin bref, on s'en fout ! Ça m'a fatiguée tout ça, j'ai grand besoin de réconfort.

Elle lui avait souri avant de fermer le bureau à clef, elle avait enlevé ses vêtements sans le quitter du regard et avait couru nue se blottir dans ses bras. Deux solutions s'offraient à Benji : crier au viol et ça pouvait se retourner contre lui, elle pouvait dire que c'était lui qui l'avait forcée, ou bien lui donner ce qu'elle voulait depuis des semaines. Peut-être qu'il aurait la paix après ça. Peut-être que ça mettrait fin à son calvaire. Il choisit la seconde en tremblant. Il se détestait, il la haïssait. Quand ce fut terminé, elle se rhabilla et avant de retourner à ses occupations lui glissa dans l'oreille :

— Oh, chéri, c'était fantastique, bien qu'un peu maladroit… J'ai une idée, je vais m'arranger pour que nos plannings concordent mieux. J'ai encore tellement de choses à te faire découvrir.

Quand la porte fut fermée, Benjamin Blondel mit la tête dans les mains et fondit en larmes. Il était foutu.

XXVIII

Clarisse avait décidé que Martin pouvait très bien soulager les collaborateurs d'une partie du ménage. Du reste, Martin s'en moquait éperdument, ça ou autre chose, c'était pareil. Il aurait par contre, un peu tiqué à l'idée de rejouer à l'emballeur de fruits une journée de plus. Serge qui revenait d'une journée de congé n'avait pas pu s'empêcher de le taquiner quand il l'avait croisé le soir, sa journée finie.

— Alors, il paraît que t'as fait la connaissance de Chanchan ? T'as rencontré ceux qui emballent les fruits, petit veinard ?

— Ouais, ça y est, je suis adoubé.

— Et ça a été avec Didier parce que, c'est pas le mauvais gars, mais parfois, il s'énerve un peu. Il est très soupe au lait.

— Non, tu crois ? J'ai failli me prendre des kiwis sur la tête. Heureusement qu'on n'emballait pas des citrouilles ! Je serais peut-être mort.

— Parle pas de malheur ! Qu'est-ce que tu fous avec la laveuse ? Tu fais la fermeture ?

— Oui, Clarisse continue de penser que je dois rentrer dans le dur alors que ça ne me dérange pas de laver le sol et de ramasser les cartons qui traînent. J'aime bien bouger.

— J'ai vu ça en rayon, t'es un bon ! Allez, je file rejoindre ma dulcinée. Il se fait tard ! Courage pour la fin.

— Salut Serge, à demain !

— C'est ça, mon grand, à demain !

Peu à peu, les derniers clients rentraient chez eux, caissières et caissier rangeaient l'argent récolté pendant la dernière heure dans les trousses prévues à cet effet. Christèle allait passer les récupérer pour les mettre au coffre en attendant d'aller à la banque demain matin, à moins que Costra ne décide de ramener l'argent chez lui pour la nuit avant de se charger de le déposer, lui-même. À l'étage, les lumières des bureaux commençaient à s'éteindre. Benjamin était parti retrouver Maëve, Anganin sûrement son époux, seul celui de Typhaine était encore allumé. Martin vit Costra partir, il ne prendrait pas l'argent ce soir. Il salua l'intérimaire en passant devant lui. Cet homme savait vivre.

— Bonne soirée ! Bon courage ! fit-il.

C'était normal, mais toujours surprenant de la part d'un patron, en tout cas, ça surprenait toujours Martin. Le monde n'était peut-être pas complètement perdu.

La nettoyeuse, Martin aimait bien, ça le détendait. C'était marrant, il avait l'impression de tondre la pelouse, mais sans herbe à couper, ou de pousser une énorme poussette sans enfant à l'intérieur. L'engin était lourd, mais heureusement autoporté. Il était tout sourire dans les allées, un vrai gamin.

— Eh bien, ça a l'air d'aller Martin ! fit Typhaine, le sac à main en bandoulière, prête à quitter les lieux.

— Oui, je ne pense pas que Clarisse pensait que ça me ferait cet effet-là, mais je trouve que la nettoyeuse, c'est déstressant.

— Alors, pour votre gouverne, on ne dit pas nettoyeuse, mais autolaveuse.

— C'est pareil, non ?

— Disons que ça fait moins professionnel. De même qu'on ne dit plus caissière, mais hôtesse de caisse.

— Ah, mais, je sais bien ! D'ailleurs, ne suis-je pas ce soir un technicien de surface ?

— Hors pair, Martin, vous êtes un technicien hors pair ! Bon allez, je file. Bon courage pour la fermeture !

— Euh, ce n'est pas à moi de fermer, n'est-ce pas ? Rassurez-moi !

— Ah ah, non, c'est une façon de parler. Souliman et Germain ne vont plus tarder à prendre le relais pour la nuit. Le rideau est baissé, vous pourrez sortir comme moi je sors quand vous aurez fini. D'ailleurs, il me semble que Ludwig est toujours dans son bureau.

— Ah, je n'ai pas vu de lumière.

— Anganin aime tamiser sa pièce le soir. Il dit qu'il a besoin de se recentrer. Que voulez-vous, pour lutter contre le stress, certains donnent dans l'ambiance intime, d'autres dans l'autolaveuse, chacun son truc.

— Et vous, Typhaine, dans quoi vous donnez ?

— Oh moi… Eh bien, on va dire que je ne suis pas stressée ! Bonne soirée !

Martin trouvait Typhaine de plus en plus jolie. Il aimait bien sa répartie et sa façon de passer la main dans les cheveux, naturellement, sans chercher à séduire. Il n'avait jamais su comment s'y prendre avec les séductrices, ça le mettait mal à l'aise, et Typhaine ne faisait pas partie de cette catégorie de femmes. « Enfin, bref, pensa Martin rêveur, j'imagine qu'elle n'en a rien à faire du technicien de surface… » et il continua son nettoyage se laissant aller à la rêverie. Des images de sa vie d'avant avec Carole et les enfants lui revinrent en mémoire. Juillet, les vacances, une plage de Bretagne, des baignades dans la Manche, les Côtes-d'Armor, la vie simple. Comme il regrettait tout ça.

Rayon « petit matériel de bricolage » où chaque outil avait un manche en bois non traité, une main tapota son épaule. Martin cria de surprise :

— Oh, c'est vous, vous m'avez fait une de ces peurs !

— Ma voiture ne démarre pas, fit Typhaine préoccupée.

— Alors, là, je ne peux pas vous aider. Je suis nul en mécanique, ça ne m'intéresse pas du tout. Par contre, je peux vous déposer chez vous, si vous voulez. À moins que vous ne préfériez rentrer avec M. Anganin.

— Martin, vous n'avez donc pas remarqué ?

— Quoi donc ?

— Je ne m'entends pas très bien avec Ludwig. Nous n'avons pas la même vision du monde du travail. Nous nous supportons, mais pas assez pour monter dans sa voiture. Je ne veux rien lui devoir. Donc, j'accepte votre proposition. Merci beaucoup.

— Parfait, je termine et je suis à vous.

— Mais, c'est propre, là, non ?

— Pas tout à fait, je n'ai pas fait le rayon spiritualité, encens et chakras.

— Vous parlez du rayon bien-être ? On ne dira rien, si je vous affirme que c'est propre, c'est que c'est propre. Et si demain Clarisse vous fait la moindre remarque, vous lui répondrez que Mme Valentine vous a demandé d'écourter votre journée pour des raisons personnelles.

— Ça nous promet des heures de ragots en salle de pause !

Martin rangea son matériel et alla se changer rapidement au vestiaire. Typhaine l'attendait sur le parking en fumant une cigarette.

— Où est votre voiture ? demanda-t-elle en rejetant sa fumée.

— Juste derrière vous, fit Martin en lui montrant sa Saab cabriolet 900.

Et ça, ça faisait toujours son petit effet. Malgré la poussière mêlée de sable sur le capot et la capote, malgré les gentes plus du tout brillantes, la réaction était toujours la même quand on voyait la voiture de Martin :

— Ouah, c'est la vôtre ? C'est marrant je vous imaginais plus en Clio ou en Twingo.

— Oui, c'est la mienne, année 1987, trop de kilomètres au compteur, mais je l'aime bien, elle me rend service. On y va ? Je vous dépose où ?

— Dans le centre de Caen si ça ne vous ennuie pas. Vous pouvez me laisser boulevard Leroy, je continuerai à pied.

Martin ne se souvenait plus que le siège passager était encombré de cassettes et de quelques barrettes colorées appartenant à Brune en plus d'un emballage de Kinder Bueno. Pas très Feng-shui, pas très Feelbee.

— Excusez-moi, je ne m'attendais pas à avoir une invitée, fit-il en dégageant le siège afin que Typhaine puisse s'y installer.

— Je rêve ou ce sont des cassettes audios ?

— Vous ne rêvez pas. Je n'écoute que ça.

— Je crois que je n'en avais plus vu depuis 1995. Et vous écoutez quoi comme musique ? Je peux ?

Typhaine actionna le bouton marche du Clarion. La voix du chanteur de « Partenaire Particulier » résonna dans l'habitacle. « Alors je cherche et je trouverai, cette fille qui me tente tant. Partenaire particulier cherche partenaire particulière. Débloquée, pas trop timide et une bonne dose de savoir-faire. » Elle explosa de rire.

— Ah oui, quand même !

— Je suis resté très années 80, sourit Martin en baissant le volume. Et vous, vous aimez quel genre de musique ?

— Oh, j'écoute peu de musique, quand je rentre je suis tellement fatiguée que je ne pense même pas à choisir un CD. Mais avant, plus jeune, j'aimais bien les groupes un peu planants, The Doors, Velvet Underground, ce genre de choses.

— Du coup, Feelbee vous va bien !

— Vous êtes taquin.

— Bah, c'est un peu hippie comme concept, non ? Le bio, le respect du producteur, le bien-être des clients.

— C'est surtout une entreprise, vous savez. L'argent reste le moteur. On va dire que c'est une entreprise séduisante sur bien des aspects, mais, finalement, est-ce que tout ça est très différent de ce qui se fait ailleurs ? Aujourd'hui, n'importe quel hypermarché a son rayon vrac et bio.

— Peut-être, mais chez vous la provenance des produits reste très locale. J'ai eu droit, hier, à un cours sur le sujet avec Lucie de l'entrepôt.

— Ah, Lucie ! Une gentille femme. C'est vrai, la priorité de Feelbee est de mettre en avant ce qui est produit sur son territoire. C'est un peu sa marque de fabrique. Mais bon…

— Je vous sens un peu désabusée.

— Et vous n'avez pas tort. Mais, laissons le travail de côté. Je m'interdis de penser à lui sitôt le parking derrière moi. Et ça fait un moment qu'on en est sortis, là, non ?

— Boulevard Leroy, vous m'avez dit ? Mais vous avez loin à faire après à pied ?

— J'habite rue Eugénie. Ça va me faire marcher un peu, à moins que vous vouliez venir boire un café à la maison. Mon fils est là, mais il ne devrait pas vous mordre.

— Pourquoi pas ? C'est gentil de proposer.

Typhaine habitait une jolie maison en pierre de Caen et aux volets rouges. L'étage était allumé. Elle chercha dans son sac sa clé et avant de la glisser dans la serrure prévint Martin du désordre potentiel.

— Nous non plus, n'attendions pas d'invités.

— Oh, c'est rien ! Vous verriez mon appart', en ce moment c'est pire que tout !

La maison était plutôt cossue, agencée avec goût, elle montrait qu'une femme cultivée vivait là. Partout des livres, des tableaux, des photos d'art. Aucun mur n'était vide. Sur les meubles des bibelots chinés dans les brocantes du coin côtoyaient des vases de fleurs séchées, rien à voir avec l'esprit froid et rigoureux qui émanait de son bureau professionnel.

— Mathis ! appela-t-elle. Je suis rentrée !

Des pas lourds se firent entendre dans l'escalier. Un jeune homme entra dans la cuisine. Il était brun, pas très grand, avait un peu de l'embonpoint de ceux qui ne pratiquent pas d'activités physiques, la capuche de son sweat Anonymous sur la tête, mains dans les poches, il dévisagea Martin avant de demander à sa mère :

— C'est qui ?

— Déjà, tu dis « bonjour », s'il te plaît, fit Typhaine calmement.

— Bonjour. C'est qui ?

Martin s'avança pour lui tendre la main, le garçon laissa les siennes dans ses poches.

— Je suis Martin, je travaille à Feelbee depuis pas longtemps. J'ai raccompagné ta mère parce que sa voiture ne démarrait pas et elle m'a gentiment proposé un café.

— Ouais, maman est gentille. Tu veux une bière ?

Martin refusa poliment. Il n'était pas tellement porté sur la bière. Au contraire apparent de Mathis qui en prit une dans le réfrigérateur tandis que Typhaine lançait un expresso.

— Et tu en penses quoi de Feelbee ? demanda le jeune homme.

— Mathis, s'il te plaît ne commence pas…, fit sa mère tout bas.

— Pas grand-chose, c'est une entreprise un peu comme toutes les entreprises d'aujourd'hui. Il y a du bon, il y a du moins bon.

— T'es normand, toi ! P't'être ben qu'oui, p't'être ben qu'non. Incapable de trancher, pas vrai ?

— Oui, je suis normand. Comme tout le monde ici, non ?

— Ouais, mais moi j'essaie de lutter contre ça justement.

— Le fait d'être normand ?

— Non, le fait de pas avoir d'avis.

Typhaine semblait désolée en tendant une tasse de café à Martin. Elle avait envie de crier sur Mathis, mais elle savait que n'importe quel haussement de ton pouvait déclencher sur lui une colère qu'elle n'arriverait pas à faire descendre. Elle ne voulait pas que ça arrive en public. Mathis continua :

— Feelbee, c'est la pire escroquerie de l'univers. Des années que je le dis et personne pour me croire ! Feelbee, c'est aussi bio que mes cheveux sont blonds. Tu veux que je t'aide à te faire un avis ? Monte avec moi dans ma chambre et tu verras.

— Euh…

— Allez viens, on n'en a pas pour longtemps !

Le gamin faisait un peu flipper Martin, il n'avait pas l'air de rigoler tous les jours. L'intérimaire questionna du regard Typhaine qui tenta de le sortir de là :

— Écoute, Mathis, on a eu une journée fatigante. Peut-être que Martin préfère boire son café pour vite rentrer chez lui. Et puis, tu sais, des fois, on n'a pas envie de savoir où on travaille vraiment. Regarde, moi, je continue bien de travailler là-bas.

— Oui, mais toi c'est pas pareil, toi, tu m'aides !

— Non, mais si ça fait plaisir à Mathis, je veux bien voir ce qu'il veut me montrer, ça ne me gêne pas.

— Super, laisse-moi deux minutes que je vire tout ce qui traîne par terre et je t'appelle !

Tandis que Mathis montait quatre à quatre les escaliers, le silence se fit dans la cuisine. Martin essaya de détendre l'atmosphère face à une Typhaine contrite.

— Ça a l'air de lui tenir à cœur, je me vois mal lui refuser ça !

— Écoutez Martin, Mathis est un garçon particulier. Très particulier. Caractériel si vous voulez. Il ne maîtrise pas les codes sociaux, n'a aucun filtre, c'est pour ça qu'il est un peu brutal, je vous prie de l'en excuser. J'aurais dû vous prévenir.

— Il n'y a aucun problème et d'ailleurs, vous m'aviez déjà dit qu'il était particulier. Je suis moyennement surpris.

— Ah bon, je vous l'ai dit ? Je ne m'en souviens plus.

— Si, si, dans votre bureau. Mais qu'est-ce qu'il a au juste ?

— Différents troubles. On a longtemps parlé d'autisme Asperger vu ses facultés dans certains domaines et son incroyable mémoire, mais il est aussi paranoïaque, a des tendances suicidaires en plus de connaître certains épisodes schizophrènes. Un traitement le stabilise, mais tout ça reste très fragile. Bref, c'est mon petit boulet chéri, quoi ! dit-elle dans un sourire qui fit littéralement fondre Martin.

— Et vous êtes seule à gérer tout ça ?

— Absolument seule.

— Et c'est pas trop difficile ?

— Pas du tout, les doigts dans le nez ! ria-t-elle. Bien sûr que si, c'est difficile, mais depuis peu, ça va mieux. D'ailleurs, vous êtes le premier qui entrez chez moi depuis des années. Si ça, c'est pas une preuve d'amélioration, je me demande ce que c'est !

— Ah bon, avant c'était pas possible ?

— Vous avez vu l'Exorciste ?

— Oui, il y a longtemps.

— Eh bien, avant, Mathis descendait l'escalier comme dans l'Exorciste, la tête à l'envers et en bavant.

Martin resta sans voix. Typhaine éclata de rire.

— Mais non, je plaisante ! Ah ah, vous verriez votre tête ! Disons qu'avant, je n'invitais personne parce que mon fils pouvait être violent et que de voir des verres voler à travers les pièces n'intéressait pas grand monde. Enfin, tout ça n'arrive plus, heureusement.

— Tu peux venir, je suis prêt, fit la voix grave du garçon en haut de l'escalier.

— Allez-y, Martin, je vous ai déjà dit qu'il ne mordait pas !

XXIX

Clarisse avait un peu froid. L'air passait sous sa porte d'entrée et ça l'excédait. Le voisin laissait toujours sa fenêtre ouverte, même quand les températures descendaient en dessous de zéro, il lui avait expliqué que c'était bon pour la santé, que ça conservait. « Mettez un pull ou calfeutrez votre porte, moi je peux pas vivre autrement. » Le chauffage de l'immeuble était collectif et c'est vrai qu'en hiver, ils exagéraient un tantinet sur le réglage du thermostat. Le petit vieux avait besoin d'air frais, tant pis pour Clarisse. Elle avait tenté de négocier avec le syndic que les portes en bois soient changées pour de plus isolantes, mais il fallait déjà repeindre les couloirs, ce n'était pas prévu. Et puis, les autres locataires ne se plaignaient pas. Normal, c'était la seule à vivre en face de l'ancien légionnaire de 74 ans. Elle sortit une couverture de son placard et la roula devant sa porte, puis s'enveloppa dans un châle épais et s'assit sur son canapé, devant la télévision. Sur la table basse, un dossier jaune attendait depuis trois jours d'être ouvert. Clarisse l'avait trouvé sous un meuble qu'elle cherchait à déplacer dans son bureau de sous-directrice. Elle s'était dit que si elle l'accolait à sa table de travail, ça lui ferait un espace en plus pour poser son mug de café, ses clés, son sac à main, tout ce petit bazar qui encombrait son bureau. Quand elle avait découvert le dossier, elle eut comme un pressentiment. Il n'avait rien à faire là. Il avait clairement été mis à l'abri des regards. On n'égare pas une chemise en carton sous un meuble. On l'y place. Et puis Christiane Pibart était une femme très organisée. Encore, si ça avait été elle, tout était possible, mais là… Elle l'avait glissé dans son sac de travail, s'était sentie un peu mal à l'aise, puis n'y avait plus trop pensé. C'était stressant de travailler pour Feelbee, il y avait tant de tâches à faire en si peu de temps. Qu'est-ce que c'était que huit heures, quand, comme elle, on était tenu de suivre l'état des stocks, de gérer les invendus, d'analyser les possibilités d'amélioration, d'évolution du magasin ? C'était peu pour une seule femme. Parce que, Costra avait beau être gentil, pour déléguer, il déléguait. Et personne n'avait vraiment pris le temps de former Clarisse à ses nouvelles fonctions. Il fallait se rendre à l'évidence, elle pataugeait. Elle était à deux doigts de la noyade, presque complètement sous l'eau. Malgré tout, elle continuait de se faire confiance, elle continuait d'y croire. Anganin l'avait prévenue le matin même, pendant une petite réunion informelle en présence de Costra : l'annonce pour remplacer durablement Chris était en ligne depuis une bonne semaine, les candidatures commençaient à affluer, ils les épluchaient pour faire un premier tri. Une fois la nouvelle recrue choisie, elle retournerait à son poste de cheffe de caisse, une belle prime lui sera octroyée en remerciement de l'intérim, et tout continuera de rouler dans le meilleur des mondes.

— Et Christèle ? avait-elle demandé.

— Christèle Frame nous a fait comprendre qu'elle ne souhaitait plus faire partie de l'équipe à partir de janvier, avait répondu Costra. Le décès de Christiane l'a ébranlée, comme nous tous, mais elle est plus fragile que la moyenne, n'est-ce pas ? Vous ne pouvez pas me dire le contraire, Clarisse. Elle nous a donné son préavis.

— Ah bon ? Mais qu'est-ce qu'elle va faire ?

— Peu importe, Clarisse. Elle quitte le navire, c'est tout ce qui compte à mes yeux., avait continué le patron. Je suis très déçu, c'était une bonne opportunité d'évolution de carrière. Elle n'a pas su la saisir. Tant pis pour elle.

— En même temps, si je reprends ma place, elle serait redevenue caissière, c'est pas tellement évolutif. Bref, et si, moi, je décide de postuler pour le poste de Christiane, je veux dire vraiment, comment ça se passe ?

— Nous étudierons votre candidature, comme les autres, avait fait Anganin. Ni plus ni moins.

Elle avait trouvé ça dégueulasse. Tous ses efforts avaient été effacés en une phrase. « Ni plus ni moins. » À quoi avaient pu servir les heures passées à défricher les problèmes de logistique, à reprendre chaque dossier, là où Chris l'avait laissé avant de mourir ? Elle avait tout fait pour faire croire que le sens de l'organisation lui était inné. Elle pensait que ça avait marché, qu'ils n'y avaient vu que du feu. Elle était persuadée que l'objet de la réunion dans l'antre de Costra était la signature surprise d'un vrai contrat de sous-directrice. Elle s'attendait même à voir une bouteille de champagne sur le bureau. Raté.

Mais Clarisse n'était pas du genre à se laisser abattre. Plutôt crever. Elle se redressa et prit le dossier sur lequel rien n'était noté. En l'ouvrant, elle fut surprise de n'y voir que deux feuilles sur lesquelles Christiane avait tracé trois colonnes. Sur la première figurait une liste de codes mêlant chiffres et lettres, des montants en euros leur répondaient sur les deux autres. Clarisse ne comprit pas immédiatement, elle se dit que c'était un document sans importance jusqu'à ce que ses yeux se posent sur la corbeille de fruits posée depuis toujours sur le bar de sa cuisine. Son ventre se serra d'un coup, elle rouvrit le dossier. Ces codes, elle les connaissait bien.

— Merde, c'est pas vrai… La salope…

XXX

— Excuse le bordel, j'aime pas trop ranger, ça m'angoisse quand tout est clean.

En entrant dans la chambre, Martin se souvint de l'émission que Brune lui faisait parfois regarder à la télé, pour qu'il relativise son désordre. Ça s'appelait « C'est du propre ». Un programme dans lequel deux petites dames bon chic bon genre venaient déblayer des logements remplis d'immondices par leurs occupants qui ne savaient comment s'en sortir. Édifiant. Elles auraient pu intervenir dans la chambre de Mathis. Pourtant, il avait fait un effort, il avait mis tout ce qui jonchait le sol de la porte à son bureau sur son lit. De sorte qu'on ne voyait plus trop qu'il s'agissait d'un lit.

— Alors, qu'est-ce que tu voulais me montrer, demanda Martin ?

— Depuis que Maman travaille pour eux, je ne les sens pas.

— Qui ça ?

— Feelbee en général. J'y crois pas une seconde à leur côté nature. Je sais que c'est du pipeau.

— Oh ! Ça ! Mais toutes les boîtes draguent leur clientèle d'une façon ou d'une autre, c'est presque de bonne guerre. Ils ont surfé sur la vague du retour aux choses simples et ça marche bien pour eux. Rien de très grave.

— Ce que j'essaie de te dire c'est qu'une infime partie de ce qu'ils vendent est vraiment bio. Il n'y a aucune différence entre une carotte de chez Feelbee et celle d'un magasin qui se fournit grâce à une centrale d'achat chez des maraîchers traditionnels.

— T'as des preuves de ce que tu racontes ?

— Bon alors premièrement, l'expérience sensorielle. Tu as déjà goûté un de leurs fruits ?

— Décidément, c'est la deuxième fois qu'on me pose la question, sourit Martin. Non, pas encore, je ne mange pas mes cinq fruits et légumes par jour en ce moment.

— Ils jouent sur le côté psychologique du client. Tu achètes un truc, n'importe quel truc, sur lequel on a écrit issu de l'agriculture biologique et tu vas forcément trouver ça bon.

— Ouais, peut-être, mais ça ne fait pas une preuve.

— C'est ce que je voulais te montrer. Depuis que Maman bosse chez eux, j'enquête. J'ai même créé un forum sur le dark web. Tu connais le dark web ?

— C'est là où on peut acheter des armes en kit livrées dans une chaîne hi-fi ?

— Oui, entre autres, de la drogue, aussi, par exemple. Mais il n'y a pas que des ventes illégales ou des réseaux pédophiles sur le dark web, il y a des gens qui pensent et j'en fais partie.

Martin ne s'offusqua pas du manque d'humilité du jeune garçon, il savait que ça pouvait faire partie intégrante des personnalités à haut potentiel intellectuel, les HPI, comme Mathis. Ce n'était pas de sa faute.

— Donc, j'ai créé un forum spécialisé dans les arnaques au bio et, avec les copains, on fait des expériences.

Mathis sortit d'un tiroir une assiette sur laquelle il avait posé deux bananes.

— À gauche, une banane non bio de Martinique que j'ai demandé à ma mère d'acheter sur le marché il y a une petite semaine. À droite, une banane de Feelbee achetée à la même date. Qu'est-ce que tu remarques ?

— Que ta chambre va devenir un nid à souris si tu laisses des trucs moisir comme ça. Sinon, je ne remarque rien de particulier. Elles sont tachetées de noir, bonnes à manger, non ?

— Exactement Martin. Elles en sont toutes les deux au même stade. Si celle de droite était vraiment bio et n'avait donc subi aucun traitement au contraire de celle de gauche, elle serait déjà totalement noire. CQFD. Il n'y a aucune différence entre les deux. Ah ah, ça te scotche, pas vrai ?

— C'est étonnant, oui, en effet. Mais c'est peut-être simplement que celle de droite n'était pas mûre quand ta mère l'a prise dans le magasin.

— Elles en étaient au même stade de maturation à l'achat, vieux.

On frappa, et Typhaine entra sans attendre de réponse.

— Votre café va être froid, Martin !

Depuis combien de temps écoutait-elle à la porte ? En quittant la chambre, Martin remarqua les articles de presse sur l'ouverture du premier magasin Feelbee punaisés au mur, il y avait également près de l'unique fenêtre un monticule d'emballages en carton provenant du magasin de Fleury. Il laissa Mathis à son bureau. Celui-ci avait allumé son ordinateur et ne faisait déjà plus attention à son invité.

— Feelbee, c'est un peu obsessionnel chez lui, s'excusa Typhaine en regagnant la cuisine.

— J'ai cru remarquer oui, mais j'avoue que son histoire de bananes est étonnante.

— S'il n'y avait que les bananes ! Mathis est un être particulièrement asocial et depuis qu'il s'intéresse au magasin, il a fait beaucoup de progrès. C'est comme s'il avait trouvé un but dans la vie, une mission. Auparavant, il ne vous aurait jamais invité dans son antre. D'ailleurs, excusez le capharnaüm, c'est aussi symptomatique de ses troubles.

— Vous le croyez ? Je veux dire, toutes ces histoires de faux bio, vous y croyez ?

Typhaine se contenta de sourire tristement, elle guida Martin vers la porte.

— Il se fait un peu tard et la semaine n'est pas terminée. Merci beaucoup de m'avoir raccompagnée.

— Comment vous allez faire pour aller au travail demain ?

— Mon frère me prêtera sa voiture, il habite à côté. Je ferai venir une dépanneuse pour la mienne. Ne vous inquiétez pas, j'ai de la ressource, ria-t-elle.

— Je n'en doute pas ! Merci pour le café, c'était…

— Étrange ?

— Non, pas étrange ! En fait, c'était un plaisir.

— Bonne nuit, Martin.

Typhaine laissa Martin sur le perron de la maison aux volets rouges. Au même moment, à l'étage, les lampes s'éteignirent et la silhouette de Mathis se dessina à la fenêtre, il observait son nouvel allié.

XXXI

— T'es en train de me demander de faire analyser un kiwi, là, mon pote. Tu te rends compte du ridicule de la situation ?

Martin fit un geste de la main pour chasser la fumée de cigarette que William était en train de lui envoyer au visage. Il n'avait pas dormi de la nuit et la journée à la caisse n° 6 lui avait été pénible. À la pause, il avait appelé William pour lui dire qu'il serait à 20 heures devant le commissariat, à l'heure où son ami prenait son service, il avait quelque chose à lui dire.

— J'ai acheté une barquette de six, tu pourras manger les cinq autres. Je suis sympa quand même !

— Et qu'est-ce que je lui dis à ma collègue de la scientifique, moi ? J'ai un ami qui veut savoir ce qui se cache dans ces fruits. Je compte sur ta discrétion.

— Elle t'adore, Nadège. Elle est prête à tout pour toi.

— Tu sais que normalement, il y a toute une procédure pour ça ? Il faut que ce soit motivé. Et là, je vais me ramener avec ma barquette au labo, et je vais dire : « Excusez-moi, pouvez-vous suspendre vos analyses sur le chiffon qu'on a trouvé dans le parc, près du corps dénudé de la gamine de 5 ans et m'analyser tout de suite ces fruits ? »

— On a retrouvé une gamine dans le parc ?

— Non, mais ça pourrait !

Il allait le faire. Martin savait que William en était capable pour lui. D'ailleurs, il avait déjà la barquette dans les mains.

— Bon, je dois aller bosser. Je te tiens au courant.

— Merci, t'es un frère.

— Ouais, ouais, c'est ça…

William écrasa sa cigarette par terre et s'engouffra dans le commissariat. Pour une fois, Martin ne le traita pas de pollueur et se contenta de ramasser le mégot en attendant de trouver une poubelle.

XXXII

Clarisse ne se donna pas la peine de frapper avant d'entrer dans le bureau de Benjamin Blondel. Elle s'assit directement face à lui.

— Dis-moi Benji, c'est bien toi qui t'occupes de la comptabilité de la boîte, n'est-ce pas ?

— Bah oui., fit le jeune homme quelque peu étonné par une question si évidente.

Elle jeta sur le bureau le dossier jaune et dans un air de défi lança :

— Alors tu vas m'expliquer ce que tout ça veut dire. Et quand je dis tout, c'est tout !

Clarisse trépignait. Surpris, Benjamin ouvrit la chemise en carton et, comme Clarisse la veille, ne comprit pas tout de suite.

— Je n'ai jamais eu connaissance de ces chiffres. C'est pas mon écriture. Tu as trouvé ça où ?

— Dans mon bureau, enfin celui de Christiane, mais c'est pas le propos. Regarde les codes à gauche, est-ce que ça te parle ?

— Oui, ce sont des références produits. Je peux voir à quoi ils correspondent sur mon ordi si tu veux.

— Inutile, je les connais par cœur, c'est moi qui m'occupe du réassort. Ce sont ceux du frais.

— Les fruits et légumes ?

— Exact, mignon, entre autres. Y a rien qui te chiffonne ?

— La différence de marge entre les deux autres colonnes.

— Bravo, t'es un champion. Il y a des dates en haut, je voudrais que tu compares ce que toi tu as entré dans ta compta avec la seconde colonne.

— Pourquoi ?

— Parce que je les tiens ! Parce qu'après ça, quand j'aurais démontré que Pibart s'en mettait plein les poches, ils ne pourront pas me refuser le poste de sous-directrice. Voilà pourquoi ! Et puis, avoue, c'est toujours mieux d'avoir été harcelée par une arnaqueuse de première que par une femme bien sous tous rapports, non ? T'as pas envie de salir la mémoire de Chris ? Même pas un tout petit peu ? Allez, Benji, aide-moi sur ce coup-là !

Si Clarisse était capable de tout tenter pour sa carrière, Benjamin qui avait l'habitude, lui, de réfléchir sur les stratégies dissonantes, savait que pour s'en mettre plein les poches, il ne fallait pas être seul.

— Et s'ils savaient ? S'ils étaient au courant ?

— Qui ça ? Costra et Anganin ?

— Par exemple. Peut-être même d'autres. Et si ça leur avait profité aussi ?

— Eh bien, je serai dans la merde.

— Et pas qu'un peu. Il va falloir être malins, Clarisse, très malins.

— Alors, ça veut dire que tu vas m'aider ?

— Ouais. J'ai assez d'argent pour m'envoler au pays du sourire et y couler des jours heureux. J'ai rien à perdre.

Benjamin passa le reste de la journée à éplucher les comptes du dossier jaune. C'était criant. Ceux qu'il avait inscrits sur son ordinateur étaient trois fois moindres que ceux que Christiane avait notés. Mais comment avait-elle fait pour arriver à ce résultat ? Il vérifia les références, c'était en ordre. Chacune correspondait bien à un produit vendu par Feelbee. Il décida de descendre dans le magasin pour vérifier sur place.

Serge était en rayon avec l'intérimaire. Benjamin ne lui avait jamais parlé. Les intérimaires, il n'avait pas affaire à eux. Lui, c'étaient les chiffres et seulement les chiffres. Les humains, ce n'était pas son métier. Il laissait ça aux autres.

— Oh bah Benji, qu'est-ce que tu fais là ? T'es descendu de ton mirador ?

— Salut, Serge, je viens vérifier deux ou trois codes produits, mes tableurs ont planté.

— Je ne sais pas ce que c'est qu'un tableur, mais ça va pas m'empêcher de dormir ! Tu connais Martin ?

— Non, pas encore.

— Je vous ai aperçu dans la salle de réunion quand on nous a annoncé la mort de Christiane, fit Martin en tendant la main. Vous êtes Benjamin, le secrétaire de gestion, c'est ça ?

— Tout à fait ! Bonjour. Serge, au fait, je me demandais, tu sais où je peux trouver les numéros des fournisseurs ? J'ai l'impression que ça patauge un brin dans les commandes en ce moment, je veux m'assurer d'un truc.

— Fifi a le listing dans l'entrepôt. Sinon, Costra, c'est sûr et Clarisse, peut-être.

— Je ne vais pas déranger les têtes pensantes pour ça, je vais voir Fifi ce sera aussi simple !

— Si tu veux, mais c'est pas parce qu'il bosse dans un entrepôt que Fifi ne pense pas Benji ! Fais attention à ce que tu dis !

— Oh la la, oui, c'est bon, camarade syndiqué... Il est là, Fifi ?

— Je suis pas sûr l'ami, son bureau doit être ouvert. Si c'est pas le cas, reviens me voir. Accompagne-le, Martin, je te donne le pass. Ce sera aussi simple.

Martin, mal à l'aise par l'échange quelque peu musclé auquel il venait d'assister, conduisit Benji jusqu'à l'entrepôt. Le jeune homme avait l'air fébrile. Ils croisèrent Chantal et Didier qui revenaient de leur pause. En voyant Benjamin en costume, ils firent comme s'ils ne reconnaissaient pas Martin. Il y avait bel et bien deux mondes dans ce magasin.

Benjamin connaissait les lieux, il se dirigea vers le bureau vitré de Fifi. Rien à voir avec ceux de l'étage, bien plus confortables.

— Je ne savais même pas que Fifi avait un bureau, fit Martin.

— C'est normal, c'est le chef ici !

— Ah bon ? Je le pensais simple magasinier, personne ne m'avait dit qu'il avait des responsabilités.

— Peut-être parce que c'est un type bien, il ne fait pas de différences entre lui et les autres. Du coup, les rapports sont sains. Mais, oui, Fifi c'est le chef d'équipe.

Fifi n'était pas dans son bureau, mais comme Serge l'avait prédit, la porte était ouverte. Normal, c'était là qu'était la machine à café et le café, dans une entreprise, ça doit être libre d'accès. Benjamin n'eut pas à chercher longtemps le registre des fournisseurs. Il était sur le bureau, près du téléphone.

— Je le prends avec moi, je serai plus tranquille là-haut pour téléphoner. Si vous croisez Fifi dans la journée qu'il ne s'inquiète pas, je lui ramène tout à l'heure.

— O.K., pas de problème. Je lui dirai que c'est vous qui l'avez. Mais s'il me demande pourquoi ?

— Vous lui dites ce que je viens de dire à Serge : ça patauge dans les commandes et je m'assure d'un truc. Ça suffit comme explication, non ? Il n'est pas secret défense ce registre, si ?

— Non, non, je demandais comme ça. Vous savez, je ne suis qu'un simple intérimaire, pas une tête pensante.

— Vous vous êtes donné le mot avec Serge ou quoi ?

Benjamin prit le registre et fila sans mot dire à l'étage, laissant Martin sur place, tout seul avec sa curiosité. Dans le bureau, les murs en agglo n'étaient pas peints, joints grossièrement au ciment, comme dans le garage de ses grands-parents dans l'Orne. Un poster représentant un coucher de soleil sur la mer des Caraïbes avait été scotché au-dessus d'un calendrier cartonné Feelbee. On y voyait une abeille en gros plan butiner une fleur jaune, Martin s'en approcha pour lire le slogan : « Feelbee : butiner la vie ».

— C'est une jonquille., dit la voix de Fifi derrière Martin qui le fit sursauter. C'est complètement con, d'ailleurs, parce que quand les jonquilles fleurissent, y a pas encore d'abeilles dans les jardins. Enfin, j'crois pas ! Qu'est-ce qui t'amène, tu fais des heures sup, ou quoi ?

— Non, non, j'ai juste accompagné Benjamin qui voulait vérifier un truc avec votre registre.

— Blondel ? Il met jamais les pattes ici, pourquoi il a besoin du registre ?

— Il veut vérifier quelque chose auprès des fournisseurs, il dit que ça patauge au niveau des commandes.

— De quoi je me mêle, c'est pas son boulot.

— Je vous dis juste ce qu'il m'a dit.

— O.K. C'est sans importance de toute façon.

— Bon, eh bien, j'y retourne.

— Vas-y vite oui, sinon je t'embauche pour ranger les palettes !

À peine sorti du bureau, Martin fut rattrapé par le chef d'équipe.

— Tu diras à Serge de passer me voir quand il aura fini, j'ai quelque chose à voir avec lui.

XXXIII

— Les Kiwis de Fanny, bonjour. Véra à votre service.

— Oui, bonjour, Benjamin Blondel du magasin Feelbee de Fleury-sur-Orne. Je vous appelle parce que je n'ai toujours pas reçu votre facture concernant la livraison d'octobre.

— Vous vous foutez de moi ?

— Pardon ?

— Je vous demande si c'est une blague.

— Pourquoi c'en serait une ?

— Parce que nous ne travaillons plus avec vous depuis six mois. Ça nous a d'ailleurs bien mis dans la merde, hein ! C'est quand même gonflé de m'appeler pour me réclamer une facture alors qu'on ne fait plus affaire ensemble.

— Je suis navré, Madame. J'ai dû faire une grossière erreur.

— Oui, plutôt !

— Est-ce que je peux vous demander qui vous a signifié que nous ne travaillerions plus avec vous ?

— Quelqu'un de la direction. Je n'ai pas retenu son nom. Une femme.

— Merci beaucoup, madame, excusez-moi encore.

Véra raccrocha et Benjamin reprit son listing. Pommes, carottes, courgettes, il appela tous les fournisseurs qui vendaient les produits référencés par Christiane dans son dossier jaune. Plus aucun ne travaillait pour Feelbee depuis de longs mois. Il se leva et alla jusqu'au bureau de Clarisse.

— Viens, on va faire une pause en bas.

— Pourquoi ?

— Parce que le café y est bon et les murs ont moins d'oreilles.

Clarisse n'aimait pas suivre les hommes dans les couloirs. Elle préférait de loin les devancer, mener la danse. Mais Benji était tellement remonté qu'il ne lui en laissait pas la possibilité. Il courait presque. À cette heure de la soirée, la salle de pause était vide et jamais Anganin ou Costra n'y descendait. Ils étaient tranquilles.

— Qu'est-ce qu'il y a, fit Clarisse. T'as trouvé un truc ?

— Oui, et un sacré truc.

— Genre, une preuve de trafic ?

— Disons une preuve de tromperie sur la marchandise, au sens propre. Je ne sais pas ce qu'on vend, mais, en tout cas, c'est pas ce qu'on a écrit sur les étiquettes.

— Ouah, ça craint.

— Un peu oui. Ça mérite une visite de la répression des fraudes même, et ensuite le tribunal.

— Tu crois qu'elle a été tuée pour ça, Christiane ?

— Il faudrait être drôlement tatillon sur la législation pour tuer quelqu'un pour ça, tu ne penses pas ?

— Bah, tu sais, des cinglés y en a partout. Faut peut-être qu'on appelle les flics.

— Je me contenterai de leur répondre s'ils viennent me poser des questions et tu ferais bien de faire pareil. Toi comme moi, pour les autres, on est plutôt contents de la mort de Pibart, non ?

— Toi surtout ! Elle ne m'a jamais rien fait de mal, Chris !

— N'empêche, c'est toi qui occupes sa place aujourd'hui.

— Plus pour longtemps, je pense !

— Si tu parles, tu perds ton job dans la seconde. Quel que soit ton job. Moi, je veux juste partir avec en plus maintenant la certitude que j'ai travaillé pour des pourris. Je suis conforté dans ma décision. Demain, je démissionne.

XXXIV

Martin caressait l'espoir de rentrer enfin à Grandcamp pour boire un verre chez Richard avant de se coucher. Il s'imaginait déjà se laisser bercer par le bruit des vagues. La mer serait haute à son heure d'arrivée, il adorait entendre le ressac cogner sur le béton du perré. À peine entré dans sa voiture, son portable sonna.

— C'est Will. J'ai du neuf.

— Déjà ?

— Nadège m'aime beaucoup.

— Scoop de champion.

— Bon, tes fruits, là, ils ne sont pas bios du tout. Bonjour la chimie, merci la santé. Nadège m'a dit qu'on y avait trouvé deux cent vingt-trois fois plus de résidus de pesticides que dans des produits bio. Ils viennent de la grosse industrie alimentaire tes Feelfruits. Bon, j'ai mangé ceux qui restaient, franchement, ça va, je suis pas malade, mais le goût était moyen.

— Le môme avait raison.

— Quel môme ?

— Le fils d'une collègue que j'aime bien.

— Mignonne ?

— Assez oui.

— Du genre avec qui tu ferais bien un petit bout de chemin ?

— Du genre que j'aime bien.

— Ah, y a un problème ?

— Son fils justement. Mais bon, c'est pas le propos. Tu vas ajouter ça au dossier ?

— Mieux, mon grand, je vais faire venir la répression des fraudes, ça va bouger chez les abeilles.

— Tu vois que c'était pas si ridicule que ça, mon idée d'analyse !

— Ne t'emballe pas. Pour l'instant, on sait juste qu'ils arnaquent les clients et qu'ils doivent se faire une sacrée marge en loucedé. On ne sait toujours pas pourquoi Pibart a été tuée ni par qui.

— J'ai l'impression de vivre dans un Cluedo.

— Oui, mais tu es déjà pas mal avancé : tu as l'arme du crime, le lieu, ne te manque plus que l'assassin et tu as gagné.

— Tu me forces à continuer à chercher, en disant ça.

— Ne te dédouane pas sur moi, c'est ce que tu fais depuis le premier jour. Et puis, là, je ne suis pas tellement inquiet pour ta vie. Cette histoire sent la mort, oui, mais sans intention de la donner.

— Peut-être, mais la mort quand même.

Martin démarra la Saab, la voiture de Typhaine était toujours sur le parking. Aucune dépanneuse n'était encore venue la chercher. Il se surprit à soupirer en pensant au sourire de sa propriétaire. Elle avait vraiment quelque chose qui lui plaisait. En écoutant son morceau préféré de Frankie goes to Hollywood, il se dit que Mathis méritait bien de connaître les résultats de l'analyse que William avait fait faire sur les kiwis et prit la décision de faire un détour par la rue Eugénie.

La lumière n'était allumée qu'à l'étage. Au travail, il n'avait pas croisé Typhaine de la journée, elle devait toujours y être. Est-ce qu'elle avait pensé un peu à lui ? Il sonna et entendit les pas lourds caractéristiques du jeune garçon.

— C'est toi Maman, t'as oublié tes clés ? fit-il derrière la porte.

— C'est Martin. Il faut que je te raconte quelque chose.

— Tu veux me raconter quoi ?

— Tu ne veux pas m'ouvrir, qu'on en parle à l'intérieur ?

Après un moment d'hésitation, Mathis se décida à ouvrir la porte. On aurait dit qu'il venait de se lever. Bouffi de sommeil, les cheveux bruns en bataille, il était en caleçon et portait son éternel sweat à capuche.

— Je t'ai réveillé ? Tu faisais la sieste ?

— J'ai des horaires décalés. Je dors la journée, mais, là, c'était presque mon heure de réveil, ça va. Entre.

— J'ai un copain qui bosse la nuit aussi. Je ne sais jamais trop quand je peux le joindre sans le déranger.

— Si c'est un copain, tu ne devrais pas te poser de question. Ça ne dérange jamais un ami.

— Tu n'as pas tort. Et puis, lui il s'en fout de m'appeler au beau milieu de la nuit, donc pourquoi me gêner ?

Martin suivit Mathis dans la cuisine qui prit un bol dans le placard et du lait dans le frigidaire. Il s'assit sur un des tabourets hauts du bar et s'empara d'un bocal de cornflakes à sa gauche. Il fit signe à Martin de s'asseoir.

— Tu veux des céréales ?

— Ah non, merci. Mais je veux bien un café.

— Je sais pas comment marche la machine. Mais vas-y si tu veux.

Martin se dit que, de toute façon, il était tard pour la caféine et déclina.

— Alors, qu'est-ce que tu es venu me dire ?

— Tu avais raison Mathis, les fruits ne sont pas bios.

— Ah oui ? Tu les as enfin goûtés ?

— Même pas, j'ai fait mieux, je les ai fait analyser en laboratoire. Maintenant, on a la preuve scientifique que tu avais raison, bien joué, mon grand !

Le garçon lâcha sa cuiller. Des larmes emplirent ses yeux foncés.

— Je pensais que tu serais content. Ça ne va pas ?

— Si, si, ça va. Tu sais, ça fait des mois que je bosse dessus. Avec les copains du forum, on cherche à les coincer en faisant nos petites expériences comme celle que je t'ai montrée avec les bananes, ça prend du temps. J'essaie de faire des statistiques, des schémas tout ça. J'ai même réussi à convaincre ma mère que j'avais raison. Et toi, tu arrives avec tes résultats scientifiques et tu me balances une vérité que je connais, mais que je n'ai jamais eu les moyens d'établir comme toi. De manière irréfutable. Donc ça me fait mal. C'est tout. Mais c'est bien, hein, c'est bien. Mais ça ne sert plus à rien, c'est avant qu'il fallait prouver tout ça.

— Pourquoi ?

— Bah, Christiane Pibart est morte !

— Oui, mais qu'est-ce qui te dit qu'elle y était pour quelque chose ?

La panique passa furtivement dans le regard de Mathis. Il ne savait plus quoi dire. Martin était totalement désarçonné face à la réaction du garçon. Il changea de posture, rentra les épaules et se mit à se ronger les ongles sans quitter l'intérimaire des yeux. On aurait dit qu'il avait 8 ans.

— Qu'est-ce qui se passe Mathis ? Tu veux me dire quelque chose ?

Martin entendit une voiture se garer devant la maison. Quelques instants plus tard, Typhaine entrait dans la cuisine.

— Qu'est-ce qui se passe, ici ? fit-elle plus surprise par le silence régnant dans la cuisine que par la présence de Martin dont elle avait vu la Saab.

En voyant sa mère, Mathis se leva et se blottit dans ses bras, il répétait « Maman » comme une litanie. Elle se mit à parler à son fils doucement tout en lui caressant la joue.

— Il va falloir que tu racontes mon chéri. On ne peut pas rester comme ça. Je te jure que personne ne te fera de mal. Voilà, calme-toi, c'est bien. Tu préfères que ce soit moi qui raconte à Martin ?

Le garçon acquiesça timidement de la tête et mit sa capuche.

— Vous prendrez bien un petit verre, Martin ?

— Vous avez du blanc ?

XXXV

— J'aime mon fils plus que tout, fit Typhaine en servant un verre de Pouilly fumé à Martin. Depuis sa naissance, depuis son premier hurlement, on fait équipe tous les deux. Lui aussi, m'aime. Il ferait tout pour moi. Même quand il cassait tout dans la maison, il m'aimait. Même quand il déboulait le matin dans ma chambre et virait de mon lit mon nouvel amant, il m'aimait. C'est un amour étonnant que peu de gens peuvent comprendre. Il faut juste, chaque jour, avoir en tête que quoi qu'il fasse et qui me pourrit la vie, mon enfant m'aime et qu'en retour, je l'aime aussi. Mon job, c'est d'arrondir les angles, de faire en sorte que ça se passe le mieux possible et ma foi, depuis quelque temps, j'y arrivais plutôt bien. Mathis avait trouvé une nouvelle marotte, comme vous l'avez constaté vous-même, avec Feelbee. Je ne trouvais pas ça méchant alors j'ai laissé faire. Après tout, s'il pouvait s'occuper l'esprit avec autre chose que des angoisses, c'était tant mieux, pas vrai ? C'est fou comme ça l'équilibrait. Au début, ses soupçons d'arnaque au bio, je n'y ai absolument pas cru. Pas une seconde. Mais j'ai fait semblant. Et puis, il a commencé à me montrer certaines choses, certains échanges avec ses copains obscurs d'internet. On le prenait au sérieux. Certains allaient acheter des légumes dans le Feelbee de leur région pour faire les mêmes expériences comparatives que Mathis, en simultané.

Leurs produits pourrissaient plus vite que les nôtres, parfois ça n'était pas flagrant, parfois si. Je me suis prise au jeu. On devenait de plus en plus complices tous les deux. Et puis un jour, je me suis dit que je pourrais peut-être en parler à Christiane. Lui raconter ce à quoi on jouait à la maison, prendre ça sur le ton de la rigolade. Juste pour voir si elle était au courant de quelque chose. Si de son côté, elle n'avait rien vu d'anormal. Le moins qu'on puisse dire c'est que je suis tombée des nues. Elle a souri et m'a prise par le col de mon pull, le même que je porte aujourd'hui d'ailleurs et elle s'est mise à dire entre ses dents : « Tu vas arrêter tout de suite de faire ta fouille-merde sinon je fais tout pour te virer, compris. Et sans boulot, vu ton âge, t'es bonne pour le trottoir et encore, si quelqu'un veut de toi ! » Je suis restée à la regarder comme une conne, j'aurais jamais cru ça d'elle. C'était une femme plutôt joviale et sympathique. Je me retrouvais face à une psychopathe. Je me souviens que Victoire avait toqué juste après à sa porte de bureau pour une histoire de prime d'intéressement et qu'elle lui avait dit d'entrer avec son visage d'avant, celui de la femme adorable. J'étais même plus sûre de ce que je venais de vivre.

— J'imagine oui, c'est déjà une agression, vous auriez presque pu porter plainte.

— Si dans le monde du travail vous portez plainte chaque fois que vous tombez sur un cinglé, vous ne travaillez pas beaucoup Martin. Non, ce n'est pas ce que j'ai fait. J'ai continué mon boulot comme si de rien n'était. Mon erreur a été de dire à Mathis que je le croyais, qu'effectivement il se passait quelque chose de pas net chez Feelbee. Ça l'a rendu dingue, il voulait absolument qu'on ait une preuve tangible de tout ça. J'ai fini par penser comme lui. Après tout, si les gens vont chez Feelbee pour manger bio, c'est lamentable de se faire de l'argent à leur détriment et surtout de leur donner autre chose que du bio, non ? Mathis était persuadé qu'on livrait les produits industriels la nuit. À l'abri des regards. Alors on a commencé à aller regarder ce qui se passait la nuit sur le parking de l'entrepôt, on planquait, comme dans les films. Je dois vous avouer que ça reste de grands moments pour moi. J'aimais bien ça. Et puis une nuit, on l'a vu. Le camion. Grosse montée d'adrénaline. On est sortis de la voiture aussi discrètement que possible. Le but, c'était simplement de prendre des photos, on ne savait même pas ce qu'on allait en faire. Si ça se trouve, rien du tout. C'était même pas un gros camion de livraison. On a vu Serge qui aidait à décharger. Je me dis qu'il savait peut-être même pas ce qu'il faisait, et puis Fifi aussi. Ils n'étaient que tous les deux, en tout cas c'est ce que je croyais. C'est Mathis qui prenait les photos. Mais être en planque sur un parking, même s'il est sombre, c'est pas facile. J'ai trébuché sur un rebord en béton, mon corps a heurté la carrosserie d'une voiture, ça a fait un bruit sourd. L'erreur de débutante. C'est Fifi qui m'a vu le premier. Je l'ai entendu dire : « Chris, on a un problème. » Je m'attendais pas à voir Christiane Pibart là. Vraiment pas. Serge a couru vers nous, il m'a demandé ce qu'on faisait là, j'ai pas su quoi lui répondre. Il a eu l'air malheureux. Et puis Christiane est sortie et a fondu sur moi comme une furie. J'avais décidément rien compris, demain j'étais virée, j'avais plus qu'à prendre mon débile et rentrer à la maison et surtout, surtout, j'avais intérêt à la fermer sur ce que je savais sinon je pouvais facilement avoir un accident, du genre imprévisible.

— Elle vous menaçait en fait.

— Oui, et ça, ça n'a pas plu du tout à Mathis.

Le garçon était sorti de sa torpeur et revivait la scène.

— Elle hurlait sur ma mère, ça m'a fait très peur. J'avais pas envie qu'elle lui fasse de mal. Par terre, il y avait un bout de palette, j'ai pas réfléchi, je voulais juste qu'elle arrête de crier sur Maman, qu'elle arrête de la menacer et puis j'étais pas un débile. Fragile, mais pas débile. Je l'ai frappée à la nuque, elle s'est effondrée, d'un coup. Maman dit qu'elle n'a pas souffert.

— Voilà Martin, nous sommes des assassins. Ça fait du bien de le dire tout haut. Cette situation était intenable pour moi, heureusement, j'ai été entourée.

— Par qui ?

— Par Serge d'abord qui nous a calmés ce soir-là, il nous a réconfortés. C'est lui qui a placé Christiane sous un des camions frigorifiques. Il aurait mieux fait de la laisser où elle était, ça n'aurait fait de lui qu'un simple témoin, mais bon, on ne réfléchit pas toujours dans ces moments-là. Et puis par Saïmone qui a accepté de revenir au magasin pour détruire les enregistrements de la caméra du parking cette nuit-là.

— Ah oui ? C'est étonnant de sa part, non ?

— Ah non, ça lui va très bien au contraire. Saïmone rêve d'une vie de cinéma. Je peux vous dire qu'il ne s'est pas trop fait prier. C'était l'aventure. Et puis par vous, Martin.

— Moi ?

— Oui, vous étiez frais, amusant, vous m'avez fait penser à autre chose pendant ces dernières semaines.

C'était plaisant. Je me suis dit que vous seriez une oreille confortable à qui confier ce drame, un jour. Mais quand vous êtes venu la première fois, je voulais faire durer le plaisir de la rencontre. Je n'ai rien voulu dire. Vous voulez que je vous dévoile un secret ?

— Ça fait beaucoup de secrets le même soir, non ?

— Ma voiture n'a jamais été en panne. D'ailleurs, je suis rentrée avec ce soir.

XXXVI

Martin regardait Typhaine dans les yeux et avait furieusement envie de l'embrasser. C'était triste, mais ça ne se ferait pas. Trop compliqué, trop d'ennuis en perspective, trop de tout. Mathis monta dans sa chambre, visiblement épuisé.

— Voilà l'histoire Martin. Vous savez tout. Demain, j'irai au commissariat pour tout raconter. Je dirai que c'est moi qui ai mis le corps sous le camion. On me croira, je pense.

— N'y allez pas demain, allez-y ce soir.

— Oh, vous ne voulez pas nous laisser une seule nuit de répit ?

— Je connais quelqu'un au commissariat qui sait écouter les gens. C'est un ami. Un ami cher. Il travaille la nuit. Je vais lui demander de venir si vous préférez, il le fera. Avec un bon avocat, la légitime défense pourrait entrer en compte. C'est dommage d'avoir détruit les bandes aussi, sauf pour Serge qui reste blanc comme une colombe. Pas pour Saïmone, qui aurait mieux fait de rester coucher, loin de tout ça.

— Vous vous emballez, là. C'est gentil d'être là pour nous.

C'était triste, mais ça ne se ferait pas. Il ne fallait pas que ça se fasse, pas après tout ce qu'elle avait dit. C'était stupide, vraiment. La moins bonne idée de l'univers. Martin attira Typhaine vers lui, elle se laissa embrasser, ça faisait longtemps qu'elle en avait envie, depuis « Partenaire particulier » dans la voiture. C'était triste, mais c'était en train de se faire.

William arriva peu de temps après l'appel de Martin. Seul et désarmé, pas besoin d'effrayer Mathis. Pendant l'audition, Martin avait attendu dans sa Saab, il n'avait pas mis de musique, il avait attendu simplement que la nuit n'en finisse plus de tomber sur le centre de Caen et que William sorte de la maison.

— C'est triste comme histoire, avait fait son ami en le rejoignant.

— Tu n'imagines pas à quel point.

XXXVII

— Alors, elle est contente ta gamine avec son poney ? demanda Richard un matin de décembre en servant un café à Martin.

— Très, enfin je crois. Je ne l'ai pas vue depuis quinze jours, je la récupère ce soir.

— Comment il s'appelle son canasson ?

— Lily Chance.

— C'est pas mal pour un poney, Lily Chance. Ça va, toi ? T'as pas l'air bien.

Martin ne répondit pas, il lisait un article dans le journal qui disait que le magasin Feelbee de Caen avait un nouveau directeur en la personne de Ludwig Anganin, Hubert Costra prenait sa retraite. Sur la photo, les deux hommes posaient tout sourire. Tout continuait dans le meilleur des mondes. La répression des fraudes avait fait son boulot, mais à part un entrefilet vite oublié dans la presse locale, le scandale du faux bio n'avait pas fait beaucoup de bruit. Typhaine et Mathis attendaient d'être jugés en prison, sans traitement de faveur pour le garçon qui pourtant en aurait eu bien besoin. Seul Serge comparaîtrait libre. Il avait pris sur lui l'effacement des bandes, permettant à Saïmone de continuer sa vie auprès de Victoire sans être inquiété, un chic type, vraiment.

Un temps, Martin se demanda s'il devait prendre des nouvelles de Typhaine, puis il préféra s'abstenir. Elle ne lui écrivit pas non plus. Ils savaient tous deux qu'une histoire d'amour faite d'attente et d'incertitude leur ferait du mal. En plus, pour Martin, devenir, en quelque sorte, le beau-père de Mathis lui paraissait insurmontable. Il n'était pas bien différent des autres hommes que Typhaine avait pu croiser dans sa vie finalement. Elle l'avait sûrement senti.

— Tiens, voilà la maréchaussée, soupira Richard.

— Salut les mecs, fit William qui s'assit face à son ami.

— Tu es déjà debout ?

— Je ne suis toujours pas couché, je voulais te voir avant. T'es vraiment pas difficile à trouver.

— Je suis un homme sans surprise. Alors qu'est-ce qu'il y a encore ?

— Clarisse Legendre et Benjamin Blondel sont venus nous rendre visite cette nuit. On n'avait pas l'intention de les rencontrer, ils sont venus tout seuls, comme des grands. Elle, je l'ai pas trouvée très sympa, lui ça va.

— Oui, elle est spéciale. Qu'est-ce qu'ils voulaient ?

— Nous apporter des preuves de l'arnaque de Pibart. Elle notait tout ce que son petit trafic lui rapportait, au jour le jour. Legendre a trouvé tout ça dans un dossier sous un meuble. Son collègue a vérifié auprès des fournisseurs bios qu'ils ne livraient plus le magasin depuis des mois. En remplaçant les fruits par d'autres beaucoup moins chers à l'achat, elle se récupérait tranquillement une marge. Le patron ne savait pas apparemment.

Martin se souvint du jour où il avait accompagné Blondel dans l'entrepôt. C'était donc ça, le registre. Il se souvint aussi de la silhouette de Fifi dans l'encadrement de la porte.

— Tu as l'adresse de Serge Baleine ? demanda Martin.

— Sûrement, au boulot. Pourquoi ?

— Je veux vérifier un truc.

William sortit son portable de la poche de sa doudoune et appela le commissariat.

— Ouais, c'est Will, tu peux me passer Jo ?

Martin ria.

— Vous ne vous dites jamais bonjour entre collègues ?

— Pas le temps, on est des hommes d'action, sourit son ami. Ah ! Jo ! Tu peux me donner l'adresse du communiste, là, tu sais, Serge Baleine ? Ça doit être dans le dossier kiwi.

William fit un clin d'œil à Martin et dit tout haut :

— 2 impasse Claude-Bernard. O.K., merci, t'es un chef !

— Vous avez appelé l'affaire, l'affaire Kiwi ?

— Et pourquoi pas ?

Oui, pourquoi pas, après tout ? Martin paya les cafés à Richard, déjà en grande conversation avec un client qui espérait l'élection de Zemmour aux présidentielles d'avril.

— L'espoir, c'est tout ce qui nous reste, dit le gros Richard en rendant sa monnaie à Martin.

Martin fit une moue de dégoût et laissa William finir son café tout seul.

— On s'appelle !

— Voilà, c'est ça, appelons-nous…

XXXVIII

— Tu savais ? Je suis sûr que tu savais !

— Entre, on ne va pas discuter comme ça dehors. Les voisins vont se demander ce qui se passe. Tu veux un thé ? Noëlle fait un excellent thé.

Martin suivit Serge dans sa petite maison. En voyant l'intérimaire entrer dans la cuisine, Noëlle lui fit un sourire. Elle était désarmante. Toute mignonne, toute fluette.

— Alors, Martin, qu'est-ce que je suis censé savoir ? J'ai déjà tout dit à la police.

— Que les fruits n'étaient pas bios, tu le savais depuis le début.

— Raconte-lui, Sergueï, ça te fera du bien.

Serge fit signe à Martin de s'asseoir, tandis que Noëlle servait un thé bien chaud.

— Tu sais Martin, quand, comme moi, tu arrives à la soixantaine bien passée et que tu te rends compte que tes fins de mois sont toujours aussi difficiles alors que tu bosses comme un damné, eh bien t'as la haine. J'ai jamais réussi à me résigner. Tu as vu ce qu'était mon travail, tu sais ce que c'est que de porter des charges lourdes, d'être corvéable à merci. Tu as vu ça pendant quelques semaines. Moi, c'est ce que je fais depuis quarante-cinq ans. Je trime. Pour rien ou presque ? Tu vois autour de toi, c'est tout ce que j'ai. Une petite maison. Une petite maison et une charmante épouse, ça, ça console.

Il prit la taille de Noëlle qui le regardait avec autant de tendresse qu'un regard pouvait contenir.

— T'as voulu te faire de l'argent sur le dos des clients trompés, en fait. C'est pas joli, joli, quand même.

— C'est vrai, tu as raison. Moralement, je suis plutôt du côté obscur de la force, comme disent les jeunes. Mais à un moment, quand pendant toute ta carrière tu rencontres des Anganin, des Costra, des types imbuvables qui s'en mettent plein la panse grâce à la force de tes abdos, eh bien tu te dis que tu prendrais bien ta part. Alors quand Chris s'est rendu compte qu'elle avait besoin de bras pour que son petit trafic fonctionne, elle m'a demandé si j'en étais et j'ai dit oui. Et sincèrement, j'ai pas hésité.

— Ça rapportait bien ?

— Suffisamment pour que je m'achète une tondeuse autoportée, et que je puisse mettre un tout petit peu de côté. Non, en fait, là aussi je me suis fait avoir. Christiane était un vrai chacal, mais je ne t'apprends rien.

— Et Fifi ? Fifi aussi il était au courant, évidemment !

— Écoute Martin, je regrette amèrement ce qui s'est passé cette nuit-là et j'ai pris ma part de responsabilité, plus même, mais c'est une autre histoire. J'aime bien Typhaine, je connaissais pas son gosse, mais il est attachant avec tous ses tics et puis tu l'aurais entendu pleurer quand il a donné le coup fatal, c'était déchirant. Vraiment. J'aurais agi comme lui si on avait insulté ma mère, pareil si on avait menacé ma femme, tu fais n'importe quoi quand tu aimes. Tu as des enfants, je crois. Imagine qu'on touche un de leurs cheveux, imagine une seconde. Alors, oui, j'étais au courant, Fifi était au courant, mais Fifi c'est un brave type, il vient du bas, tu sais, comme moi, les sans-dents, les derniers de cordée, c'est nous ! On voulait juste notre part du gâteau. Pas plus.

— Et la police, elle t'a pas demandé ce que tu foutais à décharger un camion à pas d'heure ?

— La police cherche pas trop quand ça l'emmerde. Ils avaient Typhaine et Mathis, c'était bon pour eux, inutile de chercher bien plus loin.

— Et pourquoi tu as couvert Saïmone ?

— Mais enfin, t'es devenu con ou quoi, Martin ? Il est jeune Saïmone, si je peux éviter qu'on lui colle un casier, tant mieux pour lui !

— Ouais, tu sais vivre, quoi…

Noëlle s'assit à son tour à la table. Elle posa sa main sur celle de Martin.

— Vos parents sont encore en vie ?

— Oui.

— J'imagine qu'ils vous aiment et vous ont donné une éducation pleine d'humanisme. En tout cas, quand Sergueï parlait de vous à la maison, il vantait vos qualités humaines. Nous sommes tous faillibles, M. Mesnil. Vous l'êtes aussi comme moi je le suis parfois. Nous ne sommes pas des criminels, vous le voyez bien. Oh, bien sûr, dans notre jeunesse nous avons volé de-ci de-là, comme tous les gosses. Nous savons ce qu'est la vie dure. Sergueï serait mort de faim s'il n'avait pas quitté la Pologne très jeune.

— Noëlle, ne parle pas de ça…

— Excuse-moi, chéri. Oui, la vie dure, sans plaisir. Alors, comprenez mon mari, Martin. Il s'est laissé tenter, il a flanché et malheureusement pour tout le monde, la fin de ce qui aurait pu mettre un peu de beurre dans nos épinards a fini en tragédie. Que penseraient vos parents si, en sortant de chez nous, vous alliez à la police répéter ce que vous savez ? Encore un peu de thé ?

Martin quitta les Baleine un peu sonné. De toute façon, il n'aurait jamais balancé Serge à la police, il n'était pas de ceux-là. Enfin, il ne dit pas que s'il s'était montré agressif, parfait méchant, il n'aurait pas été tenté de le faire, mais ce n'était même pas sûr. Il voulait juste s'assurer qu'il avait bien tout compris, que tout se recoupait. C'était le cas. Sur le trajet du retour, il repensa à toutes ces personnes rencontrées dans le magasin. Christèle dévorée par la solitude, Victoire addicte aux réseaux sociaux, Saïmone le zélé, Samuel le beau gosse, Chantal la bavarde, Lucie la révoltée ou encore Didier l'imprévisible. Il pensa aussi à tous ceux croisés dans les rayons, les clients qui trimballaient leurs galères et leurs joies en même temps qu'ils remplissaient leurs chariots. Et puis, il entendit le rire de Typhaine dans sa voiture, et son ventre se serra, il avait été presque heureux à ce moment-là. Il se gara sur le bas-côté et prit son téléphone. Au bout de deux sonneries, une voix décrocha :

— Maison d'arrêt de Caen, quartier des femmes, j'écoute.

Martin aussi était un garçon faillible.

Remerciements

L'autrice remercie Jean-Noël Levavasseur, William Chemin, Louison et Edgar Canevet, Suzanne et Agathe Levavasseur ainsi que Hamza Malhère-Canevet,

Meriem et Dany, Véra, Florence, Johann, Béné, Marie-Hélène, Cécile et Anne.

Un merci particulier à toutes les caissières du Carrefour Market d'Isigny-sur-Mer et à son directeur Anthony Léal pour leur sympathie et leurs sourires communicatifs au quotidien. « Et pourtant, on en voit ! ».

Merci également à Hervé Chirault pour sa confiance.

Image de couverture : © Adobe Stock / fabrice

Éditions **OUEST-FRANCE**

Éditeur Hervé Chirault
Coordination éditoriale Isabelle Rousseau
Conception graphique et mise en page
Studio graphique des Éditions Ouest-France
Mise en page Cécile Gibbes
Photogravure Graph&Ti, Rennes (35)
Impression Sepec Numérique, Péronnas (01)

Édilarge SA, Rennes
ISBN : 978-2-7373-8696-1
Dépôt légal : mai 2022
N° d'éditeur : 10791.01.3,5.05.22
Imprimé en France
editions.ouest-france.fr

PEFC 10-31-3532

Le Dernier Syrien

Du même auteur

La Mort ne séduit pas les ivrognes, L'Oreille du Loup, 2014.
Loin de Damas, Le Temps des cerises, 2016.
L'Enfant oublié, Éditions Signum, 2016.
Le Petit Terroriste, Flammarion, 2018.

Omar Youssef Souleimane

Le Dernier Syrien

roman

Flammarion

ISBN : 978-2-0814-5795-9

Chapitre 1

C'est une vieille histoire.

Des commerçants avaient trouvé un enfant dans un puits, près de pyramides en Égypte. Ils décidèrent de l'emmener au marché aux esclaves où il fut vendu au grand intendant du pharaon lequel, sans descendance et fasciné par l'intelligence de ce petit garçon, l'adopta.

L'enfant grandit dans les palais et devint extrêmement beau : son visage envoûtant fit naître une passion inavouable chez sa mère adoptive.

Un jour, elle réunit autour d'elle ses amies et distribua à chacune un couteau alors que le jeune homme leur apportait des fruits. À la vue de cet être magnifique et troublées par sa beauté, les femmes se tailladèrent les doigts. « Ce n'est pas un être humain, c'est un ange ! » s'écrièrent-elles. Redoublant de désir pour le jeune homme, la maîtresse de maison voulut l'enfermer pour se réserver ses charmes. Il se défendit mais, à l'arrivée du père adoptif, la femme l'accusa d'avoir tenté de la violer. Bien que le mensonge fût avéré, le grand intendant jeta le jeune homme en prison.

Cette anecdote avait été racontée à Youssef des dizaines de fois : « C'est pourquoi je t'ai appelé Youssef, mon chéri. Afin que tu sois beau, comme ce prophète », lui disait sa mère pendant les soirées d'hiver, alors qu'il avait la tête posée sur ses genoux et qu'elle glissait sa main dans ses cheveux. « Il faisait des miracles, pouvait connaître l'avenir à travers les rêves des gens et, finalement, il fut libéré, car il était honnête, patient et n'avait jamais abandonné ses principes. » Ces mots étaient les derniers que l'enfant entendait avant de s'endormir.

C'est une vieille histoire.

En mars 2011, quand Youssef participa à la première manifestation à Damas, il eut l'impression que le cri de liberté poussé contre le régime d'Al-Assad, après quarante ans de silence et de peur, était un miracle plus puissant que celui du prophète. Aucun dieu ne l'avait provoqué, c'était le produit pur de l'indignation. Bouazizi s'était immolé par le feu en Tunisie pour dire non au dictateur Ben Ali et, en réponse à son sacrifice, une grande vague de manifestations avait submergé l'Égypte, la Libye, le Yémen et puis la Syrie. Ce tsunami de colère n'avait été prévu par personne.

À la fin de la manifestation, un policier avait poursuivi Youssef qui avait couru jusqu'à l'entrée d'un bâtiment, jeté son sac et enlevé sa veste. En sortant, il avait joué le mendiant, demandé une pièce au policier et continué sa route. Aujourd'hui encore, il ne comprend pas comment il a pu oser faire cela ni comment son poursuivant ne l'a pas reconnu. Depuis, il a l'impression que tout ce qu'il voit autour de lui n'est rien d'autre qu'un film. Cette pensée, qui le fait rire, lui vient encore dans les moments les plus durs.

Il n'est pas revenu à Damas depuis cet épisode. La capitale lui manque et l'inspire. Et, malgré le risque d'être arrêté par les services de renseignement, c'est une aventure excitante d'y retourner pour rencontrer de nouveaux camarades. Pour lui, Damas est comme un miroir, un soleil entre deux nuages, là, il se sent éternel. Chaque fois qu'il la visite, il a l'impression de retrouver une partie de son âme. Il adore se balader dans la vieille ville, pendant des heures ; c'est le seul endroit où l'avenir ne l'obsède pas : un oiseau en vol qu'il poursuit sans cesse.

Youssef porte ses plus beaux vêtements, il voudrait être élégant s'il venait à disparaître de ce monde, c'est sa façon à lui de résister.

Chapitre 2

La joie l'envahit pendant qu'il regarde le paysage défiler à travers la fenêtre du bus. À ce moment-là, rien ne peut troubler son bonheur ni ébranler sa force ; tout va bien se passer, cette idée enflamme son cœur.

De son siège, il observe son reflet dans la vitre, il médite sur son prénom : « Je n'ai aucun lien avec ce prophète, je ne sais même pas si c'est une histoire vraie et je m'en fiche. Il devinait l'avenir à travers les rêves, les rebelles, eux, les réalisent et c'est le plus important. »

L'espace entre son fauteuil et celui de devant est étroit, ce n'est pas nouveau, il a souvent ce problème avec ses grandes jambes ; quand il était petit, les autres élèves le surnommaient l'Araignée et lui donnaient des coups de pied.

Il pense ensuite à ses camarades de Qalb, rencontrés à Homs il y a quelques mois : des militants qui se battent pour un avenir différent, désireux de rassembler toutes les composantes de la jeunesse syrienne contre le régime. Ces étudiants, souvent brillants et très actifs, des scientifiques aussi bien que des littéraires, viennent de plusieurs universités. Ils en avaient tous marre de la corruption qui y régnait : les enfants d'officiers pouvaient par exemple avoir accès aux sujets avant les examens. Ces militants se sont regroupés dès le début de la révolution et, après beaucoup de discussions, ont décidé de créer un mouvement politique. Pour Youssef, l'objectif premier est d'éviter une guerre civile. « Il faut résister au régime pacifiquement, refuser toutes les formes de violence et rester indépendants : nous ne sommes pas un parti politique qui veut arriver au pouvoir. »

Le bus passe à côté d'une statue dorée de l'ex-président Hafez Al-Assad, souriant, bras levé en signe de salut. « Bientôt, cette terre sera libre. Tu vas voir, on va te donner un coup de pied au cul, on va t'écraser et te jeter à la poubelle », se dit-il. Il lit les nouvelles sur son portable : « Des manifestations dans le Sud, malgré le siège par l'armée du régime. Un garçon de 19 ans tué sur la côte par la balle d'un sniper. » Il bascule vers les informations internationales : « Les milices islamistes combattent le gouvernement dans la capitale de la Libye. Des élections démocratiques pour la première fois en Tunisie. Un nouveau scandale sexuel autour de Berlusconi. »

Il tourne la tête à gauche, un homme d'une cinquantaine d'années mange des graines de tournesol en visionnant le film insipide qui est diffusé sur l'écran du véhicule. Youssef n'a jamais aimé cette habitude de projeter des films nuls dans des bus bondés. On n'entend pas la voix des acteurs et ce type de films des années 1970 se termine toujours bien : les deux héros se marient tandis que les mauvais sont morts ou en prison. Ce monde où règne la plus parfaite des justices sonne faux et ne lui convient pas. L'une des dernières scènes montre l'arrivée de la police qui arrête un groupe de dealers. Puis un couple riant aux éclats se balade sur la rive d'un fleuve en échangeant des regards langoureux. « C'est toujours pareil, on se contente d'un seul long-métrage à la place des mille autres que le monde arabe produit à notre époque », pense Youssef. Il voudrait parler à l'homme fasciné par cette scène, lui dire d'arrêter, de penser plutôt aux événements qui ont eu lieu récemment, mais il revient à la fenêtre ; perdu dans ses pensées, il est heureux en imaginant ce qu'il va faire à Damas. Il y arrivera dans une demi-heure ; l'asphalte défile sous le véhicule, mais pour Youssef, le trajet est encore long.

Chapitre 3

Au début d'octobre, à Damas, la chaleur se mélange à l'air frais, on a l'impression de vivre deux saisons à la fois. Le ciel est clair, la ville baigne dans une lumière douce.

À côté du souk Al-Hamidiyah, on peut voir la statue de Saladin assis sur un cheval et brandissant son épée, deux soldats debout à ses côtés, traînant des prisonniers capturés en croisade. Derrière la statue, on aperçoit la citadelle, ses créneaux traversés par les rayons du soleil qui rappellent de vieilles civilisations, batailles, victoires et défaites. Depuis des siècles, ces lieux racontent l'histoire de cette ville, occupée par les Romains, les Mongols, les Turcs… tous partis. Elle s'est maintenue, toujours rayonnante.

Mohammad, lassé d'attendre devant le souk, s'éloigne en faisant semblant d'engager une conversation téléphonique. Dissimulé par des articles de pacotille accrochés devant une boutique, il scrute les passants. Chaque fois que l'un d'eux se tourne vers lui, il sursaute.

Il regrette d'avoir fixé ce rendez-vous si près de son magasin de vêtements ; il risque de croiser un de ses clients. Ça fait des années qu'il travaille là, c'est une affaire de famille : son père et son grand-père ont tenu cette boutique avant lui. Ils y ont passé leur vie. Une bonne réputation, c'est essentiel pour fidéliser les clients. Que diraient-ils tous ? Le traiteraient-ils de pédé ? Qui oserait entrer dans sa boutique après cela ?

Il remarque un vendeur à la sauvette, il a peur, souvent ces gens-là travaillent pour les services de renseignement. Il les connaît depuis longtemps, depuis cette nuit où ils sont arrivés chez lui dans l'obscurité. Il ne distinguait même pas leurs visages. Il se souvient très bien de leurs godasses militaires dans le couloir écrasant le visage de son père : « Tu veux faire un coup d'État, connard ? » Et ils l'avaient embarqué. Mohammad, agrippé à la robe de sa mère, tremblait. Il sentait l'urine couler le long de ses jambes. Il ne comprenait rien, un seul sentiment l'habitait : l'horreur. C'est le cas aujourd'hui encore, chaque fois qu'il croise un homme des services de renseignement. La mère de Mohammad avait couru après eux : « Vous l'emmenez où ? Arrêtez ! Attendez ! » Son père lui avait hurlé : « Ce ne sera pas long, c'est une erreur ! J'en suis sûr, ne t'inquiète pas ! »

Après cette nuit, quand Mohammad lui demandait où était son papa, elle lui répondait qu'il était en voyage. Les années ont passé, ils les ont vécues tous les deux dans leur grande maison. Sa mère était dure avec lui. Elle lui répétait sans cesse : « Tu n'es pas comme les autres. Tu es l'enfant du héros. Il faut que tu suives son exemple. » Il hochait la tête et lui demandait ensuite l'autorisation de regarder son dessin animé préféré, *Cendrillon*. Une fois, alors qu'il avait rejoint sur le trottoir d'autres enfants pour jouer au football, sa mère est arrivée, l'a frappé devant ses camarades avant de le ramener à l'intérieur. Pour elle, la rue était un monde sauvage auquel il n'avait pas le droit d'accéder seul.

Ce n'est pas encore l'heure de son rendez-vous mais, comme à son habitude, il est en avance.

Chapitre 4

Bien que ce ne soit pas commun, elle a choisi de se rebaptiser Joséphine. Non seulement par amour pour Joséphine Baker, mais également pour sa signification : celle qui rassemble. Personne ne connaît son vrai prénom. Quand on le lui demande, elle répond en riant : « J'ai oublié. »

Sa vie est un cœur qui palpite par ses réseaux. Dès sa première année à l'université, elle s'est fait des amis partout : à Alep, à Homs, à Damas, sur la côte. Elle circule sans cesse, d'un lieu à l'autre pour les voir. Chaque fois qu'elle retrouve quelqu'un, elle a l'impression de se redécouvrir. Son bonheur, c'est de résoudre leurs problèmes ; aujourd'hui, elle essaye de trouver une solution pour ceux de son pays.

Elle habite à Damas depuis trois ans, après avoir quitté la maison de ses parents sur la côte pour étudier l'anglais. Un simple prétexte pour fuir sa famille. Elle était la seule fille entourée par trois frères, étouffée dans un petit village où tout le monde se connaissait. Damas, pour elle, était un monde nouveau où respirer. Son père avait d'abord refusé qu'elle s'en aille, mais elle était parvenue à le persuader. « Je vais devenir prof, et tu pourras être fier de moi devant tes amis. » Il lui a donné tout ce dont elle avait besoin pour ses études.

Joséphine est stressée, sans raison particulière, mais c'est toujours comme cela. Elle entre dans une boutique, choisit des produits de beauté, très vite, sans même les regarder, paye et file vers la rue. Elle n'est pas loin de son quartier, Chaalane, elle court, un sac sur le dos, son portable dans la main, qu'elle regarde tout le temps pour répondre aux dizaines de messages qu'elle reçoit. Un garçon l'interpelle : « Tu fais quoi ce soir ? Je veux te lécher la chatte. » Elle dresse son majeur dans sa direction sans même le regarder.

Elle reçoit un message de Khalil : « Je suis dans ta rue, je t'attends. » Elle sourit, ce simple message lui plaît : elle sait qu'il peut y aller sans elle. Elle passe sa langue sur ses lèvres, hésite quant à sa réponse. Il a la clé, comme tous ses amis. « Mon appartement est à vous tous. Moi, ma seule maison, ce sont vos bras », leur répète-t-elle tous les jours. Elle l'a rencontré peu après avoir créé Daou, un groupe de militants de la capitale. C'était en avril, un mois après le début de la révolution. « Il faut rassembler tous les jeunes militants de toutes les régions, concentrer toutes les énergies comme un laser pour détruire la mafia Al-Assad. » Son enfance lui a inspiré cette idée : avec ses amis, ils utilisaient une loupe pour mettre le feu à des feuilles dans le jardin. Khalil a été l'un des premiers à la rejoindre. Il adore travailler avec elle, il est prêt à rester des jours sans dormir pour préparer une manifestation si cette fille, Joséphine, est là. Elle lui répond : « Monte, j'arrive. »

Chapitre 5

L'ascenseur est tout petit, Youssef s'écarte pour laisser passer Joséphine. Elle refuse, il insiste. Elle le pousse par l'épaule : « Vas-y, mon chou, oublie le cliché, je préfère être à côté de la porte. » Elle glisse sa main dans son soutien-gorge. « Ne regarde pas, ce n'est pas un strip-tease ! » dit-elle en éclatant de rire. Elle fixe ses yeux et n'y trouve aucun désir. Elle garde sa main sous sa chemise, sans bouger, elle oublie ce qu'elle cherche. Elle n'imaginait pas que la réaction de Youssef serait si froide, si calme. Il la regarde à son tour. Il semble complètement indifférent.

Elle sort un stylo et le lui tend.

« J'en fais quoi ?

— On fait quoi avec un stylo, on danse ?

— Pourquoi tu me le donnes ?

— Cadeau. Pas pour écrire, pour filmer. »

Elle enlève le capuchon, en extrait une minuscule caméra numérique, le remet en place, appuie sur le bouton du stylo et le fixe sur sa poche de poitrine en disant : « Je t'aime, Youssef, tu es magnifique ! » Il remarque, en bas de l'ascenseur, un tag : un cœur rouge percé d'une flèche. Il le montre à Joséphine et répond : « Je le sais, en voilà la preuve. »

Chapitre 6

Les écouteurs pendant sur les épaules, Khalil, qui s'est fait élégant, se frotte les yeux de temps à autre, sans cesser de jeter des coups d'œil à Youssef qui échange des blagues avec Joséphine. Ces deux-là semblent proches, ils sont même entrés ensemble dans l'appartement en riant. Des dizaines de questions tournent dans sa tête : tout ce qu'il sait de Youssef, c'est qu'il habite à Homs. Depuis les événements, il tente de percer à jour le véritable caractère des gens afin d'être sûr que ce ne sont pas des espions. Mais il n'arrive pas à jauger ce nouveau visiteur. Rachid, un autre militant allongé sur le canapé, fume du shit et s'adresse à Khalil : « Quand on te voit, on se dit que tu as un rencard avec une princesse, pas que tu vas à une réunion politique. » Ce n'est pas la première fois que Rachid lui fait ce genre de remarque ; quand ils se sont rencontrés, Rachid avait touché son bras et dit : « Quel beau gosse ! » Khalil avait souri, mais aujourd'hui, il n'est pas de bonne humeur. Et ne pas comprendre la raison de cette mélancolie qui le submerge et l'étouffe le rend encore plus triste.

La lumière provenant de l'éclairage du balcon se reflète sur une table de verre au cœur du salon. Les canapés sont disposés de façon anarchique. Le manteau de Joséphine gît à côté de son châle. Le placard ouvert déborde de vêtements de toutes les couleurs. Un tableau au mur représente un vieil homme qui marche, son visage est tourné vers le salon comme s'il observait Joséphine. Elle sort une clé USB du stylo et la branche à son ordinateur installé sur la table. Khalil, Youssef, Rachid et Joséphine voient et entendent distinctement le : « Je t'aime, Youssef… » prononcé tout à l'heure. Joséphine tourne son visage vers les garçons, scrutant leurs réactions face à cette nouvelle technologie. Rachid s'exclame : « La chance ! » Les yeux de Youssef sont baissés sur son portable : « Il est déjà 3 heures, et j'ai un rendez-vous dans une heure. On peut parler du sujet ? »

Khalil tente de saisir un verre d'eau sur la table, le renverse. Le bruit du verre se brisant sur le sol l'a fait sursauter comme l'aurait fait le tonnerre. Ç'a été très rapide. Il a l'impression qu'il est tombé tout seul. Il se lève pour aller chercher une serpillière, mais Joséphine l'arrête : « Laisse tomber, c'est rien. » Elle ramène une mèche de cheveux rebelles derrière son oreille : « On est là pour organiser une grande manifestation à Homs mêlant sunnites et alaouites[1]. Dans la capitale, le régime a déjà incarcéré de très nombreux militants. Ce qui n'est pas encore le cas dans la ville de ce garçon que je vous présente. » Elle désigne Youssef : « La situation y est très différente ; il n'y a plus de services de renseignement dans la vieille ville. Les habitants sont parvenus à les en chasser. »

Rachid frappe sur la table : « Bravo ! Vous n'imaginez même pas à quel point je rêve de vivre là-bas ! On peut se balader, on peut dire tout ce qu'on veut à voix haute, sans avoir peur d'être arrêté par la police, c'est le paradis ! C'est la vraie révolution, c'est... » Youssef le coupe : « Pas tout à fait. Pour se venger, le régime a installé des check points et de nombreux snipers dans les quartiers alaouites qui prennent pour cible les civils sunnites. La haine est partout, elle ne fait que grandir. Certains ont même pris les armes.

1. L'alaouisme est l'une des nombreuses branches de l'islam. Ses fidèles croient qu'Ali, un des compagnons de Mohammad, est une incarnation de la divinité. Ils sont adeptes de la métempsycose : la réincarnation de l'âme. Les sunnites représentent 77 % des musulmans en Syrie. Ils suivent le texte coranique à la lettre.

— C'est très bien, il faut que les armes protègent les manifestations. On est pacifiques, oui, mais on a besoin d'une force de dissuasion pour faire peur à ces bouchers ! Ces criminels ont tout : des canons, des avions de guerre, mais ils sont lâches. L'autre jour, un petit garçon a crié pas loin d'un check point : "Les rebelles sont arrivés !" Les soldats se sont enfuis comme des lapins », répond Khalil.

Youssef, songeur, caresse les pétales rouges des fleurs posées sur la table. « Si tout le monde prend une kalachnikov, on va tout droit à la guerre civile ! » Khalil réplique : « La solution, c'est que les soldats désertent et créent une nouvelle armée en soutien à la révolution. » Ses lèvres se serrent, la tension et l'énervement se lisent dans ses yeux. « Fume, mon chéri, tout va bien se passer », lui propose Rachid. Son camarade de lutte ne répond pas, il éprouve un sentiment bizarre à l'égard de Youssef, installé devant lui, comme une statue, plein de confiance. Il sait ce qu'il veut, mais il est si sombre. Peut-être que le problème n'est pas ce nouvel arrivant, peut-être est-ce simplement qu'il ne se sent pas bien aujourd'hui. Sans un mot, Khalil sort sur le balcon, contournant les débris de verre au sol. Rien n'est clair dans sa tête. Il voit régulièrement dans son sommeil des images de villes englouties par une mer de sable. À cet instant, il imagine que c'est en train d'arriver, précis, tranchant comme une vérité.

Chapitre 7

Le 15 mars 2011, Mohammad était dans son magasin, Liberté. Sans réfléchir, il a fermé les fenêtres, éteint la lumière et s'est caché dans la cabine d'essayage pendant une heure. Les jours qui ont suivi, il s'est demandé : où allait la Syrie ? Le régime allait-il tomber ? Et la révolution serait-elle étouffée ? Personne n'avait de réponse à ces questions. Ainsi, comme beaucoup de monde, il attend de voir ce que réserve l'avenir. Mais aujourd'hui, c'est un jeune homme qu'il attend, plein de désir, d'hésitation et d'angoisse.

Il est dans la nouvelle ville, pas loin du palais de justice, où les manifestants sont conduits pour quelques heures avant d'être emmenés dans une prison. Ce bâtiment lui fait peur, mais Mohammad aime les deux palmiers à son entrée, ils sont très grands, plus hauts même que le palais de justice. Soudain, trois prisonniers sortent de l'édifice, vêtus de la tenue des bagnards, blanche rayée de noir, leurs pieds et leurs mains entravés par de lourdes chaînes. Les hommes du service de renseignement les frappent avec des bâtons. Mohammad détourne la tête. La violence est omniprésente autour de lui. Il est épuisé, il n'a plus envie d'attendre, l'heure de son rendez-vous est d'ailleurs passée de dix minutes. Il est possible que la police surveille le site internet Habibati sur lequel il a contacté ce garçon. Il réfléchit à ce mot, *habibati,* « ma bien-aimée », le site de rencontres entre homos le plus connu, et se demande qui l'a appelé ainsi.

Youssef surgit, se dirigeant vers Mohammad et lui faisant signe de le suivre. Mohammad est inquiet, il tremble. Sa frayeur se dissipe peu à peu alors qu'il se rapproche de Youssef. Il se dit : « C'est un garçon ! Un garçon. Pas une fille. Qui va se douter qu'on est là pour un cinq à sept ? On peut imaginer que nous sommes amis, rien de plus. » Les rues sont encombrées par une foule de badauds. Le vendeur de vêtements est partagé entre la crainte et l'excitation. Il ne connaît pas ce garçon. Et si c'était un indic ? Qui sait ?

À la terrasse du café Naufara, derrière la mosquée des Omeyyades, c'est un autre monde, celui de la vieille ville. Le calme règne partout, comme lors de la prière. Dans certaines ruelles, les feuilles des arbres forment des arches ombragées et des fleurs semblent sortir des vieux murs. Impossible de les remarquer pour celui qui ne marche pas tranquillement, et n'a pas d'yeux pour la beauté.

Youssef sourit, le visage levé vers le ciel, comme si c'était là qu'il voyait le visage de Mohammad. Cette atmosphère joyeuse leur donne envie de faire l'amour. Les deux garçons se mettent alors en chemin vers le refuge qu'ils seront l'un pour l'autre.

Chapitre 8

La maison de Mohammad se trouve au cœur du quartier populaire de Jaramana dans la banlieue sud-est de la vieille ville.

« Ici, les habitants viennent de toutes les régions de Syrie. Tout le monde sait tout sur tout le monde : ta profession, le nom de chaque membre de ta famille, l'endroit d'où tu viens... Ils sont très forts dans l'art du renseignement... » Dans l'entrée principale du bâtiment, Mohammad se sent plus en sécurité. Pour les voisins, Youssef et lui ne sont que de simples amis.

« Voici mon palace de deux pièces. Je vis ici depuis un an », dit-il en s'installant à côté de son invité. Les deux jeunes hommes parlent de tout, sauf de ce qui les a menés ici. Youssef le regarde avec confiance et sérénité, et cela le trouble. Il se sent indécis et craintif. Il n'a pas fait l'amour avec un homme depuis longtemps. Sa dernière rencontre avait été très brève. Il avait contacté un garçon sur Internet et le rendez-vous avait été fixé au cinéma Byblos. Au guichet, ils avaient acheté deux places dans une petite loge, sur une banquette sans accoudoir. Le film n'avait pas intéressé Mohammad, mais une scène de nu l'avait tout de même bouleversé : il s'était alors imaginé que l'héroïne le caressait pendant que lui-même embrassait le dos du héros. Il s'était rapproché de son voisin et lui avait touché la cuisse, puis il lui avait effleuré le sexe doucement de ses doigts. L'inconnu lui avait alors pris le sien. Ils étaient au fond de la salle. Tout s'était passé très rapidement. Ils ne s'étaient jamais revus. Depuis cette histoire, Mohammad n'a été séduit par personne.

Avec Youssef, c'est différent. Il est submergé par le désir sans savoir comment s'y prendre.

Youssef voit bien que Mohammad est haletant et qu'il n'ose aller plus loin. Il prend son temps. Leurs souffles se croisent, Mohammad parle de tout et de rien : « Ici, on peut trouver une chambre pas trop chère. Pour le même espace, il faut payer trois fois ce prix dans le centre-ville. » Youssef l'écoute, le menton posé dans la paume de sa main :

« Et l'espace est suffisant pour qu'on soit tranquille ?

— Je peux vivre dans une petite pièce.

— Moi aussi, mais il faut qu'elle soit très lumineuse.

— Oui... On peut aussi trouver des appartements très lumineux ici.

— Et toi, tu aimes quoi ? »

Un long silence s'installe. Le cœur de Mohammad bat la chamade, cela se voit aux veines gonflées de son cou. Mais rien n'altère son doux visage, ses yeux pleins d'enfance et de tristesse qui se ferment alors qu'il murmure : « Embrasse-moi. » Youssef commence par ses lèvres, celle du bas, puis celle du haut. Il le déshabille, enlève ses propres vêtements. Il l'attire vers le lit, enfouit sa tête dans sa poitrine. Il voudrait disparaître pour mieux renaître. Il veut couvrir de baisers la plus petite parcelle de ce corps qui lui est offert. « Je te veux », dit-il en se couchant sur le dos.

Mohammad sort une minuscule bouteille d'huile. Il entre en Youssef doucement et s'allonge sur son corps. Deux vagues de désir s'unissent sur le matelas. Le parfum de Mohammad réveille pour Youssef un vieux souvenir, du temps où il vivait encore avec ses deux sœurs et sa mère. Le matin, il sortait dans le jardin et dessinait sur une ardoise une maison en briques, une rivière et un champ de blé. Il se disait que plus tard, quand il serait grand, ce dessin deviendrait réalité. Sa mère sortait alors étendre la lessive ; l'odeur de propre se mêlait à celle de l'eucalyptus. Youssef ne voyait plus que ses jambes nues derrière le linge. Elle secouait énergiquement chaque vêtement avant de le suspendre et des gouttes d'eau tombaient sur son dessin. « Il pleut sur ma maison ! » criait-il. Sa mère riait et le ramenait à l'intérieur pour qu'il prenne son petit déjeuner. À cette époque, son univers n'avait pas de limites.

« Youssssef… » Mohammad prononce bizarrement son nom : les « s » sont comme un gazouillis d'oiseau. Détendu, il s'assied à côté de lui ; des larmes de joie coulent le long de ses joues. Son portable sonne, c'est un chant de louanges à Bachar Al-Assad qui retentit. Les traits du visage de Youssef se crispent. Mohammad lui tend un verre de jus de fruits, se lève et ouvre la fenêtre sans tirer le rideau. « Quel est le plus important pour les chiites[1] ? »

Youssef répond d'une voix hésitante : « Que veux-tu dire ?

— Le secret ! Les chiites dissimulent leurs croyances quand ils sont en milieu hostile. Je suis comme eux. La plupart des clients qui viennent à ma boutique soutiennent le régime. »

1. Les chiites sont un rameau de l'islam. Ils croient que la famille de Mahomet aurait dû hériter du califat après lui. Ils sont majoritaires en Irak et en Iran, et très peu nombreux en Syrie.

Il caresse les poils du torse de Youssef : « Mon père a été arrêté dans les années 1980. Il a été dénoncé aux services de renseignement et accusé d'être membre des Frères musulmans alors qu'il n'avait rien à voir avec eux. On n'a jamais su qui avait fait cela. Il est sorti détruit de ses dix années de taule. Ma mère est morte peu de temps après qu'il est revenu parmi nous. C'est un homme très fatigué désormais, je suis prêt à tout pour lui éviter plus de peine. Je me suis même fiancé pour lui faire plaisir. Elle s'appelle Sarah. Elle est charmante avec ses yeux intenses et sa taille très mince, comme j'aime. Ses mains bougent sans arrêt quand elle parle, je trouve ça mignon. Sexuellement, elle me plaît de moins en moins. Mais quand je vois le sourire de mon père, j'oublie mon attirance profonde, je fais taire mon désir. Il pense que je vais me marier et lui donner des petits-enfants. »

Youssef rit en haussant les épaules : « On dirait que c'est lui qui va se marier et pas toi. Il sait que tu couches avec des garçons ?

— Tu rigoles ! Il me renierait s'il était au courant. Tout ce qu'il sait, c'est que j'ai loué cet appart dans la perspective de mon mariage.

— Et en attendant, on fait l'amour sur ce lit destiné à abriter tes ébats conjugaux !

— Oui… Pour être honnête, tu n'es pas le premier… Plusieurs personnes sont déjà venues ici. Des filles comme des garçons… Ce qui me plairait vraiment, ce serait d'avoir dans mon lit un homme et une femme ensemble… »

Youssef commence à se rhabiller, ce jeune homme perdu le stresse et l'émeut en même temps. « J'aimerais bien participer à ton plan à trois, mais je ne touche pas aux filles. »

Chapitre 9

À la gare routière, Youssef prend la main de Mohammad dans la sienne, mais ce dernier se dégage :

« T'es fou ?! Tu as envie d'être mis en taule ? Moi pas.

— La police est trop occupée à réprimer les manifs. Ils n'ont pas de temps à nous consacrer. »

Les bus sont pour la plupart petits, anciens et en mauvais état. En plus d'être beaucoup moins chers que les grands, il est inutile de réserver. Des hommes crient : « Homs ! Alep ! Deraa ! Venez, on part tout de suite ! » poursuivant les voyageurs et leur demandant où ils se rendent. Pour chaque client qu'il lui apporte, chacun reçoit une petite somme d'argent du chauffeur. Mohammad déteste cette agitation, il a envie de fuir. La gare est grande, mais pas assez pour la foule qui s'y trouve. Tandis que Youssef achète son billet, Mohammad détaille son corps, fin et élégant. Sa chemise bleue et blanche se marie bien avec son pantalon rouge. Il a l'impression de le connaître depuis longtemps ou, au moins, de l'avoir déjà croisé quelque part.

Les deux hommes se dirigent vers la file d'attente, Mohammad a beaucoup de choses à dire, mais il n'arrive pas à parler. « J'ai peur de ce que l'avenir réserve. Ce qu'on fait n'est pas bien, on ira en enfer. Je ne suis pas pratiquant, mais je crois tout de même en Dieu », il dit cela comme si quelqu'un d'autre parlait à sa place.

Sans le regarder ni se tourner, Youssef lui rétorque : « On ne fait de mal à personne !

— Je le sais. Mais le prophète a dit : "Si vous voyez deux hommes ensemble, tuez-les !"

— Il était peut-être jaloux de nous. De toute façon, la religion, c'est n'importe quoi. L'homosexualité existe depuis toujours, tu sais. Plusieurs califes étaient homos.

— Oui, Yazid ibn Mouaawiya, et Al-Walid Ibn Abd Al-Malik. Des intellectuels aussi et même des poètes : Abou Nouasse, Ibn Al-Roumi et Abou Firas Al-Hamadani. Mais mon problème n'est pas là. Moi, je sais pas si je suis homo ou pas.

— Rien n'est immuable, tout bouge. Nul ne sait ce que tu deviendras. On change chaque minute, chaque seconde. Et si un jour tu arrêtes de faire l'amour avec des hommes, si c'est toi qui choisis d'être loin de tous les tabous, ce sera quelque chose de respectable. »

Youssef pose son bagage devant lui et poursuit : « Sois comme le nuage, personne ne peut décider à sa place où et quand il va pleuvoir. Tu te souviens quand, à l'adolescence, les grands nous mettaient en garde contre la masturbation ? Ils nous disaient que si on le faisait, on attraperait des maladies graves : la tuberculose ou un cancer de la peau, et aussi qu'on serait impuissants. En grandissant, on a découvert que c'était des conneries ! Nos parents ont été éduqués avec l'interdit, ils sont ridicules. Ils n'ont pas vraiment vécu leur vie. Mais il faut qu'ils nous laissent vivre la nôtre. »

Ces paroles redonnent confiance à Mohammad, et éloignent ses soucis comme l'orage chasse l'écume sur la mer. Il n'aime pas les adieux et ne veut pas s'attarder. Sans un mot, un accord se noue entre eux : on va poursuivre cette histoire, entretenir cette complicité. Peu importe ce qui nous arrivera.

Chapitre 10

Mohammad s'installe devant son ordinateur et ouvre directement le programme VPN qui lui permet de ne pas être identifié et de rester hors d'atteinte des services de renseignement.

Il se souvient de sa première conversation avec Youssef sur le site de rencontres Habibati.

Mohammad avait entré son pseudo, « Le Doux », et son âge, 25 ans. Une dizaine d'internautes étaient présents : Le Drogué, Le Sexy, Le Chef, Le Maso, etc. Seul Youssef avait un vrai prénom. Mohammad lui avait adressé un message privé et avait attendu un long moment une réponse qui ne venait pas. Un bip l'avait arrêté alors qu'il allait se lever pour se faire un café :

« Tu cherches quoi ?

— Une rencontre, et toi ?

— À faire connaissance. Et peut-être aller plus loin. Tu es où ?

— À Damas.
— J'y serai dans quelques jours.
— Laisse-moi d'abord te voir. »

Sur la photo que Youssef lui avait envoyée, il était clair de peau, avec une petite barbe et des yeux marron très expressifs. À son tour, Mohammad avait posté un cliché pris par Sarah quand ils s'étaient rencontrés pour la première fois à l'université de Damas, présentés par des amis communs. La jeune femme avait pris une série de selfies avec leurs camarades et, finalement, avait demandé à Mohammad de s'asseoir sur un banc en regardant en direction du soleil. Elle avait capturé cet instant sans remarquer que derrière lui, sur un mur, une phrase calligraphiée proclamait : « Tu es notre président pour toujours, Bachar. On t'aime. »

Il s'allonge dans le noir, et essaie de dormir sans penser à ce qui s'est passé dans la journée. Demain, il voit Sarah. Mohammad met son oreiller sur son visage. Quand son père était en prison, il le faisait quand il avait envie de pleurer afin que sa mère ne l'entende pas. Il continue aujourd'hui, non plus pour cacher ses larmes, mais pour se protéger d'un monde qu'il trouve injuste.

Chapitre 11

Tous les soirs, le gouvernement coupe l'électricité de la vieille ville de Homs. Ç'a commencé quand les gens sont allés manifester, pour que les habitants ne sortent plus. Mais au contraire, les habitants n'ayant plus rien à faire chez eux se rassemblent toujours plus nombreux. Ceux qui sont proches de quartiers prorégime ont, quant à eux, discrètement tiré des câbles pour profiter de l'électricité librement.

Youssef et Bilal, un autre militant de Qalb, préparent un petit dîner avec omelette, fromage et olives. Ils sont au Centre ; c'est ainsi qu'a été baptisé ce rez-de-chaussée. Ce nom circule dans le quartier de Al-Khaldiya, surtout quand quelqu'un est blessé. Le Centre est composé de deux appartements : le premier sert d'hôpital de fortune avec un seul lit et un appareil de radiographie. Il remplace ici l'hôpital gouvernemental qui est situé de l'autre côté de la ville. Youssef y passe beaucoup de temps afin de filmer les victimes. Dans le second appartement, deux pièces permettent d'organiser des réunions, de préparer des reportages et de se reposer.

Youssef et Bilal mangent assis par terre, la chambre est éclairée à la bougie, des photos de leurs camarades tués ou arrêtés sont collées sur les murs. On lit aussi le mot LIBERTÉ, calligraphié en bleu et rouge.

Bilal ne parle pas. Le jeune homme est petit et très vif. Un jour, alors qu'il regardait les manifestations en Tunisie à la télé avec sa famille, une nouvelle expression l'avait fasciné : le Printemps arabe. Il avait alors fermé le magasin de réparation de vélos qu'il tenait et avait suivi l'appel de la révolution, ou des rebelles, ou de la démocratie, ou… peu importe. Tout ce que Bilal savait, c'était que les manifestations étaient au cœur de son existence. Depuis, il passait son temps à réfléchir à la façon dont le régime devait se terminer. Ses proches l'avaient mis en garde de ne pas participer au mouvement : « Cela ne mènera à rien. Tu vas mourir. Et puis, tu n'as aucune expérience politique. » Mais Bilal n'écoutait rien.

Il interroge Youssef pour savoir s'il est certain que leurs camarades de Damas viendront. Celui-ci lui répond que rien n'est sûr compte tenu de la situation. Il ouvre Google Earth et indique à Bilal les rues par lesquelles les manifestants prévoient d'entrer dans Al-Khaldiya. Les deux têtes se sont rapprochées, presque collées. Bilal, excité, fixe la carte des yeux quand soudain l'écran tremble, et le bruit d'une très forte explosion ébranle le quartier.

Chapitre 12

Mohammad pénètre dans le restaurant Chez Nous dans le centre-ville et va s'installer à la table du fond afin d'être le plus éloigné possible des clients au bar qui parlent fort en trinquant. Il est stressé par son rendez-vous avec Sarah, c'est comme ça depuis quelques mois. Ils ne se voient plus sans se disputer. Cette fois, il a décidé d'être courageux et franc : il va lui dire qu'il ne peut plus continuer avec elle.

Quand Sarah arrive et s'assied en face de lui, un lourd silence suit. Elle fait tourner lentement une cuillère dans sa tasse. Elle remet en place son voile, ouvre la bouche, puis la referme.

« J'ai de bonnes nouvelles. Mes amis de la faculté de droit qui participent à la révolution sont de plus en plus nombreux. » Mohammad ne l'écoute pas vraiment. Les moments passés avec Youssef lui reviennent en mémoire. Il sent encore ses lèvres sur son torse, ses doigts autour de sa taille et même l'odeur de sa peau. Il a peur que Sarah ne le remarque, qu'elle ne devine cet homme.

« À quoi penses-tu ?

— À nous.

— Je t'ai téléphoné hier, tu n'as pas répondu.

— J'étais au magasin.

— À 22 heures ?

— Parfois je reste tard pour faire les comptes. »

Elle sait qu'il lui ment. Aucun des deux ne veut poursuivre la discussion. Pour Sarah, le plus important est de préserver leur relation : tout le monde autour d'elle sait qu'ils sont ensemble. Pour Mohammad, elle est la preuve qu'il est encore quelqu'un de normal. « Tu vas rester gris encore longtemps ? » Indépendamment de ce qu'elle signifie aujourd'hui – ni pour ni contre le régime –, cette couleur est sa préférée.

« Je t'ai dit mille fois que je n'ai rien à voir avec vos manifs. Toi, tu es libre de faire ce que tu veux.

— Libre ? Si ma famille savait ce que je fais, ils me tueraient. Mon père le ferait, c'est sûr. Il m'a menacée plusieurs fois : "Si tu participes à cette connerie, je t'égorgerai d'une oreille à l'autre comme un mouton." Je me souviens très bien de ce qu'il faisait aux moutons. Il tirait l'animal jusqu'à la rigole malgré sa résistance. Le couteau dans la main, mon père répétait "*Allah Akbar*", et lui tranchait le cou. »

Elle ferme les yeux en imaginant la scène, des larmes roulent sur ses joues. Mohammad les essuie de ses doigts.

« Alors, pourquoi tu manifestes ?

— Tu veux que je t'explique à nouveau ?

— Non, je sais tout ça par cœur. Tu crois à la liberté, à la démocratie et aux kebabs.

— Ne te moque pas.

— Crois-moi. Nous sommes un peuple qui a peur du changement. Comment pouvons-nous gagner contre ce régime ? Et en plus...

— Ce régime fasciste est très puissant, il va nous massacrer... Je connais la leçon !

— Je suis inquiet pour toi et pour tes proches. Mais ce n'est pas de cela dont je veux te parler. Je pense à notre avenir...

— Je t'écoute.

— Laisse tomber.

— Non, ne fuis pas. Ça me rend folle.

— Je me demande où on va. Tu es engagée à fond dans la révolution alors que je m'en fiche.

— Mais ça ne change rien. On n'est pas obligés d'être semblables pour s'aimer.

— C'est vrai. Mais j'ai une vie difficile en ce moment. Je ne sais pas... comment dire ? Je ne sais pas exactement comment on va continuer ensemble dans la même harmonie et le même équilibre. Je trouve que tu changes, moi aussi je change…

— Je ne comprends rien. Tu veux dire quoi ?

— On ne se connaît pas vraiment, on s'est fiancés si vite. Mon père et moi avons rendu visite au tien, et hop, une semaine après, on a échangé les bagues.

— Tu as des regrets ? »

Mohammad pense à cette soirée, à Sarah, avec laquelle il avait ri à défaut de parler tant il était gêné. C'était bien la même fille qui était maintenant devant lui ; celle qui avait attiré son attention au bon moment, quand il était perdu. Elle était le socle qui lui permettrait de se construire, le pays qui le protégerait de la solitude. C'était le même visage, le même regard et la même passion qu'avant qu'il ne soit convaincu que les garçons occuperaient dans sa vie une place importante. Depuis cette prise de conscience, ses sentiments à son égard s'étaient dissipés, comme un nuage en été.

« Non, non, pas du tout ! Tu es tendre, adorable, fidèle. Je me sens bien quand je suis avec toi. Mais il faut penser dès maintenant à ce qu'on fera quand ces événements se seront calmés.

— Mais on va se marier ?

— Oui, bien sûr, mais le calme ne va pas revenir de sitôt. »

Chapitre 13

La lecture et le sexe, voilà ce qui sauve Mohammad et l'empêche de sombrer dans la dépression. Chez ses parents, il y avait une grande bibliothèque remplie de livres sur la religion et l'histoire, deux thèmes qui l'intéressaient. À l'âge de 7 ans, il escaladait déjà les étagères, attrapait *Les Mille et Une Nuits*, prenait les lunettes de son père et faisait comme il l'avait vu faire : il lisait en adoptant un air très sérieux – il ne comprenait rien, mais se sentait bien. Quand sa mère le surprenait ainsi, elle se fâchait. La bibliothèque et les lunettes de son père étaient sacrées. Personne, sans exception, n'avait le droit de toucher aux objets les plus chers de son mari absent.

À l'école, les autres enfants évitaient Mohammad. Pour eux, il était le fils du traître. Le petit garçon échappait à la solitude grâce aux livres, ses seuls amis.

À l'université, Mohammad s'était passionné pour les histoires sur l'homosexualité à l'époque abbasside, au VIIIe siècle. Il adorait la façon dont cette langue très poétique décrivait les corps de ces hommes et leurs jeux de séduction. Au fil de ses lectures, il s'imaginait se balader dans les fermes autour de Damas, rencontrer un garçon et lui faire l'amour dans la nature. Il avait l'impression de vivre avec ces gens simples, heureux, riches, parfois plus libres qu'il ne l'est aujourd'hui.

Une histoire avait particulièrement plu à Mohammad : celle du calife abbasside Al-Wathiq au IXe siècle et de son amant Mouhaj. Comme beaucoup, ce dernier travaillait au palais mais, contrairement aux autres, il était le favori du prince. Ainsi, quiconque souhaitait transmettre une supplique au maître des lieux devait passer par lui. Chaque nuit, Mouhaj couvrait le corps de son amant de parfum, l'étreignait et l'embrassait avant de se laisser pénétrer. Il le laissait libre de satisfaire le moindre de ses désirs. Il savait comment exciter le calife et le rendre fou de bonheur. Une fois son maître apaisé, il posait une main sur sa poitrine et toutes ses demandes étaient exaucées. Un matin cependant, ils se disputèrent, sans que personne ne sût pourquoi. Les conséquences furent immédiates : Wathiq, désespéré, ne s'occupait plus de son empire. Mouhaj en voulait au calife. Les ministres parvinrent à le raisonner et la vie de tous les musulmans du royaume redevint normale après cette brouille passagère.

Mohammad relit ce texte qu'il connaît par cœur. C'est la fin de la journée, il se sent vide, il voudrait vivre une histoire comme celle-ci. En fermant le magasin, il décide de se rendre à Sebki, son jardin préféré.

Chapitre 14

De : Youssef <youssefcadi@gmail.com>
Envoyé : 7 octobre 2011
À : Mohammad <mohammadamir@gmail.com>
Objet : À la suite de notre première rencontre

Je ne sais plus si je t'ai connu à travers Damas ou si tu me l'as fait découvrir. J'ai beaucoup d'amis dans cette ville, mais je ne l'ai jamais autant aimée que dans tes bras.

Le soir de mon retour à Homs, quelqu'un a jeté une bombe dans le quartier Al-Adawiya où cohabitent des pros et des antirégimes. Heureusement, personne n'a été blessé, et seule une boutique a été incendiée. De toute façon, on est habitué au bruit des explosions. La nuit, les partisans du pouvoir ouvrent le feu en direction des blocs d'immeubles où vivent leurs opposants. En face, les autres répliquent et les échanges de tirs se poursuivent ainsi jusqu'à l'aube. Avec le lever du soleil, les gens se calment, sortent de leurs maisons et s'invitent à prendre le thé sur les trottoirs. Ensemble, ils insultent aussi bien le gouvernement que son opposition. Une complicité s'installe derrière ce rythme : amis le jour, ennemis la nuit.

Ce n'est pas cela qui m'inquiète, mais plutôt les visages récemment apparus dans la vieille ville, ceux de gens violents qui rasent leur moustache et gardent leur barbe. Certains sortent directement des geôles du régime qui les a libérés pour signifier au monde que la révolution est islamiste. Ils sont payés par la Turquie et l'Arabie Saoudite pour brandir des drapeaux noirs avec écrit en blanc dessus : « Il n'est d'autre dieu qu'Allah. »

L'opposition en exil ne fait rien. Lors de la création du Conseil national syrien, je me suis renseigné sur ses membres, la plupart sont des Frères musulmans qui ne désirent aucun changement depuis la revivification de l'islam politique dans les années 1920. Tout ce qui les intéresse, c'est d'arriver au pouvoir. Ce serait alors pour eux l'occasion de fonder un État islamique. Des slogans d'apparence démocratique sont diffusés pour les aider à parvenir à leurs fins, mais on n'est pas assez bêtes pour y croire.

Au milieu de toute cette tristesse, tu m'apparais comme un météore dans une galaxie noire. Je sais que toi aussi tu penses à moi. Ce matin, j'ai vu un arbre en fleurs devant chez moi. Je ne l'avais encore jamais remarqué.

Chapitre 15

Pas loin de Bab Charki, Khalil contemple les grappes de tomates bien ordonnées sur l'étal d'un magasin. Elles viennent du sud de sa ville, Deraa. Au début de la révolution, les soldats du régime se moquaient des gens qui se révoltaient dans cette province : « Vous ne connaissez de la vie que la culture des tomates, et vous demandez la liberté ! »

Dans son enfance, Khalil accompagnait ses parents à la ferme, ils y restaient toute la journée à cueillir des tomates avec les gens du village. Accablées par la chaleur, les joues de l'enfant devenaient rouges. Ses parents lui disaient d'aller se reposer à l'ombre, mais Khalil refusait pour leur montrer qu'il n'était plus petit, qu'il était même devenu plus fort qu'eux.

Depuis, lorsqu'il est loin de sa famille, chaque fois qu'il voit une tomate, un goût amer emplit sa bouche.

Bab Charki est son quartier préféré de Damas. Les chrétiens et les musulmans vivent ensemble depuis toujours et se partagent la beauté de ces lieux ornés de lanternes en fer forgé. Avant le coucher du soleil, la circulation des voitures s'apaise, l'air semble plus pur et les passants affichent un air plus serein.

Il devait retrouver Joséphine cet après-midi, mais elle avait annulé leur rendez-vous d'un : « Je suis très occupée », ce qui avait énormément chagriné Khalil. Aujourd'hui, il n'aurait pas la chance de partager l'univers chaleureux de cette fille, qui le sécurise. Le jeune homme a déambulé pendant deux heures jusqu'à en avoir mal aux pieds. Puis il a reçu un autre message : « Rachid arrête ses études, il faut que tu le voies. Insiste pour qu'il change d'avis, il t'écoute plus que les autres. » Il a téléphoné à Rachid pour lui donner rendez-vous à 19 heures. Mais il est déjà 19 h 30 quand Khalil s'installe sur un banc et essaye de s'occuper avec son téléphone portable. Il jette un coup d'œil à Facebook puis passe sur Twitter. Son ami ne répond toujours pas.

Lorsque Rachid arrive enfin, il a dans les mains deux bouteilles de bière. Il a la démarche d'un chat qui a dérobé le repas de son maître. « Je te jure, sur ma mère et sur ma sœur, c'est à cause de la circulation que j'suis en retard ! »

Un être humain généreux aux yeux remplis d'un amour éternel, c'est ce que devient Rachid quand il boit. Il tend à son ami une bouteille, mais Khalil la refuse et se lève. Il commence à marcher en regardant ses pieds. Rachid sautille à ses côtés d'une pierre noire à l'autre pour éviter les blanches.

« Rachid, on m'a dit que tu as quitté l'université, c'est vrai ?

— Oui. La police à l'entrée me fait peur. Elle fouille tout le monde. En plus, un bureau des services de renseignement vient de s'installer dans les locaux. Chaque jour, des étudiants sont arrêtés.

— C'est pas une raison ! Tu as un avenir magnifique qui t'attend : médecin. Ne le gâche pas ! »

L'alcoolique, comme ses amis le surnomment, appuie son épaule contre une petite porte en bois. « J'ai horreur du mot "prison", il me suffit de l'entendre pour penser que la fin du monde est proche, tu comprends ? Je ne suis ni un héros ni courageux, la seule raison pour laquelle je participe à la révolution, c'est pour le bonheur que j'y trouve. Quand je suis dans une manifestation, j'ai l'impression qu'il y a encore de la beauté sur cette planète, et quand je crie : "Liberté !", je deviens comme ivre ! Je te jure ! Comme si j'avais bu dix shots de whisky ! »

Le jeune homme a prononcé « Liberté » d'une voix forte, au moment où ils entendent un bruit provenant du magasin d'à côté. Khalil saisit le bras de son ami : « Arrête, tu vas faire un scandale. » Mais Rachid continue sur le même ton : « Il faut qu'on soit heureux, mon ami. C'est une bonne façon de rester en vie et d'emmerder cette salope qu'on appelle la mort. Je ne comprends pas pourquoi tu es toujours si triste. À te voir, on dirait que tu portes tous les malheurs du monde sur tes épaules. Tu ne bois pas, tu ne fumes pas et je pense que tu ne baises pas non plus.

— Ta gueule !

— Merci, moi aussi je t'aime. Mais je t'assure que je comprends ce qu'il t'arrive. Tu es amoureux.

— L'alcool te rend philosophe… »

Rachid a déjà bu les deux bouteilles lorsqu'ils s'approchent d'une église. « C'est vrai que je bois souvent, mais je sens les choses et je comprends ceux que j'aime. Oui, je vous comprends tous : toi, Joséphine et Youssef. Je comprends même les pierres ! » Il ramasse une pierre près de lui et l'embrasse. « Elle est très ancienne et fatiguée. Elle est mélancolique. Je pense qu'elle se languit d'un oiseau qui a migré au loin. »

Il avance vers le trottoir, il trébuche, tombe. Khalil lui tend la main pour l'aider à se relever, mais Rachid se débrouille tout seul. « J'ai fait du mal à la terre, il faut marcher délicatement sur elle. C'est notre mère, et nous sommes ses enfants perdus. »

Chapitre 16

Au check point, ils ne fouillent pas Joséphine, pas seulement parce que sa carte d'identité indique qu'elle est née dans une ville côtière alaouite connue pour son soutien au régime, mais aussi grâce à l'anneau qu'elle a au nez, à son sourire éclatant, à ses cheveux bien coiffés et à son bonnet noir qui la rendent très jolie. Même quand Joséphine ne sourit pas, elle rayonne ; personne ne pourrait imaginer qu'elle organise des manifestations dans le dos des autorités. Elle en a conscience et elle en joue. Elle est même persuadée que quiconque mettrait en œuvre une telle énergie positive ne pourrait que réussir et traverser le danger sans dommage.

Le militaire jette un coup d'œil à la voiture, demande à Joséphine d'où elle vient et où elle se rend. « Je suis étudiante, je vais à l'université de Homs », répond-elle toujours. Le soldat se plaint alors des difficultés de son travail : « Ça fait trois mois que je suis ici et je n'ai pas eu de week-end, aucun repos. J'accumule toute cette fatigue pour que ces chiens manifestent. On en a tous marre. Même la solde a beaucoup baissé, l'État n'a plus d'argent. » Tandis qu'il parle, sa kalashnikov glisse de son épaule. Joséphine a envie de lui crier de se révolter et de tourner cette arme contre les vrais oppresseurs, mais elle se contente d'un regard.

« Tu as l'air crevé, murmure-t-elle à Youssef en entrant dans le Centre.

— Je travaille beaucoup en ce moment, mais c'est pas cela qui m'épuise. La semaine dernière, un jeune de 14 ans a été tué. Le régime a envoyé un groupe de mercenaires dans le quartier alaouite. Massacrer des civils, ça les amuse.

— Que pouvons-nous faire ?

— Je vais commencer par me faire un café. Tu en veux un ?

— Oui, merci. »

Joséphine allume une cigarette.

« Tu trouveras dans ma valise de la nourriture et tous les médicaments dont vous avez besoin. »

Elle enlève son manteau.

« Tu dois te reposer, Youssef. Le corps humain est comme une machine, plus tu lui donnes d'énergie, plus il te rend service. »

Pour Youssef, la seule manière de se reposer serait de partir à Damas où se trouve Mohammad. Son odeur l'enveloppe encore.

Le café déborde de la cafetière.

« Qu'est-ce qui t'arrive ? Je vois bien que tu n'es pas là. »

Elle passe une main dans ses cheveux, pose l'autre sur sa taille en s'approchant de son oreille et lui murmure : « Tu penses à une femme, n'est-ce pas ? Dis-moi, je ne serai pas jalouse, promis. »

« Une femme », cela ne lui évoque que sa mère, ses sœurs, et Joséphine, qui est sa meilleure amie et avec qui il se sent libre de parler.

« Je suis comme Rimbaud.

— Je sais. »

Il la regarde, sans comprendre comment elle l'a su.

« Tu es le seul, parmi tous les mecs que je connais, qui ne m'a jamais draguée.

— Et ça te fait quoi ?

— Moi, j'adore Rimbaud. C'est un grand poète, j'aime sa radicalité. En plus, il est très beau.

— Tu sais bien de quoi je parle.

— Écoute, j'ai eu des relations avec des filles quand j'étais au lycée et, je te jure, la plupart des femmes que je connais en ont eu, elles aussi. Pour moi, il ne s'agissait que d'une expérience, mais d'autres ont poursuivi en cachette. Aujourd'hui je préfère les garçons, c'est comme ça. Je pense que ce n'est pas nous qui décidons.

— Oui, mais la société...

— Tu viens de me dire que tu es comme Rimbaud, à son époque, c'était la même chose pour lui. Regarde autour de toi, notre peuple vit en permanence dans la dissimulation. Chacun a des désirs qu'il garde pour lui et on nous dit qu'il n'y a qu'un seul mode de vie légitime : le mariage pour avoir des enfants, sans quoi tu es un pervers. Notre société est malade, regarde le nombre de filles qui ont subi une excision, c'est pas un crime, ça ? Comment vont-elles vivre leur sexualité ? Personne n'ose parler de ce sujet et tout le monde se déchaîne contre l'homosexualité. C'est n'importe quoi !

— C'est un long chemin à parcourir. Nous, lorsqu'on parle d'homosexualité, les gens crient en réponse : "*Allah Akbar !*" On se révolte pour la démocratie et certains réclament le califat.

— C'est leur problème, pas le nôtre.

— Et nous, on est quoi alors ?

— Des réprouvés. Les islamistes nous détestent car nous sommes laïques ; le régime parce qu'on est des rebelles et les politiques parce qu'on est sincères. Ils nous appellent traîtres, infidèles, hérétiques parce qu'ils ne savent pas encore ce que signifie être libre. »

Chapitre 17

Dans le jardin Sebki, Mohammad est assis et observe ce qui l'entoure. Il regarde trois garçons non loin de lui : l'un d'eux porte un pantalon très serré et un tee-shirt rouge, une chaîne pend de sa poche jusqu'à ses genoux, le deuxième a une petite barbe, le troisième est grand et musclé. Ils écoutent du rock sur l'un de leurs portables. Il aimerait aller vers eux mais n'en a pas le courage.

Un smiley suivi d'un cœur rouge lui sont envoyés par message Bluetooth. Il y répond d'un : « Je veux baiser cette nuit et j'ai une maison. » Il attend ensuite, mais son portable reste silencieux.

Mohammad est persuadé qu'ici il va rencontrer quelqu'un. Deux types sont derrière lui sur un banc. Il est 22 heures et les autres sont partis. Ici, au cœur de la ville, les gens n'emplissent plus les rues de leur conversation. Peu à peu, le froid s'installe à Damas et donne à Mohammad des envies de suicide.

Être en quelqu'un en ce moment le sortirait de sa tristesse. Il désire ardemment faire l'amour, cette envie sauvage s'est emparée de lui et ne le quitte plus.

Il s'imagine avec un garçon, dans le noir : il lui mord le cou, agrippe ses fesses de toutes ses forces, et griffe son dos avec ses ongles, l'autre crie de plaisir. Mohammad n'en a rien à faire que les voisins les entendent. Il atteint l'orgasme et ne perçoit plus rien de ce monde, seulement son sperme sur son partenaire dans l'obscurité.

Son sang brûle. La nature autour de lui accroît son envie de sexe. Il aimerait coucher avec un garçon derrière ces arbres qu'il aperçoit. Un policier passe lentement dans le jardin, tout à coup, Mohammad est sûr qu'il est là pour l'arrêter, peut-être même est-il suivi depuis des mois ? Sont-ils au courant de ses aventures sexuelles avec des hommes ? Mais le doute l'empêche de fuir, le policier n'est peut-être pas là pour lui. S'il se met à courir, l'homme risque d'avoir des soupçons. Le policier s'éloigne finalement.

Mohammad demande du feu aux deux garçons du banc derrière. L'un d'eux lui plaît, même s'il n'est pas vraiment beau, il fera l'affaire : brun, il porte autour du bras gauche un bracelet aux sept couleurs. Tandis que son compagnon s'en va acheter du Coca, Mohammad veut saisir sa chance et lui dire ce qu'il a en tête, mais l'autre prend l'initiative :

« J'habite à la Cité universitaire où j'étudie l'anglais. Je suis passif, et toi ?

— Actif.

— T'as une piaule ? »

Mohammad regarde autour de lui, il n'y croit pas, ses mains tremblent. Il respire difficilement :

« Oui, à Jaramana.

— On y va ?

— Et ton ami ?

— Oublie, il est parti pour nous laisser seuls. »

Chapitre 18

Adel est la personne la plus proche de Youssef à Al-Khaldeya ; avant la révolution, les deux n'étaient pas du tout amis. Le jeune homme est né ici, il n'a jamais fini ses études. Son travail de chauffeur de taxi lui permet de connaître tous les habitants du quartier par qui il est apprécié pour sa fidélité.

Bien que voisins, Adel et Youssef ne s'étaient jamais parlé. Chaque matin, quand il nettoyait son taxi devant sa maison, Adel regardait passer l'élégant étudiant à l'air prétentieux. De son côté, Youssef avait l'impression d'un homme grossier et violent ; il l'avait plusieurs fois entendu utiliser des mots vulgaires en buvant le thé avec ses amis.

Au début de la révolution, avant que les contestataires soient plus nombreux, Youssef filmait une manifestation et reconnut le visage d'Adel dans le champ de la caméra. C'était bien son voisin, le chauffeur de taxi. Il a hésité à le saluer, mais Adel est venu spontanément et lui a serré la main : « Bravo, ce que tu fais est magnifique.

— Mais tu es…

— Oui, je suis avec la révolution, ça t'étonne ? Tu penses que parce que je n'ai pas étudié à l'université, je devrais rester chez moi ?

— Non, non, au contraire. »

Au fil des rassemblements, les deux hommes qui se jaugeaient hier encore sont devenus camarades. Adel offrait à Youssef ses réseaux et Youssef apportait à Adel son talent d'orateur et sa capacité de persuasion.

Quand le frère d'Adel a été tué par un sniper lors d'une manifestation, ce dernier est resté plusieurs jours sous le choc, répétant sans cesse cette phrase désormais célèbre dans son quartier : « Entre nous et Assad, rien que du sang. » Youssef a été présent pour lui, lui a promis la vengeance, mais une vengeance juste : après le départ du régime, ils organiseraient un procès pour juger les responsables de ce bain de sang. Cette épreuve horrible a mis à jour la volonté d'Adel, plus puissante que les balles. Le lendemain de l'enterrement de son frère, il s'est réveillé et a repris son existence comme s'il ne s'était rien passé.

La femme d'Adel frappe à la porte, il se lève et va chercher le plateau qu'elle a préparé pour eux. Youssef n'aime pas cette précaution, il n'est pas venu ici pour lorgner son épouse. Mais il comprend. Il connaît bien cet homme qui a pourtant passé sa jeunesse en compagnie de prostituées et d'alcool, et pour qui tout a changé quand il s'est marié. Adel est devenu croyant.

Lorsque le chauffeur de taxi apprend par Youssef qu'il y aura des alaouites à la prochaine manifestation, il hésite.

« Et si c'étaient des espions du régime ? Comment peut-on leur faire confiance ? »

Youssef connaît bien les gens de la vieille ville, ils sont prêts à changer d'avis dès qu'on leur parle d'humanité. « Je m'en porte garant, fais-moi confiance, on a besoin d'eux pour faire tomber le régime. On ne peut rien faire seuls, il faut qu'on soit unis, forts. » Adel hoche la tête, il accepte sans ajouter un mot. Mais il refuse catégoriquement que les manifestants récoltent de l'argent pour les familles des victimes.

Par son éducation, Adel n'accepte l'aide de personne, il est habitué à donner, pas à quémander. Il ne veut pas non plus que les gens de son quartier reçoivent de l'argent de n'importe qui. Cela pourrait blesser leur dignité, surtout après avoir perdu leurs enfants. Mais Youssef sait le convaincre : « Ces dons proviennent des commerçants de Damas : c'est leur façon de montrer qu'ils nous soutiennent, comme ils ne peuvent pas participer à la révolution. »

Et comme toujours, Adel cède face à ce garçon sincère et déterminé, qu'il considère comme un petit frère : « Très bien, je vais leur parler, et t'amener une liste de leurs noms. »

Chapitre 19

De : Mohammad <mohammadamir@gmail.com>
Envoyé : 10 octobre 2011
À : Youssef <youssefcadi@gmail.com>
Objet : À la suite de notre première rencontre

Les islamistes ne sont pas seulement présents à Homs, mais ici aussi, dans la banlieue de Damas. Je sais d'où ils viennent et comment s'est forgée leur idéologie : ils vivaient parmi nous, ils ont grandi dans nos écoles. Tout particulièrement à l'institut Al-Fatah[1]. Leur projet est simple : instaurer un État appliquant la charia.

Sarah change, elle s'est éloignée de moi. Je pense beaucoup à elle, mais elle refuse de me voir. J'avais envie de lui faire l'amour pour faire fondre le mur de glace entre nous. Après notre rencontre à l'université, je lui ai proposé de passer une nuit ensemble.

1. Un lieu d'études de sciences islamistes à Damas.

Mais elle a toujours refusé, me disant chaque fois : « C'est mon éducation. » Elle doit et veut rester vierge jusqu'au mariage.

J'ai rencontré un garçon au jardin Sebki et il est venu chez moi. À peine la porte fermée que nous étions nus. Je l'ai poussé sur le lit mais il s'est relevé, a pris mon sexe dans sa bouche et a commencé à le sucer. Un vrai professionnel ! Je n'arrêtais pas de penser à toi.

Je ne pouvais plus attendre, je l'ai attrapé par les épaules et l'ai redressé. Il s'est allongé sur le ventre pour que je m'étende sur lui. Il fermait les yeux comme s'il ne sentait rien. Dès que je suis arrivé à l'orgasme, il a souri, s'est rhabillé et est parti silencieusement. J'ai passé le reste de la nuit perdu entre toi, Sarah, et mes désirs.

Quand allons-nous nous revoir ? Abandonne cette chose que tu appelles la révolution ! J'ai peur pour toi. Sarah aussi se rend aux rassemblements. La dernière fois elle voulait aller à Douma. Dans cette ville, les militaires tirent sur les manifestants, mais elle s'en fiche. Elle est devenue complètement folle.

Un de mes voisins a été arrêté il y a deux jours. Un habitant du rez-de-chaussée passe toutes ses journées devant le bâtiment et surveille les allées et venues. C'est un indicateur du régime. C'est lui qui l'a balancé.

Chapitre 20

Le week-end, à 11 heures du matin, le restaurant Chez Nous est presque vide, c'est à ce moment de la journée que Mohammad préfère s'y rendre. Il commande un café et relit l'histoire du calife Al-Amin. Dans sa jeunesse, il vivait à Bagdad où de nombreux *ghilman* – des éphèbes – étaient à son service. Ils étaient vêtus de tenues colorées très ajustées. Peu à peu, le calife se débarrassa de ses servantes. Sa mère, Zoubaida, scandalisée par son attitude, échafauda un plan ingénieux : elle fit venir au palais de très belles jeunes filles, leur coupa les cheveux, les habilla comme des garçons et leur ordonna de se promener dans le palais. Al-Amin fut conquis et remplaça ses éphèbes. Il était fier de présenter ces femmes à ses visiteurs. Zoubaida souhaitait préserver le statut des femmes au palais et son stratagème devint une véritable tradition dans les demeures des princes. Les jeunes femmes furent nommées ghoulamiyates.

Est-ce la raison pour laquelle certains hommes au Moyen-Orient aiment s'habiller en femme ?

Non. Youssef lui a raconté que, petit, il adorait se travestir. Quand le reste de sa famille s'absentait de chez lui, il sortait les robes des placards de sa mère et de ses sœurs et, devant le miroir du salon, il s'habillait et se maquillait. Il se contemplait et s'amusait à parler comme une fille. Il se sentait alors pleinement lui-même. Une fois, alors qu'il jouait avec ses trois sœurs, elles lui avaient passé une jupe rouge : il était content et elles riaient. Elles prirent des photos de lui sur le lit sous plusieurs angles comme s'il était un mannequin. Leur mère était soudainement entrée dans la chambre. La dureté de sa réaction avait nourri en lui le désir de continuer à se comporter ainsi.

Mohammad finit son café et pose sa tasse à côté de la soucoupe, comme à son habitude. Il n'a jamais été passif avec un homme. Ce n'est pas là qu'il trouve son plaisir. Mais, depuis qu'il a rencontré Youssef, il y pense. Il jette un coup d'œil à la rue tandis qu'une femme avec des lunettes de soleil passe. Il n'a jamais aimé les personnes qui portent des lunettes de soleil. Il ne sait pas dans quelle direction elles regardent ni quels sont leurs sentiments et leurs intentions. Ces lunettes lui suggèrent qu'il est en présence d'un spectre.

Chapitre 21

Une vingtaine de personnes chante au Centre, leurs voix résonnent dans les rues avoisinantes. Celle de Sahida se distingue, très claire, forte, émouvante. La chanteuse de la révolution, comme les jeunes l'appellent, a 70 ans. Elle a commencé à écrire des textes révolutionnaires au début de l'été 2011 et à les mettre en chansons. Elle a perdu deux de ses fils dans une manifestation au mois d'avril à Homs : les manifestants sortaient pour la première fois de la vieille ville et se dirigeaient vers le centre-ville. Les services de renseignement avaient ouvert le feu, un de ses fils a pris une balle dans le ventre, son frère l'a retenu et a tenté de l'emmener vers le trottoir, mais il a pris une balle dans le cou et s'est écroulé avant de l'atteindre. Quand Sahida a reçu la nouvelle de la mort de ses deux fils dans les bras l'un de l'autre, elle a dit : « Ils étaient inséparables depuis toujours, ils ne se quittaient jamais. » Depuis, son existence n'a plus de sens, et c'est pour lui en redonner un qu'elle a rejoint les organisations antirégime. Elle a l'habitude de couvrir sa tête d'un châle blanc, son visage conserve encore quelques souvenirs de sa beauté.

Khalil se tient à côté de Joséphine, leurs bras se touchent, elle ne bouge pas. Il est ému, bouleversé de joie par cet infime contact. « C'est le moment », leur lance Adel en entrant dans la pièce. Tous se mettent debout sans cesser de chanter, les membres de Daou, de Qalb et des alaouites de Homs. Adel ouvre la marche en éclaireur, téléphone à l'oreille pour s'assurer que les rues d'Al-Khaldiya sont bien sécurisées.

Les alaouites qui participent à la révolution portent un masque afin de ne pas être identifiés sur les vidéos par leurs familles ou leurs voisins pro-Assad. Bilal, caméra en main, est installé sur une Suzuki servant de tribune. Rachid tient d'une main une bouteille de bière et de l'autre une banderole : « À bas Bachar Al-Assad ! » « Tu seras à terre avant lui ! Cache ça ! Personne ne boit ici en public ! » lui crie Youssef.

La pancarte de Joséphine proclame : « Les balles n'ont tué en nous que la peur ! » Elle la tend à Khalil pour qu'il la brandisse à son tour. Joséphine monte à côté de Bilal pour lire un appel au micro : « Nous avons le droit de vivre libres comme tous les autres peuples sur cette terre. Nos enfants ont le droit de grandir en sécurité et de choisir leur président et leurs représentants. » Les gens acclament et applaudissent ses paroles. Des femmes jettent du riz et des fleurs des balcons. Cette tradition habituellement réservée aux mariages étonne Joséphine. « Nous voulons juger les tueurs et libérer les prisonniers. »

De nombreux passants rejoignent le cortège, surpris par ce mouvement conduit par une femme et dépourvu du moindre drapeau islamiste.

Sahida s'est mise à chanter : « Bachar, fils du mal, pars vite, ce pays n'est pas à toi. »

La manifestation est un pèlerinage pour la liberté, la foule se dirige vers le tribunal, répétant phrase par phrase après Sahida : « Libre, libre, liberté, on va obtenir la liberté, malgré toi, Bachar ! » Leurs voix portent, certains lèvent les mains au ciel, d'autres posent leurs paumes sur les épaules de leurs voisins et dansent en cercle. Les arbres dans le jardin au centre de la place bougent avec le vent, Youssef a l'impression qu'ils dansent avec eux. Un léger crachin tombe. Un garçon avec un tambour se hisse à côté de Sahida, accompagne les paroles de la chanteuse et les gens applaudissent, oublient le temps et le danger qu'ils bravent à continuer ainsi. Ils sont comme des enfants à qui l'on vient de faire un cadeau.

Tout autour, les hommes responsables de la sécurité regardent dans toutes les directions, inquiets, et vérifient chaque rue menant à la place pour être sûrs qu'il n'y a pas de mouvement de police.

Il n'est pas facile de mettre un terme au défilé, mais c'est indispensable pour assurer un minimum de sécurité aux participants. Youssef s'empare du microphone et répète : « Rentrez chez vous. On reprendra demain ! »

Ils reviennent au Centre, fatigués et exaltés. Les habitants suivent des yeux ce groupe étrange et joyeux, pendant que le soir s'invite dans le quartier.

Chapitre 22

Ils préparent ensemble le repas. Joséphine s'applique : elle découpe avec précision les tomates en petits dés identiques avant de les mettre dans la casserole ; Youssef écrase l'ail et Khalil mélange les tomates avec de la viande rouge.

La cuisine est petite, mais les chansons n'ont pas quitté leurs lèvres et leur donnent l'impression de participer à une grande fête.

Depuis la salle de réunion, Bilal les appelle pour qu'ils viennent voir la vidéo de la manifestation. Youssef le rejoint tandis que Khalil reste avec Joséphine alors qu'elle ajoute quelques épices sur le plat. Il profite de se trouver seul avec elle pour lui demander de passer la soirée avec lui sur la terrasse :

« La nuit est claire, et tu aimes la pleine lune.

— Et les snipers ? dit-elle en diminuant la flamme du gaz. Je préférerais être dans un endroit calme. » Elle remue le riz avec une cuillère en essayant de dissimuler son sourire. « On n'est pas nombreux. La nuit sera calme. »

Chapitre 23

Le ciel est clair et les étoiles sont visibles bien que ce soit déjà le milieu de l'automne. Un souffle d'air soulève délicatement le rideau, l'odeur de la première pluie de la saison se répand dans Al-Khaldiya. Les cyprès et les eucalyptus se dressent immobiles malgré le bruit des balles, faisant oublier qu'une guerre a lieu.

Rachid pose une feuille sur un coussin, il y mélange du shit et du tabac et se roule une grande cigarette. Il prend une longue bouffée, garde la fumée dans ses poumons et presque rien ne sort de sa bouche. Par la fenêtre, il remarque en face un balcon éclairé qu'il ne quitte pas des yeux.

Les autres discutent avec excitation et leurs paroles ne sont que joie et ferveur. « Vous vous souvenez du slogan : “Le cosmos est la tanière d'Assad” ? » dit Joséphine. Ils rient tous[1].

1. En arabe, *assad* signifie « lion ». En 1987, le pilote militaire Mohamed Farès passe quelques jours à bord de

Elle leur raconte alors ce qui s'est passé quelques jours auparavant à Damas : « Une dizaine de garçons et de filles se sont rassemblés dans le centre-ville et ont scandé des slogans contre le régime, ils se sont filmés. Il y avait aussi des alaouites parmi eux. Ils n'ont pas tenu plus d'un quart d'heure avant que la police ne les attaque avec des couteaux et des chiens. C'était néanmoins un coup dur pour les services de renseignement, et je suis sûre que Bachar tremble dans son palais. J'espère que demain il y aura encore plus d'alaouites qui défileront contre ce connard ! »

Youssef enchaîne : « Je me demande comment faire pour que les alaouites n'aient pas peur pour l'avenir en manifestant à nos côtés. À l'époque ottomane, au XIXe siècle, ils n'avaient pas le droit d'être fonctionnaires et vivaient isolés dans leurs montagnes. Ils sont considérés comme des infidèles par la plupart des sunnites. D'ailleurs, quand un alaouite traversait l'une de leurs villes, il devait le faire tête baissée, faute de quoi les commerçants le frappaient. N'oubliez pas que Hafez Al-Assad

---

la station spatiale soviétique Mir. À son retour, il devient célèbre en Syrie et les services de propagande inscrivent cette phrase en lettres lumineuses sur la pente du Qassion, la montagne qui surplombe Damas, pour démontrer qu'il est à l'origine de cet exploit et que l'étendue de son pouvoir atteint même le ciel.

leur a donné le contrôle de l'armée quand il a fait son coup d'État. Ce salopard qui est lui-même alaouite leur a dit qu'il était là pour les protéger et, aujourd'hui, c'est sa famille qui les menace en leur disant que s'ils ne sont pas avec eux et que le régime perd le pouvoir, les alaouites redeviendront des esclaves. »

Joséphine se penche vers lui, ses cheveux dorés effleurent son épaule.

« Oui, je sais bien, mon père a passé sa vie dans l'armée. Impossible de le persuader qu'il faut se révolter contre le régime. Ma mère aussi. Ils ont peur des sunnites. Ils pensent que dès que le régime tombera, les sunnites vont les écraser comme des mouches.

— Il faut réfléchir à la façon de leur ôter cette peur de la tête. Si le Conseil national ne fait pas son travail, à nous de le faire, partout et tout le temps. Il faut dire que la révolution sert la démocratie, pour tous les Syriens, peu importe leur religion ou leur ethnie.

— Ce que tu dis est sublime, camarade. C'est toi qui me représentes et non pas le Conseil national. »

Elle s'interrompt quelques instants, pose sa main sur le genou de Youssef : « Je rédige un appel sur ce sujet et je vous l'envoie pour le publier sur les réseaux sociaux.

— Tu veux te révolter sur Internet ? demande Rachid en lui proposant le pétard.

— Le régime a mis sur pied une “armée digitale”. Ces salauds reçoivent de gros salaires pour nous insulter sur les réseaux sociaux et nous présenter au reste de la population comme des terroristes, et ce dans toutes les langues. On doit s’organiser pour leur faire face et expliquer au monde que la révolution que nous menons n’a rien à voir avec les islamistes. Le mouvement ne se limitera pas à Internet ! On va créer une vraie opposition au sein de la Syrie.

— Tu rêves ! »

Les dernières paroles font réagir Khalil qui était resté silencieux jusque-là : « Qui te dit que nous ne sommes pas des rêveurs ? Il y a seulement un an, personne n’aurait imaginé qu’une telle mobilisation était possible en Syrie. Nous sommes contrôlés depuis cinquante ans par un dictateur. »

« Fais tourner, fais tourner et donne-moi une taffe avant que la police n’arrive », chantonne Rachid. Il allonge ses jambes. « Quand est-ce que le régime va dégager ? Je voudrais reprendre une vie normale : passer du bon temps au bord de la mer, entre les champs d’oranges et la plage, me baigner dans la journée et boire le soir en regardant les reflets des phares sur les vagues... »

Personne ne fait de commentaire. Ils partagent tous ces mêmes espoirs. Rachid continue : « Je me pose une question : pourquoi est-on obligé d'être des victimes que l'on arrête, blesse, tue, pourquoi devons-nous faire ce sacrifice pour avoir un vrai pays ? Pourquoi la situation n'est-elle pas plus simple ? L'amour seul n'ouvre-t-il pas un chemin vers la liberté sans qu'on ait besoin de la violence ? » Il regarde Khalil avec ironie.

La silhouette d'une femme passe rapidement en ombre chinoise derrière le rideau avant de disparaître. Rachid la suit, yeux mi-clos. « Merde aux sunnites, aux chiites, aux alaouites, et à toutes les autres religions et ethnies ! Merde au régime et à l'opposition ! »

Les yeux ouverts, il s'imagine sur le sable, allongé, des rayons de soleil traversant les feuilles d'un palmier et caressant son visage. À quelques pas, des filles marchent les pieds dans l'eau. « J'ai envie de voir à nouveau les femmes en bikini, pour moi, cela vaut plus que tous les drapeaux. »

Chapitre 24

Adel ne parvient pas à trouver le sommeil. Il songe sans cesse à son frère qui a été tué et à sa femme couchée à ses côtés, à leur petit âgé de seulement deux ans et demi, soit trente mois, comme il dit quand quelqu'un lui pose la question. Il ne célèbre pas son anniversaire chaque année, mais chaque mois. L'enfant tient son ballon dans ses bras, la tête calée sous l'aisselle de sa mère. Ce n'est que de cette façon qu'il accepte de s'endormir. Ils respirent au même rythme.

Il pense à Youssef : il a envie de protéger ce garçon. Après tout ce qu'ils ont vécu ensemble, Youssef est devenu un miroir reflétant son propre visage, celui d'il y a des années, quand la jeunesse ressemblait à un orage et que sa vie était moins dure.

À une heure du matin, les rues d'Al-Khaldiya sont désertes, à part quelques garçons qui patrouillent pour protéger le quartier contre les incursions des services de renseignement et des voleurs.

Adel sort de chez lui, allume trois fois sa lampe de poche, attend que les trois jeunes hommes munis de bâtons debout sur la place fassent de même. Tout va bien. Il continue en direction du Centre. C'était bien la dernière personne à laquelle les militants s'attendaient à cette heure-là.

L'odeur du shit lui parvient dès l'extérieur du bâtiment. Cela l'énerve, mais il ne dit rien. Ils sont encore jeunes, et lui-même faisait ça à leur âge. « Amusez-vous bien, mais faites gaffe que personne ne vous voie ! Vous avez besoin de quelque chose ?

— Je voudrais te parler seul à seul, lui dit Youssef en l'entraînant vers la cuisine.

— T'as préparé la liste des familles des victimes ?

— Non, ils ont refusé d'accepter l'argent de gens qui les ont laissés tomber. Ils pensent qu'ils sont complices des criminels, ils n'ont même pas réagi ni organisé une seule grève contre les massacres. Excuse-les, le sang de leurs proches est encore frais.

— Mais ce ne sont pas les commerçants de Damas qui les ont tués !

— Quand la mort est partout, l'injustice se généralise, difficile de parler avec raison. »

Adel reprend sa promenade, seule l'obscurité l'accompagne.

Chapitre 25

« Al-Amin, le calife, avait au palais un éphèbe du nom de Kaouthar. Les deux hommes étaient très proches, Kaouthar était le favori du calife qui lui écrivait même des poèmes : “Kaouthar est ma religion, mon monde, ma maladie et mon médecin.” Ils étaient inséparables et cela n’étonnait personne au palais. Le père d’Al-Amin, Haroun Al-Rachid, avait eu beaucoup d’amants des deux sexes qui lui servaient du vin, chantaient, jouaient du luth et l’accompagnaient jusque dans son lit. Al-Amin, qui prit le pouvoir au début du IXᵉ siècle, n’en finissait pas de s’adonner aux plaisirs sans s’apercevoir qu’Al-Mamoun, son frère, préparait un coup d’État. Il avait constitué une armée et se rapprochait de Bagdad pour l’attaquer. Kaouthar, qui sortit pour voir ce qui se passait, fut blessé au visage. Le calife abandonna tout ce qu’il était en train de faire pour rejoindre son amant. Il essuya le sang de ce dernier en disant : “Ils ont touché à la prunelle de mes yeux ! Ô Dieu, venge-moi !” »

Mohammad interrompt sa lecture pour vérifier qu'il n'a pas de nouveau mail. Sur le site de la BBC, parmi les nouvelles, une photo de Kate. Il se souvient alors de son mariage avec le prince William, sa robe blanche était serrée à la taille, très classique, et les visages des mariés étaient vides, dépourvus de sentiments, à l'image de celui des poupées Barbie. Deux émotions s'affrontent en Mohammad : il est content de ne pas être marié et conscient de ne pas être dans la norme. Il pense à Sarah, qui s'est enfuie récemment de la maison familiale pour vivre chez une amie. Son père a finalement eu vent des activités de sa fille contre le régime. Mohammad a proposé à Sarah de venir vivre chez lui, mais elle a refusé sous prétexte qu'elle n'est pas encore son épouse légitime. Au fond, il est heureux de cette réponse et n'imagine plus l'avenir avec elle.

Une cliente entre dans le magasin et se dirige vers la cabine d'essayage après avoir choisi une jupe. Elle l'appelle afin qu'il vienne l'aider à remonter la fermeture Éclair du vêtement. Tandis que Mohammad s'exécute, elle lui demande ce qu'il en pense. Il lui répond qu'elle est charmante, ce qui la fait rire :

« Je parle de la jupe, pas de moi !

— Elle vous va très bien, surtout avec ce pull blanc. »

Elle se tourne vers lui avec un grand sourire, ce qui le met mal à l'aise. Il s'excuse et repart à la caisse.

Peut-être a-t-elle envie de lui et devrait-il la séduire. Mais il peut se tromper, comment en être sûr ? D'ailleurs, ils sont dans sa boutique, pas dans un bordel. Lorsqu'elle tire le rideau, il lui dit qu'elle est aussi resplendissante qu'un soleil.

Il l'imagine nue tandis qu'elle choisit un collant. Puis elle paie et s'en va. Un fort sentiment de culpabilité s'empare de lui. Pourquoi toutes ces hésitations ? Pourquoi ne pas lui avoir demandé son numéro de téléphone ? Quel gâchis !

Aujourd'hui, au déjeuner, il va simplement prendre un sandwich et se balader. Il pénètre dans le souk Al-Hamidiyah, dans la foule il a l'impression d'être perdu, ce qui lui permet, en quelque sorte, de se trouver lui-même. Ici, tout est à vendre : parfums, ustensiles de cuisine, tapis, poteries, sabres, poignards ciselés, boîtes incrustées de nacre, épices… Cet endroit qui fourmille sans interruption depuis sa création au XVIIIe siècle semble plus triste ces derniers temps. Les acheteurs ne se bousculent plus, et les touristes se sont faits rares. Pourtant il y a beaucoup de monde.

Il arrive ensuite devant la mosquée des Omeyyades. Les colombes s'égaillent en sa présence, cherchant des restes de pain sec jetés par les passants. Il ne s'arrête pas à cette scène familière. Non loin, un enfant vend des DVD à 10 livres[1]. Mohammad se dirige vers lui et regarde les films d'action et les comédies étalés. L'enfant, en faisant un clin d'œil, lui propose des films spéciaux. C'est 100 balles.

Il continue jusqu'à la citadelle où les rues sont moins encombrées. Une vieille mendiante s'installe sur le sol. Le jeune homme lui donne la monnaie qu'il a dans sa poche. Il remarque aussi que le niveau du fleuve Barada est élevé, mais que l'eau n'en est pas moins polluée.

À sa droite, un panonceau indique : hammam du roi Al-Zaher. Il sait qu'à l'époque de son grand-père, les gens se pressaient ici chaque jeudi, veille du jour de repos. Ils apportaient une collation et passaient l'après-midi et la soirée à manger, discuter et se laver. Mais depuis que les gens ont des salles de bains, le nombre de clients a beaucoup diminué. Malgré tout, ici, les hammams ne ferment jamais. Ils sont encore très appréciés par les touristes européens. Mohammad a entendu dire que des homosexuels les fréquentent aussi,

1. La livre est l'unité monétaire syrienne.

mais il n'a pas encore eu le courage de le vérifier. Les mots de Youssef lui reviennent : « Sois comme le nuage, personne ne peut décider à sa place où et quand il va pleuvoir. » Cette fois, il y va.

Chapitre 26

De : Youssef youssefcadi@gmail.com
Envoyé : 21 octobre 2011
À : Mohammad <mohammadamir@gmail.com>
Objet : À la suite de notre première rencontre

Aujourd'hui, un groupe de militants est reparti à Damas après avoir participé à une manifestation ici. J'ai pleuré, non parce qu'ils vont me manquer, mais parce qu'il me semble que notre pays ne les mérite pas. Ces jeunes sont forts. Toute leur enfance, ils ont appris qu'ils ne pourraient vivre que grâce au fasciste qui nous dirige. À l'école, chaque jour, ils ont scandé : « Notre président pour l'éternité, le fidèle, Hafez Al-Assad ! » Adolescents, ils ont appris par cœur ses discours. Devenus adultes, ils s'efforcent désormais de déconstruire cette propagande avec laquelle ils ont grandi.

Même les bananes en avaient marre du « fidèle ». Hafez Al-Assad avait interdit l'importation de ce fruit impérialiste qui, selon lui, ne servait pas le combat contre le sionisme. Depuis que je suis tout petit, je m'interroge sur le problème qu'avait Al-Assad avec les bananes. Est-ce qu'il ne les aimait tout simplement pas, ou bien y était-il allergique ? Pour quelles raisons a-t-il interdit à tous les Syriens d'en manger ?

Hier, j'étais parmi les manifestants, sans être vraiment avec eux. Tu m'occupais à chaque instant, heureux que personne d'autre que moi ne le sache. L'électricité était coupée, on a allumé des bougies même si les étoiles étaient très lumineuses. Bien sûr, je ne les voyais pas vraiment, c'est seulement la lumière qu'elles nous envoyaient puisqu'elles sont éteintes depuis des millénaires. Ces astres, nés du big bang, de chocs entre les atomes me font penser à ton sexe en moi. Nous aussi on explose en un univers de désir.

Je ne vais plus sur les sites de rencontres. Ça ne m'intéresse plus. Faire ta connaissance m'a suffi.

Méfie-toi de ton voisin, l'indic ! Nous avons de la chance ici, il n'y a pas de services de renseignement dans le quartier. Mais cette situation ne durera pas : si le régime ne parvient pas à pénétrer dans la ville, il la bombardera. Et qui est en mesure de l'arrêter ?

Des infos circulent comme quoi les forces iraniennes seraient entrées dans le pays. Un de mes collègues a filmé un tank arborant le drapeau de la République islamique à proximité de Homs. Une belle ironie, venant de ce régime qui nous accuse d'être des agents de l'extérieur.

Chapitre 27

Le hammam est divisé en deux, un côté pour les femmes et les enfants, l'autre pour les hommes. Chaque partie comprend trois espaces : l'extérieur pour se restaurer, une sorte d'antichambre pour se reposer et l'intérieur du hammam pour se faire masser vigoureusement le corps au milieu d'une chaleur intense.

À l'entrée de l'établissement, un groupe d'hommes est installé sur une banquette de pierre recouverte de tapis. L'un d'eux, le propriétaire, est appuyé sur un coude et donne des ordres aux employés tout en s'occupant de la caisse. Il vérifie de temps en temps que tout se passe bien.

Dans le vestiaire, Mohammad s'enroule dans deux serviettes puis sort de la petite pièce à côté de la porte. Il marche tête levée pour paraître sûr de lui devant ces hommes. Un garçon vêtu d'un pyjama noir prend le sac contenant ses vêtements et le conduit à l'intérieur.

« Je reviens avec le savon. Veux-tu que quelqu'un te frotte le dos ?

— Non. Si ! »

Le masseur qui arrive n'est pas tel que Mohammad l'avait imaginé. Il a 40 ans et le visage dur. L'homme lui demande de ne conserver que la serviette du bas et de s'asseoir face au mur. Il commence par le cou, passe le gant de crin jusqu'à la taille, verse de l'eau très chaude sur tout son corps. Le bruit emplit l'espace : le dôme du plafond culmine à quelques mètres.

Mohammad ferme les yeux, imagine être à l'orée d'une forêt, dans un pays libre. Il lit un livre, la nuque posée sur la cuisse de Youssef, dont la barbe semble surgir du ciel. Des gens passent autour d'eux sans les déranger ni leur prêter attention.

Le masseur arrive au bas de son dos, ses mains pétrissent violemment ses muscles. Quand tout est fini, Mohammad a l'impression que ses soucis ont quitté la moindre cellule de son corps.

Une voix lui parvient à sa gauche, malgré la vapeur d'eau il distingue un homme européen :

grand, les yeux bleus, assis tout comme lui sur le sol. Le garçon au pyjama noir le masse et ses doigts se faufilent sous la serviette et touchent doucement le sexe de l'homme. La lumière qui tombe d'une petite fenêtre éclaire le noir et le blond de leurs cheveux. L'Européen se met à haleter.

Lorsque le garçon s'en va, l'homme blond essuie ses bras, se tourne vers Mohammad :

« *Marhhaba !* Bonjour !

— D'où viens-tu ?

— D'Allemagne. »

Ils se dirigent ensemble vers l'extérieur du hammam. L'Allemand parle l'arabe avec un fort accent. « J'ai travaillé au Centre culturel Goethe. Mon contrat est terminé mais je suis amoureux de cette ville. Ça fait maintenant des années que je viens ici, tout le monde me connaît. »

Le garçon apparaît avec deux verres de thé et une chicha. Il se penche vers Mohammad et lui souffle : « Un Occidental qui fume dans un hammam, qu'est-ce que tu en dis ?

— C'est comme si un Syrien mangeait du bacon en compagnie de la reine Elizabeth II. »

Mohammad cherche un moyen d'entraîner la discussion vers la scène qu'il vient de surprendre entre le touriste et le garçon. « Vous traversez des milliers de kilomètres pour trouver du plaisir à Damas ? Vous n'avez pas de hammams chez vous ?

— Si, mais en Syrie c'est beaucoup mieux qu'en Allemagne où je ne trouve pas de personnes aussi tendres avec les hommes plus âgés. Ici, par contre, je me sens beaucoup plus libre : on mange ensemble, on boit et on fait l'amour. De plus, j'aime les Arabes ! Surtout quand ils sont bruns. Peut-être qu'en tant qu'Européen, je vois les choses autrement.

— Qu'est-ce que tu veux dire ?

— Pour vous, l'Europe, c'est la civilisation, la paix, la richesse, et le Moyen-Orient, c'est la pauvreté, la tristesse et la violence. Moi, je trouve ton pays excitant. C'est un pays chaud, vous vous intéressez beaucoup au corps. Le corps lié à d'autres richesses, comme la culture, la philosophie, l'architecture, a peut-être été une des raisons pour lesquelles les Européens vous ont occupés. »

Son regard devient triste, il joue avec une bague rouge fixée à son auriculaire : « Mais c'est sans doute la dernière fois que je visite la Syrie. Je ne m'y sens plus en sécurité. »

Mohammad ne comprend pas pourquoi les touristes européens adorent son pays. Ici, où l'on n'a pas le droit de respirer sans l'autorisation du dictateur ? Si la liberté était égorgée, la beauté existerait-elle encore ?

Il se lève brusquement, la serviette tombe, il la remet en s'assurant que personne n'a rien vu. Il salue l'Européen qui est occupé à remettre un charbon sur sa chicha.

Chapitre 28

Comme à son habitude, avant de partir au travail, Adel contemple son fils. L'enfant essaye de shooter dans un ballon, mais ne réussit qu'à tomber dessus. Pour le petit, ce ballon est ce qu'il possède de plus précieux. Adel lui demande s'il a besoin de quelque chose, bien qu'il soit trop petit pour répondre ; il aime tant lui poser la question.

Soukaina, son épouse, est très occupée aujourd'hui car sa belle-famille vient déjeuner chez eux, et elle s'est mis en tête de nettoyer le jardin avant leur arrivée.

À travers une fenêtre donnant entre les maisons, il entrevoit leur voisine qui, alors qu'aucun homme ne peut la voir, a mis son voile. Les deux femmes parlent de politique, selon elles, une solution serait en train d'être mise en place. Tout le monde se le répète chaque fois qu'Obama déclare que les jours d'Assad sont comptés. Soukaina préfère changer de sujet, elle entend déjà son mari et la télé dire la même chose toute la journée. Elle demande alors à sa voisine de la mélasse de grenade pour faire une surprise à Adel en confectionnant un Lahmé-Bessiniyé, son plat préféré[1].

Pendant qu'elle passe le balai, une de ses boucles d'oreilles tombe sur des fourmis regroupées autour d'une miette de pain. Le petit morceau de métal disperse rapidement les insectes. Elle la ramasse, la remet en place, en songeant que la partie de son corps entre ses oreilles et ses épaules est celle que son mari apprécie au plus haut point. Quand ils font l'amour, c'est là que ses lèvres restent collées comme s'il se désaltérait après un mois de soif. Cette seule pensée la bouleverse. Le petit la sort de sa rêverie en jetant son ballon par terre. Elle lui ordonne de rentrer à l'intérieur de la maison afin de ne pas salir ses vêtements, mais c'est trop tard.

---

1. Viande hachée mélangée à du blé concassé.

Chapitre 29

Traverser Homs en voiture à midi est chose ardue, mais Adel est obligé de se rendre rue Hadara. Nombreux sont ceux qui y attendent un taxi. Dans la journée, toutes sortes de gens se promènent dans la ville : des étudiants, des employés, des commerçants… jusqu'au coucher du soleil où chacun se tapit dans son quartier.

Aujourd'hui au check point, les soldats ne se contentent pas de surveiller et de draguer les filles comme d'habitude : ils sont très nerveux à cause des affrontements qui ont eu lieu la veille avec des groupes armés de la vieille ville où l'un d'entre eux a été blessé.

Adel s'arrête au feu. Devant lui un grand carrefour où, avant le début des événements, se dressait une statue de Hafez Al-Assad. La police a récemment pris la décision de la retirer. Elle craignait que les manifestants qui en ont abattu de nombreuses dans d'autres régions ne la détruisent à son tour.

Un vieux vendeur de fruits passe entre les voitures et les soldats avec son chariot : « Clémentines, plus sucrées que le miel ! Clémentines ! » Les soldats lui ordonnent de dégager, mais le vieil homme leur répond qu'il vient ici chaque jour depuis qu'il a commencé à travailler et il continue à pousser sa charge : « Oranges ! Pleines de vitamines ! » Le chef des militaires le gifle et renverse la charrette et son contenu en donnant un coup de pied dedans. Adel sort de sa voiture, prend le vendeur par la main et tente de le mener à son taxi, mais l'homme se dégage : « C'est tout ce que j'ai pour vivre ! » Il entreprend de récupérer les fruits tombés à terre.

« Oui, prends tout et fourre-le dans la chatte de ta mère ! lui crie le militaire avec mépris.

— Tu n'as pas honte de ce que tu fais ? » s'interpose Adel.

Le chef des militaires se rapproche de lui et l'attrape violemment par la moustache :

« Et si je l'arrachais ? Tu serais assez beau pour que je te nique ! » Adel lui crache dessus et frappe le soldat au nez. L'homme recule, sort son pistolet et fait feu sans ciller. Adel tombe, doucement, son sang, très clair, ruisselle au soleil.

Chapitre 30

De : Mohammad <mohammadamir@gmail.com>
Envoyé : 27 octobre 2011
À : Youssef <youssefcadi@gmail.com>
Objet : À la suite de notre première rencontre

Tout à l'heure, je me suis souvenu d'une histoire que ma grand-mère me racontait lorsque j'étais petit. Il s'agissait de la façon dont les rencontres se déroulaient entre les amoureux à son époque. « Les filles sortaient de chez elles chaque vendredi matin, un seau plein de lessive et de savon sur la tête. Elles arrivaient au fleuve, s'installaient sur la rive et commençaient à laver leur linge. Leurs mains étaient alors plus puissantes que celles des hommes d'aujourd'hui. » C'est en tout cas ce qu'elle m'assurait.

« Les garçons qui allaient travailler dans les fermes de la Ghouta, à l'est de Damas, passaient non loin d'elles. Les sentes entre les oliviers et les vignes étaient si étroites et les arbres si touffus qu'ils devaient se dandiner pour avancer. Les filles leur jetaient des coups d'œil discrètement. »

Mon grand-père, qui était amoureux d'elle, fait rouler une pomme jusqu'au fleuve, provoquant un léger remous. Ma grand-mère fait comme si rien ne s'était passé. Il recommence alors et, à ce moment-là, elle le regarde. Ses camarades se mettent à rire, l'amoureuse sent la chaleur monter et envahir son corps. Elle n'a plus assez de concentration et d'énergie pour poursuivre son travail. Le garçon malicieux distribue des pommes aux jeunes femmes et reste debout à côté de celle qu'il aime. Les autres filles s'éclipsent pour les laisser seuls.

À la fin de sa vie, ma grand-mère était atteinte par la maladie d'Alzheimer. Elle avait oublié jusqu'aux prénoms de ses propres enfants. Seule cette histoire était intacte dans sa mémoire et elle la racontait avec beaucoup de détails.

Je pense à elle chaque fois que je me connecte sur un site de rencontres et que je contacte des filles ou des garçons à l'aide de phrases dénuées de chaleur et d'émotion. Dès que l'un d'entre eux s'en va, d'autres le remplacent, c'est une véritable noria informatique. Il faudrait que la page internet se transforme en un lac où les séducteurs jetteraient des pommes.

Il y a quelques jours, j'ai amené un garçon chez moi. Sa façon de marcher était efféminée et le trahissait. Tous à Jaramana nous dévisageaient comme s'ils voulaient nous tuer. Quelqu'un a même dit : « Félicitations ! À quand le mariage ! » Je ne voulais pas quitter ce garçon et, en même temps, j'avais peur de poursuivre jusqu'à la maison. C'était d'ailleurs une erreur, il ne fallait pas venir ici dans la journée. Nous sommes allés au restaurant et, cinq minutes après, un serveur nous a intimé l'ordre de déguerpir faute de quoi il appellerait la police. Depuis on me lance des mots obscènes chaque fois que je me balade dans mon quartier. Je suis désormais perçu comme un pervers.

Sarah est à Douma, elle a passé un accord avec un rebelle pour qu'il l'amène là-bas. Elle est partie seule, sans argent, ne l'a dit à personne et n'a pris que quelques vêtements. Elle a pu passer les check points grâce à une fausse carte d'identité. Quand elle est arrivée, elle m'a téléphoné et m'a assuré qu'elle voulait militer de façon pacifique et qu'elle avait décidé de travailler dans un cabinet d'avocats. « Je vais établir la liste des victimes blessées, arrêtées ou assassinées par le régime. Je ne serai pas loin, vingt minutes en voiture. » Son coup de téléphone était très bref et, depuis, je n'ai plus eu de nouvelles. Après cela, j'ai vu que le régime avait encerclé Douma et l'avait bombardée à plusieurs reprises.

Ça me rend fou ! Je ne comprends plus rien. Après le départ de Sarah, j'ai senti à quel point elle comptait pour moi : ses mots, nos discussions, même nos disputes, tout cela m'éclairait. J'ai besoin d'avoir quelqu'un à mes côtés, même si je ne suis pas d'accord avec cette personne. Son absence me pèse, elle me manque. Sarah est si pleine de tendresse et d'humanité.

Son père m'a appelé pour me supplier de faire quelque chose. Je lui ai dit que de toute façon nous étions au bord de la rupture. Il n'a pas voulu l'entendre : « Vous êtes officiellement fiancés ! Tu n'es pas le seul à décider ! » Il a ensuite informé mon père de notre discussion, ce qui a aggravé son état de santé. Il ne sort plus de la maison et passe désormais ses journées devant la télé et à dormir.

J'imagine chaque jour Sarah à Douma. Il y a des islamistes parmi les rebelles. Va-t-elle supporter toute cette violence ? Je me demande si elle est encore en vie ? Disparue ? Blessée ?

Sarah croit que notre génération est un pont : les générations à venir le traverseront afin de parvenir à la démocratie. Je sais que tu partages cette idée, mais regarde seulement ce qui se passe : la plus belle jeunesse de Syrie est morte, et ce, sans aucun résultat.

Chapitre 31

Le Centre est calme, ni visiteurs ni blessés cet après-midi. Youssef fait la sieste et sourit dans son rêve. Il est allongé sur le dos, un bras couvre ses yeux. À côté de lui, Bilal, une main sur le clavier, un morceau de pain dans l'autre, suit les nouvelles de la guerre, évitant les articles politiques qui semblent invariables : des réunions de l'opposition en Turquie, un appel du ministre des Affaires étrangères du régime à propos du complot contre la Syrie, etc.

Depuis trois jours, le jeune homme ne s'est pas changé, cela ne l'intéresse plus, il n'a pas non plus contacté sa famille. Il dort même à côté de l'ordinateur après des heures passées à écouter les discours des imams des Frères musulmans sur l'importance de prendre les armes contre le pouvoir afin de protéger la religion. Il reçoit un texto : « Affrontement rue Hadara, quelqu'un a ouvert le feu ! », qu'il retranscrit sur Twitter en attendant d'avoir plus de détails.

Il secoue Youssef :

« Lève-toi, feignasse !

— T'es là depuis quand ?

— Une heure environ.

— Je t'ai transféré l'appel contre le Conseil national syrien. Joséphine me l'a envoyé hier.

— Je sais, je l'ai lu et j'ai fait quelques modifications. Écoute : "Au nom de Dieu, nous, le peuple arabe syrien, déclarons que le Conseil national ne nous représente pas et se moque de nous avec ses slogans creux. De plus, tous les membres du Conseil national vivent en dehors de notre pays, nous allons donc constituer notre propre structure." »

Youssef se frotte les paupières : « Efface "au nom de Dieu" et le mot "arabe".

— Mais la plupart des gens ici sont arabes, syriens et musulmans.

— Peut-être, mais il y a aussi parmi nous des Kurdes et des chrétiens. Il faut en tenir compte.

— Le Qatar et l'Arabie Saoudite ne nous soutiendront pas si notre discours n'a pas un caractère islamique.

— Peu importe ! Partout les Syriens nous soutiendront, crois-moi. On n'a pas besoin que des étrangers nous aident. Il faut qu'on reste indépendants, c'est le pilier de la liberté. »

Bilal fixe son portable, pétrifié, les yeux exorbités.

« Qu'est-ce qu'il y a ? »

Il reste silencieux.

« Qu'est-ce qu'il t'arrive ? Tu es mort ?

— Pas moi, Adel. »

Chapitre 32

Le vendeur de fruits conduit le taxi, Adel est avachi sur le siège à côté de lui. La balle a touché un des reins. « Respire, réveille-toi. » Son corps est pris de tremblements, il s'affaisse vers le vieil homme en prononçant le nom de Soukaina. « Non, tu ne vas pas mourir pour moi, je n'accepte pas ça ! » Ils arrivent à l'hôpital militaire de Homs. L'homme porte Adel et court vers les urgences, mais il est déjà trop tard. L'infirmier qui le prend en charge fouille les poches du mort et demande qui l'a tué. Le vendeur lui raconte tout, il fait un pas en arrière : « Sa tête est tombée là », il indique son genou.

« J'ai fait ce que j'ai pu, il n'était pas lourd, mais je ne sens plus mes jambes. Je n'arrive plus à marcher. Il n'est pas décédé, n'est-ce pas ?

— Casse-toi ! Dégage ! lui dit l'infirmier.

— Je suis venu dans cet hôpital car c'est le plus proche, mais vous n'êtes qu'une bande de criminels. »

Les gardiens arrivent, tandis que le vendeur continue :

« Écoute, de toute ma vie, je n'ai fait de mal à personne, pas même à l'âne qui tire mon chariot, pas même au soldat qui m'a giflé ! Mais je te tuerai si tu ne le ramènes pas à la vie. »

Les gardiens l'empoignent pour le jeter dehors. Un médecin sort en entendant le bruit et demande à l'infirmier ce qui se passe. « Un nouveau rat de l'opposition vient de crever. »

Chapitre 33

Le plus insupportable, pour Youssef et Bilal, reste à faire : raconter ce qui s'est passé à Soukaina, la femme d'Adel. Ce qu'ils ne savent pas, c'est que l'hôpital s'en est déjà chargé : « Venez récupérer le cadavre de votre mari », a dit l'infirmier avant de raccrocher sèchement.

Elle se souvient que lors de leur nuit de noces, pendant qu'il enlevait le voile de mousseline de Soukaina, Adel lui avait murmuré : « Peu importe l'avenir, ton nom circule en moi, comme mon sang. »

Le corps sans vie d'Adel est allongé sur un lit d'appoint dans un couloir de l'hôpital, les employés le contournent sans y prêter attention. Le médecin qui l'accompagne soulève le drap : « C'est lui ? » Elle ne répond pas.

Le directeur qui a demandé à la voir la guide jusqu'à son bureau : « Voilà ce qui arrive à ceux qui frappent nos soldats. » Il pose devant elle une feuille sur laquelle est écrit : « Soukaina, fille de Abd Al-Rahman, épouse du martyr Adel, atteste que mon époux a été tué par un groupe de terroristes. » Soukaina se tient debout, le regard vide, tandis que l'homme lui tend un stylo : « En tout cas, on ne peut pas changer le passé. Signez ici afin de pouvoir enterrer votre époux. On connaît bien les gens comme vous. Vous allez parler aux médias et raconter que c'est le régime d'Al-Assad qui l'a tué. »

Elle ne l'écoute pas. Elle se souvient avoir oublié le repas sur le feu. Le petit est tout seul à la maison. Il faut qu'elle rentre chez elle au plus vite. Adel ne va pas tarder et il aura faim.

« Comme tu veux. Tu ne signes pas, tu ne le récupères pas. » Elle s'exécute, en pleurant pour la première fois depuis qu'elle a reçu la nouvelle par téléphone. Ses larmes se mélangent à l'encre. Elle s'évanouit.

Chapitre 34

De : Youssef <youssefcadi@gmail.com>
Envoyé : 07 novembre 2011
À : Mohammad <mohammadamir@gmail.com>
Objet : À la suite de notre première rencontre

Le meilleur de nos militants a été tué. Il s'appelait Adel et tout le monde l'aimait. Nous sommes allés chez lui laver sa dépouille et nous l'avons entouré d'un linceul. Son visage était serein, il avait même l'air heureux !

Beaucoup de gens s'étaient regroupés devant la porte, nous l'avons porté sur nos épaules, au milieu de la foule.

« *Allah Akbar* ! *Allah Akbar* ! » ne cessaient de répéter les personnes rassemblées, et tous voulaient porter le cercueil. Quand nous sommes arrivés sur la place, plus de deux mille personnes nous attendaient. Nous avons tourné trois fois autour, c'était comme une manifestation qui ne voulait pas se terminer. Certains ont brandi le drapeau de l'État islamique et, soudain, j'ai entendu crier cette phrase : « Le peuple veut le djihad. »

Les Syriens sont en colère, désespérés, seule la vengeance les préoccupe. Devant cette violence de l'État, ils cherchent une façon de se sauver, même si ça vient du Ciel. Mais ils ne mesurent pas le risque que ce slogan et ce qu'il y a derrière représentent.

Quand on a mis Adel en terre, un homme a sorti une arme et a tiré en l'air. Je lui ai crié : « Ça va pas ! Arrête ! », mais il a continué et d'autres ont fait de même en hurlant : « Le sang d'Adel vaut celui de cent partisans du régime ! »

Impossible de faire quoi que ce soit, même la terre vibrait au son de leurs voix. Plus personne n'avait d'autorité, ni ne se faisait entendre. Sans Adel, nous sommes tous orphelins, chacun est livré à lui-même.

Je suis rentré habité par une énergie énorme, comme si j'étais en mesure de déplacer des montagnes. Parfois, perdre des êtres chers nous rend plus forts.

Je me suis habitué au spectacle de la mort. La première fois que j'ai vu un cadavre, j'ai fait des cauchemars pendant une semaine. Des habitants de mon quartier avaient amené un homme qui avait reçu une balle à l'arrière du crâne. Son cou était couvert de sang. Quelqu'un a crié : « Filme, filme ça ! Il faut que le monde sache ce qui se passe ici ! Filme ! » J'ai sorti ma caméra. Je n'arrivais pas à croire qu'il était vraiment mort, qu'il ne reviendrait plus. Une partie de moi tentait de se persuader qu'il dormait et qu'il allait se réveiller. Un de ses proches se frappait la tête contre la porte. J'avais le vertige et envie de vomir. La tache de sang s'élargissait peu à peu, imbibant sa chemise blanche qui gouttait sur le sol jusqu'à mes chaussures. Le visage de l'homme était tourné vers moi, vers la caméra, il me regardait. Alors il m'a parlé : « Ne m'oublie pas, je suis parti si vite… » J'ai senti l'odeur de la mort, une odeur bizarre, qui ne ressemble à aucune autre : elle reste en tête, je la sens chaque fois que je me souviens de la scène. Je revois les visages, j'entends les voix des gens présents, et tout me rappelle cette odeur. Des dizaines d'autres morts sont par la suite passés devant ma caméra, mais sans plus jamais me faire cet effet.

La proximité de la violence donne plus de valeur aux choses simples : aujourd'hui j'adore la musique, les fleurs ou prendre une douche. Et parfois je rêve d'un papillon moitié noir taché de jaune, moitié blanc piqueté de marron. J'ai fait des recherches sur ce spécimen, il est rare : ni mâle ni femelle.

Tout ce que je souhaite en cet instant, c'est poser ma tête sur ta poitrine et sombrer dans un sommeil profond.

Chapitre 35

Joséphine marche rapidement vers le café Nofara, elle a déjà décalé à plusieurs reprises son rendez-vous avec Khalil. Ces derniers jours, l'organisation des manifs l'occupe à plein temps. Quand elle le retrouve, Khalil a les épaules tombantes et le visage blafard. Il ôte ses lunettes.

« Ma mère est malade. Je ne peux pas aller la voir à Deraa, la région est truffée de check points que je ne parviendrai pas à passer.

— Tu veux que je t'emmène et te fasse passer clandestinement ?

— J'ai peur pour toi, Joséphine.

— Tu as oublié que j'ai un doctorat de contrebande ? »

Khalil croise les doigts sur la table.

« À Deraa, c'est différent d'ici. Les soldats scrutent le visage des gens, et puis tu dois aussi aller à Homs présenter officiellement tes condoléances à la famille d'Adel.

— Hier, quand j'ai regardé ses funérailles sur Al-Jazeera et que j'ai vu les gens appeler au djihad, je me suis dit que la révolution était en train d'être égorgée. »

Ils changent de sujet lorsque le serveur arrive, commandent deux cappuccinos. Ils attendent qu'il s'éloigne pour reprendre. Joséphine se recule sur son siège.

« Le problème, c'est que chaque fois que nous voulons faire quelque chose, une catastrophe se produit. Comment demander aux Syriens de s'unir alors que des alaouites ont tué Adel ? Comment former l'opposition si chaque semaine des militants sont arrêtés ? La communauté internationale ne fait rien non plus, à ses yeux nous ne sommes que des cafards.

— Tu as entendu le dernier discours du secrétaire général de l'ONU ?

— Oui, il a dit que la situation en Syrie l'inquiétait. Il répétait cela en boucle. Il faudrait lui envoyer des anxiolytiques ! »

Après avoir quitté le café, ils se baladent et sortent de la vieille ville. Khalil hésite : il aimerait lui dire qu'elle est, pour lui, l'être le plus cher au monde.

« Viens avec moi à Homs, lui propose-t-elle.
— Je préfère rester à Damas. Ici, je suis plus proche de Deraa. »

Arrivés à Bab Charki, dans une petite ruelle, devant un jasmin, il s'approche doucement d'elle. Elle sourit. Elle le regarde, les yeux purs. Il pose sa main sur sa taille. Elle ne bouge pas. Il dépose un baiser sur son front puis sur ses lèvres. Troublé, il s'écarte. Elle l'attrape soudainement, leurs lèvres se mélangent, il l'enveloppe de ses bras. Leurs doigts se promènent sur leurs joues. Un rai de lumière perce l'entrelacs des branches d'un arbre et vient illuminer leur baiser.

Du bout de l'index, Joséphine effleure un grain de beauté dans le cou de Khalil, s'arrête, comme si elle voulait l'imprimer sur sa peau.

Scène inhabituelle à Damas, en Syrie et au Proche-Orient, mais tous deux sont loin de toutes les traditions, loin de ce temps.

Elle se détache de lui et s'en va, non sans se retourner une dernière fois. Khalil a enfin l'impression d'être au bon endroit, d'avoir trouvé le pays qu'il cherchait depuis sa naissance.

Chapitre 36

De : Mohammad <mohammadamir@gmail.com>
Envoyé : 10 novembre 2011
À : Youssef <youssefcadi@gmail.com>
Objet : À la suite de notre première rencontre

Je ne comprends plus pour quelle liberté vous vous battez. L'islam politique est plus fort que tu ne l'imagines et nous ne pouvons rien faire pour l'arrêter. Il suffirait pour détruire la planète que le roi d'Arabie Saoudite appelle les musulmans du monde entier au djihad. Nous sommes les héritiers de l'échec de nos parents et de nos ancêtres. Le fruit de siècles archaïques.

Hier soir, en bas de chez moi une dizaine de personnes entouraient mon voisin, l'indic. L'un d'eux le menaçait en brandissant un couteau devant son visage :

« Dis la vérité, ou on te fait ton affaire !

— Je n'ai pas touché l'enfant ! Il ment ! Je suis impuissant !

— C'est justement ce que l'enfant a raconté ! Voilà une preuve de plus contre toi ! Tu as vingt-quatre heures pour dégager du quartier. »

L'homme avait dit au petit que sa mère l'attendait dans la cour de l'immeuble. Après l'avoir suivi, il l'a forcé à se déshabiller. Heureusement, la mère de l'enfant était sortie de son appartement et avait appelé le garçon. Le salaud avait menacé de le tuer s'il racontait ce qu'il venait de se passer, mais le gamin s'était enfui en criant dans l'escalier.

Cette histoire m'a abattu, je me suis allongé sur le canapé, j'étais comme pris de vertiges, j'avais l'impression d'être la victime. Quand j'avais à peu près son âge, je suis entré dans une épicerie et le vendeur m'a demandé de l'aider à monter des boîtes de chocolats de la cave, me promettant de m'en donner un gros morceau. Guilleret, je suis descendu, mais pendant que je cherchais les boîtes, l'homme a fermé la porte, nous enfermant tous les deux. Il m'a alors regardé d'une façon que je n'oublierai jamais : il était un loup devant un agneau. J'ai tenté de m'enfuir mais il m'a plaqué face au mur. Prenant ma main, il m'a forcé à toucher son sexe en m'expliquant que le mieux, c'était que je fasse ce qu'il voulait, qu'il me donnerait le chocolat ensuite. Prisonnier de ses bras, je ne parvenais pas à me libérer. Il s'est frotté contre moi jusqu'à obtenir ce qu'il recherchait.

Je n'ai jamais eu le courage de raconter cette histoire à personne.

Chapitre 37

À Damas, Khalil habite au nord-ouest de la ville, tout au bout de Barza, dans une chambre donnant sur des fermes. Il a choisi exprès cet endroit calme, isolé, pour pouvoir s'enfuir facilement en cas de descente des services de renseignement.

Ce jeudi, à l'heure où le soleil se couche, les gens reviennent tranquillement chez eux après avoir acheté ce dont ils ont besoin pour le lendemain, vendredi, jour de repos. Les jeunes se préparent à une longue journée de manifestation tandis que les vieux et les enfants, eux, ne sortiront plus avant samedi.

Khalil entre dans un magasin et fait remarquer au vendeur que le prix du riz a doublé depuis la semaine précédente.

« Regarde les légumes, les fruits ! Tu as vu leur prix ? Attends encore quelques mois et les prix d'aujourd'hui nous feront rêver. Les grandes enseignes dissimulent les produits et il est presque impossible d'importer quoi que ce soit. Grâce à Dieu, nous avons une agriculture, sinon on mourrait de faim. »

Il n'a pas envie de discuter, il prend son sac de courses et s'en va. Le quartier est très calme, presque triste, Khalil a hâte d'arriver chez lui, il a pris la décision d'appeler Joséphine pour lui dire qu'il va la rejoindre à Homs. Il est heureux, même s'il se sent coupable de partir alors que sa mère est malade.

En introduisant la clé dans la serrure, il se dit qu'il doit aller chez le coiffeur avant son départ et qu'il devrait acheter un cadeau pour Joséphine. Derrière lui, une main le prend violemment à la gorge et l'étouffe. Deux hommes lui mettent un bandeau sur les yeux et un bâillon sur la bouche.

Chapitre 38

De : Youssef <youssefcadi@gmail.com>
Envoyé : 14 novembre 2011
À : Mohammad <mohammadamir@gmail.com>
Objet : À la suite de notre première rencontre

Vendredi, un groupe de visiteurs est venu sans prévenir au Centre. Ils arrivent l'un après l'autre et une heure après ils sont dix. La vie des gens est devenue un vrai chaos, la plupart n'ont plus de travail. Chaque jour, une grève, une manif ou un massacre vient bouleverser leur quotidien.

Mais malgré cela, ils sont vivants et traversent la rue de la Mort – ainsi nommée parce qu'elle est prise pour cible par des snipers – sans savoir s'ils arriveront vivants de l'autre côté ou si une balle leur perforera le cœur ou la tête. Mais ils se sont habitués à cette incertitude : leur ancienne vie leur revient comme une scène de film. Et s'ils parviennent de l'autre côté, ils ont l'impression de naître une seconde fois.

Autour d'un déjeuner, tout le monde tombe d'accord, si on était en Tunisie où tout le monde est sunnite, cette guerre n'aurait pas lieu. Pas de discorde entre les religions et les ethnies. Là-bas, l'armée patriotique a mis en fuite le Président. Je me suis demandé si le poulet que nous dévorions était sunnite ou alaouite. Je ne rigole pas : la plupart des discussions que les gens ont de nos jours tournent autour de cette question.

En fin de journée, il ne restait plus qu'un vieil homme qui portait un keffieh. J'étais un peu gêné de sa présence et faisais mine de travailler sur mon ordinateur. « J'ai vécu la guerre de 1973 contre Israël, la guerre civile au Liban, les événements des années 1980 entre le régime et les Frères musulmans. Des milliers de jeunes ont été assassinés, et regarde-moi, je suis toujours vivant ! La guerre ne fait que passer, nous sommes éternels. Ne te fais pas trop de souci, mon petit ! » me dit-il avant d'être interrompu par quelqu'un frappant à la porte. Le vieil homme a ouvert en soupirant : « Ô mon Dieu ! Je t'ai dit que je revenais dans dix minutes !

— Je t'ai dit de ne pas tarder !

— Je suis désolé.

— Je t'ai épousé il y a quarante ans et tu n'as jamais été à l'heure ! »

Il touche le bras de la femme qui est entrée dans la pièce.

« Si, quand on s'est fiancés, je suis arrivé pile à l'heure.

— Non, tu avais une demi-heure d'avance.

— Tu me manquais !

— C'était il y a longtemps…

— Si je reste avec toi un million d'années et que tu t'éclipses ne serait-ce qu'une minute, tu me manqueras plus que tout. »

Elle rit en applaudissant.

Il attrape sa main, qu'elle essaye de lui reprendre en riant. « Arrête, nous ne sommes pas à la maison ! »

Avant de sortir, le vieil homme se retourne et me dit : « J'aime quand elle est en colère contre moi, après, quand elle me pardonne, ses yeux sont si beaux ! »

Ce sont des gens comme eux qui me redonnent confiance en l'avenir. Nous sommes vivants malgré les ruines qui nous entourent.

Au sujet de ton voisin et de ce que cet épisode a fait ressurgir de ton enfance, je sais que tu ne pourras jamais l'oublier. Mais sois sûr que je porterai ce souvenir avec toi pour toujours.

Chapitre 39

Les armes, en heurtant des objets métalliques, produisent un bruit glaçant. Khalil fait attention à tout ce qu'il entend afin de déterminer où il a été emmené. Des flics l'accompagnent dans des couloirs où l'humidité et l'odeur de moisissure se mélangent à celle du sang. Ils lui font descendre un grand escalier avant de lui enlever bandeau et bâillon et de le pousser dans une cellule où sa tête heurte violemment un autre détenu.

Une vingtaine de personnes sont dans cette pièce de dix mètres carrés, la moitié debout, l'autre assise. Le geôlier leur hurle : « Si j'entends un mot, direction la potence ! » Khalil a besoin de parler à quelqu'un pour s'assurer qu'il ne fait pas un cauchemar. Malgré l'obscurité, il distingue à ses côtés un homme d'environ 60 ans, des traces de fouet zèbrent son visage très maigre. Il porte ce qui semblait être une chemise blanche couverte de crasse et respire avec difficulté. L'homme explique à Khalil qu'ils sont à Faraa Palestine. L'effroi saisit Khalil : il a été emmené dans le centre de torture du régime et de la mort.

« Pourquoi es-tu là ? » demande Khalil à l'homme.

Le prisonnier frotte ses cheveux pleins de poux avant de répondre : « Mon fils a participé aux manifestations et la police voudrait qu'il se rende. Ils m'utilisent pour lui mettre la pression.

— Et les autres ?

— Ils sont tous là pour des raisons politiques. »

Dans un coin, un adolescent s'agite allongé sur le sol, du sang sort de sa bouche et tache ses vêtements. Les autres détenus tentent de le calmer et de lui faire boire de l'eau, mais le garçon ne cesse de geindre. Ses jambes ont été brûlées par des cigarettes.

Assis dans un coin, Khalil pique du nez et se réveille en sursaut. L'homme lui dit : « Tu es encore nouveau, tu vas t'habituer à dormir assis. »

Chapitre 40

« Maintenant qu'Adel est parti, qui va nous protéger désormais ? » Les larmes de Youssef roulent dans les cheveux de Joséphine. Elle presse ses épaules avec douceur : « Je ne veux pas entendre ce discours plein de désespoir. On a beaucoup de travail encore : j'ai un nouveau projet pour la fin de l'année. Nous allons apporter des cadeaux aux enfants du quartier ! On va chanter et danser avec eux, en dépit de tout. »

Après la tragédie, l'épouse d'Adel est partie vivre dans sa famille, elle n'a voulu rencontrer personne du Centre. Quand on a enterré son époux, elle s'est contentée de ramasser un peu de terre au creux de sa main et de la serrer de toutes ses forces, puis elle s'en est allée, seule, silencieuse. Rien n'aurait pu atténuer son chagrin, sa souffrance était plus forte que tout ce qu'on pouvait imaginer.

« C'est normal, elle a perdu son mari, et les autorités lui interdisent de dénoncer son assassin. » Joséphine donne à Youssef le sac des médicaments qu'elle a apporté : « Mets-les rapidement à l'infirmerie, je suis épuisée. Nous devrions préparer à manger. » Mais un appel de Rachid vient les ramener à une dure réalité : « Khalil a été emmené en voyage, faites gaffe ! »

Chapitre 41

De : Mohammad <mohammadamir@gmail.com>
Envoyé : 21 novembre 2011
À : Youssef <youssefcadi@gmail.com>
Objet : À la suite de notre première rencontre

Si je n'avais pas traîné aujourd'hui, je serais mort.

Je suis sorti du restaurant Chez Nous vers midi. J'ai ensuite déambulé dans les rues alentour, en prenant la direction de la rue Qassaa. Dix minutes avant que je n'y arrive, un obus, lancé de Douma, y a explosé. J'ai couru vers le lieu d'impact où beaucoup de gens étaient déjà rassemblés.

Voici une chose bizarre de ce pays : quand on entend un avion de guerre ou un hélicoptère, on sort sur sa terrasse pour regarder plutôt que de descendre à la cave pour se protéger. Et quand un attentat se produit, on se précipite sur le lieu alors qu'il faudrait s'en éloigner. Personne jamais ne s'enfuit.

Aujourd'hui, au moins sept personnes ont été tuées. Je me suis demandé quelle victime avait pris ma place. La police a rapidement fermé la rue. Une fumée épaisse recouvrait tout, des flammes sortaient d'une boucherie et une voiture était complètement détruite. Des médecins triaient les blessés qui étaient ensuite chargés dans des ambulances.

Je ne voyais pas bien tout ce qu'il se passait, j'étais trop loin.

Une femme est arrivée en hurlant : « Ma mère ! Ma mère ! » J'étais sous le choc, pas seulement du fait de cette scène horrible, mais de penser que les milices de Douma avaient peut-être su que l'obus allait tomber sur des civils. Musulmans ou chrétiens. Pour ou contre le régime.

J'ai repris ma marche et suis arrivé au jardin Sebki : il n'y avait plus de feuilles sur les arbres, et leurs branches semblaient plus affaissées que d'habitude. Était-ce à cause de cette ville vieillissante ou du poids de ce que nous étions en train de vivre ? Dans le jardin, une famille : une mère, un père et leurs deux enfants, allongés dans l'herbe sur des lits de carton. Autrefois, les gens aimaient se prélasser dans la nature, désormais ils y logent. Cette famille habite dans le jardin, comme d'autres déplacés à Damas. Ils ont fui la violence de la guerre pour rejoindre l'enfer du froid et de la mendicité.

Je n'avais pas envie d'aller travailler. J'étais déprimé à l'idée que les gens n'ont plus d'argent pour acheter de la nourriture...

Quand j'étais petit, je prenais de la viande dans le réfrigérateur chez moi et je la plantais dans le verger. J'imaginais qu'elle allait pousser et devenir un arbre à moutons, ainsi personne n'aurait plus faim. Désormais j'aimerais pouvoir faire la même chose avec du tissu et offrir aux gens les vêtements qu'ils ne peuvent plus s'acheter.

Arrivé à Al-Halbouni, mon quartier préféré, des centaines de livres jonchaient les trottoirs. C'est une pratique magnifique de ce quartier. Les vendeurs de livres d'occasion et anciens les protègent avec de grands parasols ; certains rentrent même chez eux se reposer en les laissant sans surveillance, ils sont sûrs que des voleurs ne seront pas intéressés par la lecture.

Non loin d'eux, de l'autre côté de la rue, un vendeur à la sauvette proposait toutes sortes d'articles : Coca, chewing-gums, bracelets, peignes... tout à 100 livres. Un petit garçon et une petite fille se sont approchés de lui :

« Nous n'avons que 50 livres, on peut acheter une moitié de bracelet ? »

L'homme leur a dit de s'en aller sans même les regarder.

« Je vous en prie ! J'ai promis à ma sœur de lui acheter un cadeau. Regardez, son bras est très menu, une moitié de bracelet lui suffira. »

J'ai acheté aux enfants ce qu'ils désiraient. Leur joie à cet instant m'importait plus que la révolution, la victoire et tout le reste.

Chapitre 42

Le geôlier ouvre la porte de la cellule avec fracas et dépose sur le sol un seau ainsi qu'une assiette de pain sec et d'olives : « Le petit déjeuner des porcs est servi ! Où est le dernier connard qu'on a amené ? Viens, le chef veut te voir ! »

Il attrape Khalil par le cou et le traîne vers la salle des interrogatoires. L'officier est assis à un bureau, occupé à lire des documents étalés devant lui tout en fumant et en buvant son café. « Khalil Al-Moussaddi, 24 ans, étudiant en chimie, né à Deraa, résident à Damas, membre de Daou, un groupe d'opposition », énonce-t-il d'une voix forte. La décoration du bureau est très riche, la table est d'un bois précieux, un pistolet en or et des antiquités reposent dessus. Les canapés ont l'air confortable et une bibliothèque contient une multitude de dossiers à côté d'un grand portrait de Bachar Al-Assad. « Oui, mille oui à toi, le leader de la patrie » est écrit en dessous en lettres capitales.

Les boutons de son uniforme sont sur le point de lâcher à cause de la pression exercée par son énorme ventre. Il scrute longuement son prisonnier. « Je sais que tu es un intellectuel, un homme intelligent, et c'est pour cela que tu vas m'aider. Je n'ai qu'une seule question, si tu y réponds, tu pars aussitôt. Qui est avec toi dans ce groupe ? »

Puis sans attendre de réponse, il ajoute : « Un des gardiens t'a-t-il frappé ? Si c'est le cas, nous en sommes désolés mais, tu sais, le pays est en guerre… »

Quand il a été arrêté, Khalil s'est préparé à prétendre n'avoir aucun lien avec les mouvements politiques, mais après sa nuit dans la cellule, il a décidé de changer de position : il n'a plus rien à perdre, il sait qu'ils vont le frapper comme les autres. « Monsieur l'officier, je reconnais avoir milité contre le pouvoir en place, mais, croyez-moi, je n'ai rien fait de mal.

— Je sais que t'as participé à la révolution dans le Nord.

— C'est faux !

— Quoi donc ?

— Je ne suis jamais allé dans le Nord !

— Cela veut dire que tu as manifesté ailleurs, mais ce n'est pas ça qui m'intéresse. Je veux savoir pourquoi.

— Pour libérer les détenus politiques, pour la démocratie et pour une justice indépendante et impartiale.

— Et tu as pensé à Israël ? Tu ne sais pas qu'ils attendent la première occasion pour se jeter sur nous à cause de notre soutien aux Palestiniens ? Tu n'es pas au courant qu'il y a un complot contre la Syrie ? »

Khalil est pris d'une violente migraine, il a l'impression que sa tête va exploser, chaque cellule de son corps lui fait mal. « Peut-être, mais quel est le rapport avec nos revendications ?

— Nos ennemis sont à l'affût, ils veulent profiter du chaos pour nous envahir. Il suffit de regarder la carte du nouveau Moyen-Orient pour le voir, Condoleezza Rice en parle depuis des années. »

Il tourne l'écran de son ordinateur vers Khalil pour qu'il puisse voir la Syrie découpée en plusieurs micro-États : Damas, Alep, les alaouites...

« Je le sais et je m'oppose à ce plan.

— Imbécile ! Vous le soutenez en créant ce bordel que vous appelez la révolution ! Vous voulez faire tomber le régime ? Qu'est-ce qu'il vous a fait ? Vous avez oublié ses bienfaits : les écoles, les universités et les hôpitaux sont tous gratuits.

Notre système alimentaire est autosuffisant et les denrées sont disponibles partout. Vous vivez en sécurité grâce à nous. Que souhaitez-vous de plus ? »

Il poursuit : « Vous êtes comme un homme nu cherchant une cravate. Nous sommes un pays en voie de développement, éradiquons d'abord l'analphabétisme, on parlera de liberté après.

— Pourquoi ne pas nous avoir écoutés au départ ? Nous ne voulions pas renverser le régime, mais mettre en place un vrai Parlement, et vivre dignement.

— Tout cela prend du temps, beaucoup de temps. Aujourd'hui, la Syrie est en danger…

— C'est à cause de vous !

— Non, de vous qui continuez vos activités contre le pouvoir. Bref, dis-moi, qui est avec toi dans ce groupe ?

— Je ne sais pas de quel groupe vous parlez. »

Khalil demande à boire une gorgée d'eau, mais l'officier parle comme s'il n'entendait pas.

« N'aie pas peur, je veux simplement les contacter pour trouver un accord. Al-Qaida est entré sur le territoire, dans les régions orientales, et les Frères musulmans sont prêts à agir. Ils veulent établir un État islamique. Cela te rendrait heureux ? Non ? Alors, dis-moi qui était avec toi !

— J'ai toujours été seul. »

L'officier jette sa cigarette vers le jeune homme : « Seul. Ici aussi tu es seul. » Il actionne une sonnette placée derrière son bureau et, immédiatement, un gardien entre : « Emmène-le, et fais attention à lui ! »

Quelques instants plus tard, Khalil est debout, pieds nus, dans une petite pièce au sol métallique. Une décharge électrique traverse son corps. Il saute, court et hurle : « Arrête ! Je vais avouer, je vais avouer ! » Tout tourne autour de lui, ses pieds sont brûlés, en feu, sa vue se trouble, il ne voit que du noir, ne sent plus ses mains, n'a même plus la force de crier.

Chapitre 43

Depuis qu'ils ont appris la nouvelle, Joséphine ne quitte plus son ordinateur portable, guettant la moindre information. Youssef le ferme soudain. « Pourquoi tu fais ça ? J'envoyais un mail, tu me saoules !

— Il faut que tu te reposes un peu.

— Tu ne sais pas à quel point je me sens coupable. Je lui avais dit qu'il viendrait ici, avec moi. Notre dernier rendez-vous avait changé ma vie. »

Elle se jette sur la porte verrouillée et tambourine avec rage. « Je veux être en prison avec lui, je ne peux plus attendre ! » Youssef, qui l'a suivie, prend ses mains dans les siennes : « Arrête, il va sortir, j'en suis sûr. »

Il l'assied et met de la musique, *Les Nocturnes* de Chopin, et va lui préparer un verre de camomille. Une heure passe, silencieuse, avant que Bilal n'arrive.

« Ils sont en train de nous piéger un par un comme des lapins et ne s'arrêteront pas avant d'avoir eu le dernier !

— On a envoyé le nom de Khalil à Amnesty International et créé une page sur Facebook pour demander sa libération. Il faut maintenant qu'on commence à travailler à la constitution du Conseil national que l'on veut mettre en place.

— Je ne suis plus convaincu par tout ça... Pour l'instant on doit trouver de nouveaux alliés, et peu importe qui. Le plus important en ce moment, c'est d'être fort. »

Énervé, il dévore son repas à toute vitesse, comme s'il se vengeait du régime sur la nourriture.

Les pensées de Joséphine sont tournées vers Khalil. Elle sait qu'il n'a jamais aimé la cohabitation et se demande s'il est dans une cellule collective ou individuelle. Ce à quoi il pense. Est-ce qu'on le frappe ? Elle lève son regard vers le plafond et pleure en silence.

Chapitre 44

« Le peuple de Lot vivait dans la péninsule arabique il y a quelque dix mille ans. Allah leur a envoyé un prophète afin qu'ils mettent un terme à leurs pratiques sexuelles. Comme ils n'y ont pas prêté attention, l'ange Gabriel a élevé la ville jusqu'au ciel avant de la précipiter au sol. »

Chaque matin en s'habillant, Mohammad pense à ce texte qu'il a étudié à la mosquée dans sa jeunesse. « L'homosexualité existait chez les Grecs, dans *L'Iliade*, on découvre les relations intimes entre Achille et Patrocle. Ces gens ne faisaient rien d'autre que ce que je fais aujourd'hui. Pour quelle raison cette pratique est-elle devenue un crime ? » se demande-t-il.

Il essaye de ne plus penser à cela. La première heure de la journée est toujours très dure pour lui, la tristesse remplit son cœur et lui donne envie de pleurer.

Mais alors qu'il se peigne, son esprit dérive à nouveau, il songe aux anciens Égyptiens : « Dans les pyramides, on trouve des hiéroglyphes où des garçons s'embrassent. Mais il est vrai qu'avant l'islam, je n'ai pas trouvé d'histoires sur l'homosexualité chez les Arabes. Cela dit, si le prophète l'a interdit, c'est bien la preuve que cela existait. »

Il repose le peigne dans l'armoire, à la droite de son rasoir, referme la porte, puis l'ouvre à nouveau et déplace le peigne à gauche du rasoir. Il a le sentiment que s'il l'avait laissé à droite, il aurait eu un problème aujourd'hui. Il répète ce geste encore trois fois : il le prend, le remet, vérifie qu'il est bien à sa place et pas de travers. S'il veut éviter de croiser des gens, il faut qu'il parte tout de suite. Il n'a pas envie de se faire insulter en marchant. Mais il doit encore vérifier que le drap du lit est bien tiré, alors il revient sur ses pas et constate que tout est en ordre. Enfin, il se dirige vers la porte, tourne la tête pour vérifier qu'il n'a rien oublié et sort vite.

En arrivant au restaurant Chez Nous, le spectacle que la ville lui offre améliore son humeur. Il boit son café en lisant les mails de Youssef. Il commence sa journée plein d'énergie.

Chapitre 45

Lorsque les bourreaux rebranchent l'électricité, le corps de Khalil est pris de tremblements, ce qui fait rire les hommes : « Le salopard est toujours vivant. » L'un d'eux passe un doigt le long de sa joue : « Tu veux encore t'amuser, mon petit ? »

Le plus costaud d'entre eux mesure plus d'un mètre quatre-vingt-dix, il s'approche en balançant son bras gauche tandis que sa main droite reste proche de son pistolet. Il est borgne, il a perdu son œil dans une rixe : un jeu d'argent avec des collègues qui a mal tourné et s'est terminé à coups de couteau. L'homme est connu sous le nom de Dracula, on dit qu'il est le plus expérimenté de tous dans le domaine de la torture.

Sans un mot, il allonge les jambes de Khalil, l'attrape par la nuque et ramène son visage vers ses genoux. Ainsi plié, il le force à se glisser dans un pneu et s'amuse à le faire tourner dans la pièce. À cet instant, Khalil souhaite mourir. Les autres rient et encouragent Dracula à poursuivre.

De retour dans la cellule, les prisonniers l'aident à s'allonger et essayent de lui faire manger quelques restes de pommes de terre. Bien que son estomac soit vide, le goût des pommes de terre lui donne la nausée.

« As-tu avoué ? » lui demande-t-on. Khalil secoue péniblement la tête en signe de négation. « C'est bien ! Si tu leur donnes une seule info, ils ne te lâcheront plus.

— Depuis combien de temps suis-je là ?

— Trois jours seulement. »

Khalil se répète ce chiffre pour ne pas l'oublier. « Ce sont les séances de torture et les repas qui rythment nos vies désormais. »

De longs moments passent, des moments pendant lesquels le silence enveloppe la prison. Khalil demeure allongé. Lorsque de nouveau la porte s'ouvre, diffusant la peur dans la pièce, chacun se demande : qui sera le suivant ? Qui va être torturé ? Qui va mourir ?

Et quand vient l'heure d'aller aux toilettes, ils sortent tous en courant, tête baissée, en direction d'une pièce d'un mètre carré tout au bout du couloir. Khalil s'y traîne avec difficulté, et reçoit un coup de fouet. Une fois arrivé, il ne peut plus bouger les pieds. Le geôlier agacé le fait sortir avec violence en lui tirant les cheveux.

« La minute est déjà passée, sale merde. »

Chapitre 46

De : Youssef <youssefcadi@gmail.com>
Envoyé : 30 novembre 2011
À : Mohammad <mohammadamir@gmail.com>
Objet : À la suite de notre première rencontre

Il n'y a pas qu'à Damas que les gens dorment dehors, à Homs aussi, mais sous terre. Il n'y a plus de place dans les cimetières pour enterrer nos morts.

Depuis toujours, cette ville est surnommée « la mère des pauvres ». Les agriculteurs poursuivent leur travail, ils apportent leurs récoltes aux souks, rien ne les perturbe, à part les check points où ils échangent quelques produits contre leur passage. Même si des affrontements ont lieu pendant la journée, les habitants sortent acheter de la nourriture pour leurs enfants. Ils utilisent l'humour pour faire face au régime, à l'opposition, et à eux-mêmes. Quand les manifestations ont été retransmises en direct sur les chaînes satellitaires, tous disaient en riant : « Pourquoi n'y a-t-il plus personne dans les rassemblements à Homs ? Parce que les manifestants restent chez eux en espérant se voir à la télé ! »

D'un côté, des renforts militaires arrivent sans cesse. De l'autre, les groupes islamistes armés se filment brandissant des kalachnikovs et diffusent ensuite les vidéos sur YouTube. En Arabie Saoudite, une campagne de dons a été lancée en faveur de ces derniers pour financer l'envoi d'armes et d'argent. Les défenseurs des quartiers qui n'acceptaient pas d'être sous leur drapeau ont été chassés. Ces gens qui prennent les armes au nom de Dieu sont tout aussi nocifs et oppresseurs que le régime.

La semaine dernière, par exemple, un blindé a traversé la grande route devant Al-Khaldiya en arrosant le quartier de balles. Caché derrière un véhicule, j'ai sorti ma caméra alors qu'un homme équipé d'un lance-grenades s'installait à mes côtés et se mettait en position pour ouvrir le feu à son tour. « Qu'est-ce que tu fais ? Tu nous filmes, espèce de traître ! » Un de ses camarades me menaçait d'un pistolet. Il m'a amené à leur base pour qu'ils puissent inspecter mes vidéos et, n'y trouvant pas d'image de l'homme au RPG, ils m'ont laissé partir. Le lendemain, ils m'ont envoyé un émissaire : « Tu dois avoir notre autorisation pour tourner, sinon tu seras condamné à mort. »

Après la disparition d'Adel, des dizaines de chefs sont apparus dans le coin, chacun prétendant être meilleur que son voisin et voulant mener la révolution. J'ai l'impression d'être un étranger dans mon propre quartier.

Chapitre 47

Avant la guerre, lorsque les gens se donnaient rendez-vous dans la vieille ville de Homs, c'était devant tel magasin ou tel restaurant. Mais depuis que l'armée y est entrée, les repères ne sont plus les mêmes. Lorsque Rachid arrive à Al-Khaldiya, il suit les indications de Youssef : « T'avances jusqu'à un petit carrefour. Tu tournes à gauche là où il y a des impacts de balles sur un moucharabieh. Tu continues toujours tout droit jusqu'au mur effondré. On se retrouve là-bas. »

Au Centre, Youssef barre la porte de la pièce qui tient lieu de dispensaire afin que Rachid ne puisse pas voir l'enfant blessé à l'épaule qui s'y trouve. Le gamin jouait au foot avec ses amis et quand le ballon a roulé vers la grande route et qu'il a couru pour le rattraper, un sniper l'a touché.

De son côté, Joséphine est enveloppée dans une couverture. L'approvisionnement en bois tarde, aujourd'hui. « Pourquoi es-tu venu jusqu'ici ? Voyager est devenu très dangereux ces jours-ci.

— Je suis là pour vous dire adieu.

— Tu pars pour Mars ?

— Non, en Turquie. Je me suis décidé. Non. Ce n'est pas une décision, c'est une obligation. Je n'ai pas le choix. Je dois fuir, c'est tout. Mes proches, sur la côte, m'ont menacé après m'avoir vu à la télé participer à une manifestation. Ils ont dit qu'ils allaient me retrouver et m'égorger.

— Mais que vas-tu faire chez Erdogan ?

— Peu importe. Je balaierai les rues, vendrai des journaux. J'ai des amis là-bas qui m'aideront. Le plus important pour moi, c'est de sortir de cette horreur. Ce ne sont pas seulement mes proches qui m'inquiètent, mais aussi la perspective de finir en prison. Tant que Khalil était là, je me sentais fort. Depuis qu'ils l'ont arrêté, je cauchemarde toutes les nuits. Je vois des soldats me torturer et m'envoyer des décharges électriques. »

Joséphine pose sa main sur son bras : « Ne t'inquiète pas, ici tu es en sécurité. L'électricité est souvent coupée et quand il y en a, elle est très faible.

— Je ne rigole pas. Tu sais bien que les alaouites qui soutiennent la révolution sont doublement traîtres. Nous devrions être aux côtés de Bachar qui est « l'un de nous ». L'idée d'être en prison m'est insupportable. Déjà, quand j'étais petit, le plus dur c'était quand mon père m'interdisait de sortir de la maison. C'était horrible, alors comment ferais-je dans une petite cellule ? Je finirais par devenir fou. »

Le bois arrive enfin et Youssef allume le poêle : « Voilà, les arbres sont aussi des victimes de cette guerre, depuis que le mazout est devenu hors de prix. » Il nettoie ses mains avec un mouchoir. Joséphine rejette sa couverture, elle porte un jeans et un pull noirs.

« Le noir te va bien, princesse, lui dit Rachid après l'avoir observée avec attention.

— Merci, mon roi. Tu as tout préparé pour ton voyage ?

— Je connais un garçon d'Alep qui est en contact avec un chauffeur de camion, c'est lui qui va me faire passer la frontière. Au check point, je dirai que je suis son assistant. Ça me fait de la peine de quitter notre pays de cette façon, mais bon… »

Il chasse une mouche sur son pantalon.

« Après tout ce qu'on a perdu, plus rien ici ne mérite notre tristesse.

— Nous sommes encore là, si tu restes, tu ne seras pas seul.

— Vous êtes comme moi, ma chère, coincés entre le régime et les islamistes. »

Il se redresse, ses lèvres se contractent, son visage s'assombrit.

« Je pars demain. Est-ce que je peux dormir ici cette nuit ?

— Non, on va te laisser seul dans la rue, sourit Joséphine.

— C'est gentil, j'ai une bouteille d'arak, on va trinquer.

— Ça va te manquer.

— Tu penses que je n'y ai pas réfléchi ? L'arak vient de Grèce, puis il a traversé la Turquie et il est arrivé chez nous. Je ne fais que me rapprocher de la source de cette boisson sacrée. »

Ses yeux s'éclairent.

« Ils ne le fabriquent pas de la même manière, mais je me débrouillerai. Peut-être que je travaillerai dans une cave. C'était mon projet il y a longtemps : faire de l'alcool. C'est comme refaire le monde : il ne meurt jamais, au contraire, avec le temps, il rajeunit. C'est magique. »

Chapitre 48

De : Mohammad <mohammadamir@gmail.com>
Envoyé : 04 décembre 2011
À : Youssef <youssefcadi@gmail.com>
Objet : À la suite de notre première rencontre

En 1958, quand Choukri Kouatly a cédé le pouvoir à Gamal Abdel Nasser, après leur décision de réunir l'Égypte et la Syrie en un seul État, il a déclaré : « Je te donne un peuple, pour moitié des prophètes pour moitié des chefs. » Moi, j'ai compris cela depuis des années. Toi, en revanche, tu t'obstines. Tu veux changer la société, alors que tout ce que je souhaite, c'est que plus rien ne change.

J'ai lu un texte qui m'a fait penser à toi : « Lors de l'invasion de l'Irak, un des compagnons de Mohamed, Khaled Ibn Al-Walid, a rencontré un jeune homme à l'apparence féminine. Il en tint informé le calife qui lui donna l'ordre de brûler ce jeune homme. » Khaled serait sorti de sa tombe, à côté de chez toi à

Al-Khaldiya, s'il connaissait notre histoire. On va finir dans le feu.

Je t'écris attablé au café Raouda, de ma place je peux voir le Parlement. Tu m'as dit que tu adorais ce bâtiment, mais que tu détestais les gens qui s'y trouvent. Cela ne m'étonne pas qu'il te plaise, puisqu'il a été construit par les Français. Grâce à toi, je me suis renseigné sur le sujet et j'ai été surpris d'apprendre que le plan d'urbanisme de la capitale avait été élaboré par eux. Ils ont notamment bâti la mairie de Margé, l'hôpital des Étrangers et plusieurs quartiers de Damas, dont Qassaa.

La Damas française, ton amoureuse, a envie de te voir. Quand viendras-tu lui rendre visite ?

Ici, les filles sont charmantes et les garçons sont beaux. Ils vont de pair, et personne ne me prête attention. Je suis seul. Mes jours passent pleins de ton absence, de ma tristesse et des livres que je lis.

Chapitre 49

L'officier feint de demander à Khalil si ses geôliers l'ont torturé. « Les salopards, je leur ai dit de faire attention à toi ! En tout cas, ne perds pas espoir, j'ai vu ton nom aux infos. Tu es devenu célèbre, bravo ! »

Il approche son visage de celui de Khalil jusqu'à le frôler : « Pour tes camarades, tu es peut-être un héros, mais en réalité tu n'es qu'un traître. Il faut que tu comprennes : nous sommes le pouvoir. Vous, vous n'êtes rien. Nous pouvons vous écraser en quelques jours. Vous avez de la chance que nous préférions la manière douce. »

Il retourne à son bureau et en sort une bouteille de whisky vide. « Je l'ai bue hier. Je l'ai gardée car on en aura peut-être besoin tout à l'heure, sauf si tu te révèles fidèle à ta patrie… » La peur quitte le visage de Khalil tandis qu'un volcan de colère s'éveille en lui. Il sourit à l'officier.

« Vous venez de dire que je suis un traître.

— Donne-moi les noms de ceux qui sont avec toi.

— C'est un groupe d'hommes et de femmes qui refusent l'oppression et la dictature. »

Le gradé appelle deux gardiens, leur ordonne d'allonger Khalil sur le ventre et de le tenir fermement. Ils lui retirent son pantalon et le lieutenant enfonce la bouteille dans son anus : « Tu prends du bon temps ? C'est pas comme cela que les islamistes vous baisent ? Il y a d'autres positions ? »

Khalil pleure de douleur et son cri résonne entre les murs de la prison.

« Dis : "Je suis un âne !" »

Mâchoires serrées ; il reçoit un coup sur la bouche.

« Quand je te demande de faire quelque chose, tu le fais ! Dis : "Je suis un âne !"

— Je suis un âne.

— Je suis une pute !

— Je suis une pute.

— Je suce vos bites !

— Je suce vos bites.

— Bachar est mon dieu !

— Bachar est mon dieu.

— Voyez combien ce garçon est sympathique ! Il est si obéissant. »

L'officier finit par retirer la bouteille, très vite, le sang de Khalil coule le long de ses cuisses. Il serre les dents.

Les trois hommes de main le retournent sur le dos et lui relèvent les pieds pour que l'officier le fouette.

Les coups claquent. « Et maintenant ? Tu es toujours fort ? Tu as encore envie de jouer au rebelle ? » La peau du prisonnier se lacère. Le tortionnaire a mal à la main, jette le fouet au sol. « Amenez-le à la cellule numéro 4. Faites attention, je ne veux pas qu'il meure. »

Chapitre 50

De : Youssef <youssefcadi@gmail.com>
Envoyé : 12 décembre 2011
À : Mohammad <mohammadamir@gmail.com>
Objet : À la suite de notre première rencontre

Tu vis à travers le regard des autres comme si tu n'existais que par eux. Tu aimerais leur ressembler... Même si tu avais des amis, tu resterais isolé. Ta solitude est en toi, elle t'habite.

Ici, autour de moi, je ne vois que des blessés, des tués, des tueurs, ou des survivants en quête de vengeance. L'autre jour, j'ai accueilli un groupe de garçons venus de Deir Baalba. Tu connais ? La plupart des habitants de cette ville sont des Bédouins en faveur de l'opposition. Des résidents d'Abbassiya, un quartier chiite prorégime, ont kidnappé quelques-uns de leurs enfants et les ont égorgés avant de jeter les cadavres sur la grande route. Ces jeunes, que j'ai rencontrés, voulaient piéger une voiture dans ce repaire d'assassins. Je leur ai demandé ce qu'ils comptaient faire pour protéger les civils.

« Tous des assassins », m'ont-ils répondu.

Ils voulaient que je les aide à acheminer le véhicule, mais je n'ai pas accepté. Ce sont des sauvages et nous ne sommes pas obligés de suivre leur exemple. La seule victoire, dans cette guerre, c'est de garder notre humanité.

Damas la française va peut-être disparaître au cours de cette révolution comme cela s'est passé à Homs. Nous n'avons emprunté à la France que l'architecture, nous aurions aussi dû étudier leur langue et profiter de leur expérience dans le domaine des droits de l'homme. Mais le régime « anti-impérialiste » nous a empêchés de le faire. Tout ce qu'il reste désormais de cette culture, ce sont les mots « Pâtisserie » ou « Boulangerie » écrits avec l'alphabet arabe dans certains quartiers. Même ton restaurant préféré, Chez Nous, pour la plupart des clients cela ne veut rien dire. Ils prononcent « Ché nô ». Tout comme le fromage La Vache qui rit : « La vachkri ».

Le Moulin Rouge me manque aussi, tu sais que ce nom est français ? À Paris, ce n'est pas une boîte de nuit comme ici, c'est un cabaret, une salle qui présente des revues.

Je t'écris devant le poêle à bois, j'aime beaucoup sa flamme. Impossible d'en détourner le regard. Quelle est l'origine de ce feu ? De quel arbre vient-il ? Et que deviendra-t-il demain ? Des voix d'insurgés ? Des nuages ?

Chapitre 51

Dracula est venu chercher le vieil homme, il le tire par les pieds : « Je vais te suspendre tête en bas pendant trois jours ! » L'homme gémit. « Tout ce que tu veux, mais pas ça ! L'autre fois, j'ai cru que ma tête allait exploser. » Il tente de résister, sa chemise est à moitié déchirée. « S'il vous plaît, vous avez l'âge de mon fils, je sais que vous êtes quelqu'un de bien ! » Il tend la main à son bourreau comme pour serrer la sienne.

Le geôlier se fige et lui ordonne de répéter ce qu'il vient de dire. « Je pourrais être votre père. »

Il saisit la tête du prisonnier et la cogne contre une colonne métallique. « Toi, le bâtard, tu pourrais être mon père ? Toi ? Toi ? » L'homme ne bouge plus. Son crâne est brisé. « Jetez cette ordure loin d'ici », crie Dracula aux gardes.

Un des gardiens charge le cadavre dans un camion et, comme tous les jours, se rend dans un lieu secret et se débarrasse de sa cargaison.

Khalil a assisté à toute la scène depuis sa nouvelle cellule où il est seul désormais. À cet instant, il ne songe qu'au suicide dans cette pièce aux parois nues. Pour y arriver, il faudrait qu'il parvienne jusqu'à une petite ouverture où il pourrait alors introduire sa tête et ainsi se pendre. Le problème, ce sont ses mains qui, dans un réflexe, vont s'agripper aux murs pour l'empêcher de mourir.

Il pense à sa mère, la dernière fois qu'il l'a vue, elle lui a offert un pull bleu qu'elle avait confectionné elle-même. C'est celui qu'il portait quand il a été arrêté. Le parfum de sa mère l'enveloppe malgré l'odeur du sang qui règne. Il se demande si elle est toujours en vie et si elle sait qu'il est là. Il a envie de tout casser, mais ses muscles engourdis et ses pieds gonflés le ramènent au présent. Une blague lui vient que l'on fait quand on veut critiquer le gouvernement : « C'est quoi ta pointure ? Elle va bientôt changer. »

Le soir venu, il se couche sur le côté. Pour se consoler, il s'imagine être dans un café avec Joséphine. Elle lui prend la main et l'embrasse. À l'extérieur, il y a un sapin de Noël. En ce moment même, Damas doit être illuminée par des ampoules de toutes les couleurs et la vieille ville envahie par des enfants et leurs mères, surtout dans le souk Al-Hamidiyah. Khalil n'a jamais aimé faire les courses mais là, il voit une robe rose ornée de papillons blancs. Il l'achète pour Joséphine. Ils vont passer la soirée chez lui, il a allumé des bougies et sorti du vin rouge. Joséphine porte son cadeau qui découvre la moitié de son dos. Elle lui va parfaitement, comme si elle avait été faite pour elle. Il désire chaque parcelle de son corps. Il attend que la passion soit à son comble, telle une pleine lune.

Dans son verre à moitié plein, l'ombre de la cigarette de Joséphine. Elle parle de la côte, où elle est née et a grandi. « Là-bas, les gens sont comme des vagues : soudain, ils s'énervent, t'insultent sans raison et te prennent dans leurs bras. » Elle lui raconte que chaque matin elle attendait les oies pour leur donner à manger. Khalil l'embrasse. Goûte ses lèvres. Elle tente de cacher sa gêne en riant.

Pourra-t-il un jour faire l'amour avec elle ? Il a été frappé à de nombreuses reprises sur le sexe et les testicules. Les hommes lui disaient : « On va bientôt baiser tes sœurs devant toi ! » Est-ce vrai ? Il ne sait pas, mais ce dont il est sûr, c'est que du Beethoven remplit sa maison tandis qu'il explique à la fille qu'il aime pourquoi il a choisi d'étudier la chimie : « J'adore quand les éléments réagissent entre eux. Au lycée, j'avais une petite chambre avec une terrasse où je réalisais des expériences afin d'inventer une nouvelle couleur. Aujourd'hui, je fais la même chose avec l'amour : la chimie en est la base. »

Il décide de lui réciter un poème qu'il a écrit il y a longtemps, il sent que c'est le meilleur moment pour le lui offrir :

Dans la forêt de nos corps
Nos pieds noués entre deux ciels
Une moitié de moi est dans la lumière
L'autre vole dans ton souffle

Tu me guides vers mon visage
Vers le vent, et l'alphabet

S'il existe une maison
C'est quand j'oublie la saison des tueurs
Dans cette lumière qui s'élève de ta voix

Chapitre 52

Joséphine se réveille les yeux bouffis. Elle n'a aucune énergie, mais à la pensée de Khalil elle saute du matelas et ouvre la fenêtre. Le froid traverse la chambre comme une flèche.

Elle se dirige vers la salle de bains mais elle entend Bilal arriver au Centre avant d'y parvenir. Un sentiment étrange a commencé à grandir en elle depuis la dernière fois qu'il est venu. Il ne la regardait pas pendant leur discussion, il évitait même son regard. « Les chefs du quartier ne seront peut-être pas d'accord, Noël est une coutume chrétienne, elle n'est pas la bienvenue dans l'islam », dit Bilal à Youssef.

Joséphine répond : « Tu veux dire les islamistes du quartier ? Les milices soutenues par l'Arabie Saoudite ? Dis-le. »

Il fait comme s'il n'avait pas entendu, trop occupé par son portable.

« Pourquoi est-ce que tu ne me parles plus, Bilal ?

— OK, OK ! Je le dis : les islamistes.

— Je sais qu'on ne peut pas manifester sans leur accord, mais la ville ne leur appartient pas. Qu'est-ce qui leur donne le droit de nous contrôler ? L'argent et les armes ? Qui sont ces cons ? Que veulent-ils ? Un État islamique ? Regarde-moi. Je suis une fille libre. Je ne veux pas faire tomber le régime pour avoir à la place de nouveaux dictateurs qui obligeront les femmes à porter le voile.

— Il faut que je vous dise la vérité. Je ne travaille pas qu'avec vous. »

Bilal soupire. « J'ai passé un accord avec les Frères musulmans. Ils m'ont fourni des caméras et de l'argent. »

Youssef accroche sa veste sur le porte-manteau.

« En échange de quoi ?

— On brandit dans les manifs des banderoles soutenant le Conseil national. Moi, je suis avec eux. On ne perdra rien en annonçant que nous sommes de leur côté. Après, on fera ce que l'on voudra.

— Tu ne peux plus faire ce que tu veux. Tu leur dois déjà quelque chose.

— On n'a pas d'autre choix.

— Si ! On peut continuer notre combat.

— Et faire quoi ? Donner des cadeaux aux enfants ?

— Il faut qu'on fasse la manif et que tu sois avec nous ! Nous voulons que les familles se rassemblent sur la place. On chantera et on fera la fête. Un ami va nous apporter les cadeaux et des vêtements de la capitale.

— *Inchallah* », dit Bilal en partant.

Joséphine referme la fenêtre tandis que la tristesse s'installe. Ce garçon, il n'y a que quelques semaines encore, était un camarade. Voilà que tout a changé et qu'elle a l'impression de ne l'avoir jamais connu. Elle attend que Youssef dise quelque chose, mais il reste silencieux. Elle lui demande alors ce qu'il en pense. « Je n'ai pas le temps de réfléchir. L'essentiel, c'est de poursuivre notre travail. »

Un grand nuage noir recouvre le ciel.

« On est vraiment seuls, très seuls. Pourquoi personne ne se soucie de nous ? Nos victimes sont devenues de simples nombres dans les infos.

— Avons-nous sauvé les Roumains quand Ceausescu les a écrasés ? Ou les Irakiens quand George Bush les a bombardés ? Pourquoi les autres seraient-ils à nos côtés ? Ici, les massacres font désormais partie du quotidien. En Europe, ce sont les fêtes de fin d'année, ils s'amusent et sont en vacances. Nous avons fait la même chose quand les enfants de Somalie mouraient de faim. Une fois, j'ai lu une pièce de théâtre dans laquelle un homme dialogue avec un tigre. "Nous avons tué dix millions de personnes pendant la Seconde Guerre mondiale." L'animal répond : "Et vous les avez tous mangés ?" L'homme s'écrie : "Non !" Le fauve s'étonne : "Alors pourquoi les avez-vous tués ?" »

Chapitre 53

De : Mohammad <mohammadamir@gmail.com>
Envoyé : 18 décembre 2011
À : Youssef <youssefcadi@gmail.com>
Objet : À la suite de notre première rencontre

De ma chambre à coucher je peux voir un appartement de l'immeuble d'en face. Tous les soirs, une dame d'une cinquantaine d'années sort des vêtements d'un placard : une jupe rouge et un tee-shirt blanc, les pose sur le lit et s'assied à côté. Elle leur parle pendant une heure. J'aimerais connaître son secret : a-t-elle perdu quelqu'un et est-elle devenue folle de solitude ? Ce genre de comportement n'est plus étrange à Damas, beaucoup d'habitants soliloquent. J'ai déjà croisé dans la rue plusieurs personnes dans ce cas. Avant, on les traitait de fous. Maintenant, c'est devenu normal.

Pour changer l'opinion des gens de mon quartier à mon égard, j'ai ramené une prostituée chez moi. Avant de monter, nous sommes restés un petit moment debout devant mon immeuble afin d'être vus par mes voisins.

J'ai introduit mon sexe en elle. Je n'ai rien ressenti. Je n'avais plus d'érection. Je me suis retiré et allongé, comme un soldat défait. Elle m'a dit : « Ne t'inquiète pas, maintenant la plupart des hommes sont comme toi. C'est la déprime, la peur. Vous couchez avec les femmes comme si vous faisiez la guerre. Elle vous a avilis. »

Je lui ai dit que je n'étais pas comme les autres, et elle a ri : « Vous dites tous la même chose ! Je vous connais très bien, contre ou avec le régime, militaires ou civils, ouvriers ou ministres, vous êtes vaincus partout, même au pieu. »

Elle m'a donné du Viagra en me disant que même les jeunes en prenaient maintenant. J'ai refusé. Elle m'a embrassé sur le front, a pris son argent et est partie.

Une heure après, j'ai entendu résonner la voix de l'imam récitant un verset coranique évoquant le paradis : « Et parmi eux, circuleront des garçons éternellement jeunes. Quand tu les verras, tu les prendras pour des perles éparpillées. » J'ai imaginé autour de moi des fleuves, des arbres, des grappes de raisin, des châteaux en briques d'or, un adolescent très beau passant... quelle perversion ! Depuis des siècles, des millions de personnes croient cela.

Voilà l'histoire que nous avons apprise à l'école, à la maison et à l'université.

Mais je me fiche de tout cela, mon problème, aujourd'hui, c'est de savoir si je suis normal.

Chapitre 54

De : Youssef <youssefcadi@gmail.com>
Envoyé : 19 décembre 2011
À : Mohammad <mohammadamir@gmail.com>
Objet : À la suite de notre première rencontre

Nous chérissons notre passé car notre présent est douloureux, quant à l'avenir, nous l'avons égaré. Nous sommes fiers d'avoir inventé le chiffre zéro et de l'avoir offert au monde entier. Le problème, c'est que nous ne sommes pas allés au-delà.

À Homs, la prostitution existe mais d'une façon détournée : le remariage des veuves. Lorsqu'une femme perd son mari, elle devient par la force des choses la seconde, voire la troisième épouse d'un homme qui devient responsable d'elle financièrement. Mais pour ces hommes, la seule motivation pour les épouser, c'est le sexe. Ils se pavanent même avec des armes comme s'il s'agissait de leurs bites.

Je crois que si on était libre sexuellement, si chaque homme et chaque femme pouvait vivre ses passions, la guerre prendrait fin. Plus personne n'aurait envie de tuer qui que ce soit. Noyée dans le désir, la violence devient une idée vide.

De mon côté, je suis persuadé que mon désir est intense, plus fort que celui d'un hétéro. Car coucher avec quelqu'un du même sexe signifie coucher avec un corps qu'on connaît, et comprend.

Es-tu normal ? Rien n'est moins important. Vois seulement que tu as la possibilité d'endosser différents rôles dans tes fantasmes, et quand tu fais l'amour. Deux garçons. Deux filles. Une fille et un garçon. En revanche, dans ce paradis ridicule que l'on nous promet, je sais que je ne pourrai jamais m'amuser. Si je meurs en martyr, je serai obligé de vivre avec soixante-douze vierges, quel cauchemar ! Tu sais quoi ? Arrête de réfléchir à ces conneries et vis donc un peu ! Sors de ta déprime ! Et si tu croises quelqu'un qui parle tout seul, discute avec lui !

Il y a quelques jours, un obus est tombé sur Al-Khaldiya sans exploser. Des enfants ont joué avec, l'ont mis sur une balançoire accrochée à un arbre et l'ont poussé en chantant. Ça, c'est notre vie !

Chapitre 55

Ils ont de nouveau mis Khalil dans la cellule collective. Entre-temps, le nombre de codétenus a diminué. L'adolescent notamment n'y est plus.

« Les gardiens l'ont obligé à avaler de grandes quantités de sel et à boire beaucoup d'eau. Ils ont aussi serré très fort un fil de fer autour de son sexe et lié ses mains et ses pieds », lui explique un garçon assis à ses côtés. Il s'essuie les yeux avec sa manche.

« Il a passé la nuit à dire qu'il allait mourir ici si ça continuait, et qu'il était prêt à faire tout ce qu'ils voulaient pour être libéré. Le pauvre se tordait de douleur. Quelques heures après, sa vessie a explosé.

— Les conna… », commence Khalil avec colère, mais le garçon l'empêche de terminer en lui plaquant sa paume sur les lèvres.

« Je n'ai rien à voir avec tout ce qu'il s'est passé ici. Je suis informaticien. J'ai obtenu il y a quatre ans une bourse d'études aux États-Unis où je suis allé avant d'y travailler.

— Et ensuite ?

— Je suis rentré l'été dernier pour les vacances. Je ne comprenais pas vraiment ce qui se passait dans le pays. Je ne me sentais pas concerné, à vrai dire. »

Le garçon incline la tête vers la droite et, malgré la fatigue, exprime une grande douceur.

« Un vendredi, je suis sorti de chez mes parents pour acheter du pain, j'ai entendu des gens clamer des slogans dans une rue proche. Je me suis approché par curiosité. J'ai trouvé intéressant ce qu'ils disaient, cela m'a plu : "Liberté, pacifisme, égalité !" C'était beau, excitant. Puis le bruit des balles a retenti. Un groupe de policiers a attaqué le cortège, et ils m'ont embarqué avec eux. C'est comme ça que je me suis retrouvé ici. On m'accuse d'avoir regardé les traîtres en souriant.

— Ils t'ont torturé ?

— Pas beaucoup, par rapport à d'autres. J'ai seulement eu droit à l'électricité et au fouet. Je suis ici depuis cinq mois déjà, je ne sais pas s'ils se souviennent encore de moi. Ça fait des semaines que je n'ai pas été interrogé… Mais je te jure, je ne suis pas militant ! Je n'ai même aucune activité politique. Je passe ma vie devant mon ordinateur. Si je sors de chez moi, c'est pour faire les courses ou aller dans une soirée rock. Je joue du rock, et j'ai obtenu un prix à Los Angeles ! »

La porte s'ouvre et le geôlier balance leur déjeuner sur le sol : « Bon appétit, bande d'animaux ! » L'informaticien ne bouge pas, alors Khalil lui tend un morceau de pomme de terre.

« Non merci, ma mère m'attend pour le déjeuner et je n'ai pas encore rapporté le pain.

— La mienne est malade. Ce n'est pas pour autant que nous devons cesser de vivre. »

Le garçon attrape le morceau de pomme de terre en dévisageant Khalil et croque dedans. « Tu ressembles beaucoup au frère de ma fiancée. » « Ne t'inquiète pas, tu vas sortir et les revoir. Moi, ils m'ont arrêté quelques heures après que j'ai embrassé la fille que j'aime pour la première fois.

— Les services de renseignement sont très croyants et sont très à cheval sur la morale islamique. »

Le garçon rit, Khalil remarque qu'il a une dent cassée. « Je l'ai perdue quand ils m'ont arrêté. Un coup de crosse. Le soldat m'a dit : "C'est pour que tu souries bien la prochaine fois que tu verras ces salauds." Imagine, ma dent est tombée au sol, elle n'a pas été arrêtée. Elle est toujours libre ! Peut-être que le gouvernement la cherche… »

Dans une cellule à côté, une torture est en cours et les sons qui résonnent l'angoissent, mais le garçon poursuit : « J'ai rencontré ma bien-aimée ici, en Syrie, pendant les vacances ; je voulais repartir avec elle aux États-Unis. Notre appartement est prêt là-bas. Je l'ai bien décoré, avec des reproductions de tableaux au mur, surtout des Van Gogh que j'adore. Il y a aussi un grand miroir et une chaise à bascule, de façon que si ma femme s'y installe, je peux la regarder, soit directement, soit dans le miroir, qu'importe où je me trouve dans le salon. J'ai acheté un lit pour deux personnes, pour la chambre, avec des oreillers rouges, très doux. J'attendais avec impatience le moment où l'on commencerait cette nouvelle vie à deux. Mais depuis mon arrestation, je ne sais pas si elle a rencontré quelqu'un d'autre ou même si elle est en prison, comme moi. »

Les deux hommes passent alors un accord : ils ont échangé leur adresse, le premier qui sortira de cette prison dira à la famille de l'autre que leur fils est toujours vivant et où il se trouve.

Chapitre 56

De : Mohammad <mohammadamir@gmail.com>
Envoyé : 23 décembre 2011
À : Youssef <youssefcadi@gmail.com>
Objet : À la suite de notre première rencontre

J'ai rendu visite à mon père et je n'aurais pas dû. Il savait tout ce qui est arrivé à Sarah, mais il ne m'en avait pas parlé pour ne pas me blesser : à Douma, elle a continué à travailler pour le cabinet d'avocats. Elle adressait le décompte des victimes lors des manifestations aux organisations de défense des droits humains. Un des groupes islamistes locaux était mécontent de cette activité sur laquelle ils n'avaient pas de contrôle. Leur bâtiment a été attaqué et tout le monde a été arrêté. La famille de Sarah a été mise au courant par des connaissances. Les ravisseurs de Sarah, après moult négociations, ont accepté de la libérer en échange de 20 000 dollars américains. Ses parents ont dû vendre leur maison pour réunir la somme.

Depuis sa libération, sa famille l'empêche de sortir. Ses parents ont fait savoir à mon père que les fiançailles n'étaient plus d'actualité car, selon eux, je ne suis pas un homme comme il faut. Finalement, Sarah a été contrainte d'épouser son cousin.

Mon père a pris vingt ans ces derniers temps. J'ai essayé de le rassurer en prétendant que tout allait bien et que tout irait pour le mieux au travail. Mais je ne peux pas cacher la situation du souk à un homme qui a passé sa vie dans le commerce. Il m'a dit : « Personne ne gagne d'argent et ce sera encore plus dur à l'avenir. Je vais vendre le magasin. » Je l'ai supplié de changer d'avis. Il lui a fallu des années de dur labeur avant de pouvoir l'acheter. Il a refusé, c'est une tête de bois, comme toi.

Mon père était allongé, et toussait à nouveau très fort. Il n'a pas voulu que j'appelle un médecin. Je lui ai promis que j'allais me marier très bientôt et qu'il verrait ses petits-enfants jouer autour de lui. Il m'a fait taire d'un signe de la main : « J'ai entendu de mauvaises choses à ton propos. Dis-moi, c'est vrai, tu couches avec des homosexuels ? »

Je ne sais pas comment il l'a appris, mais ce n'est pas grave. Il m'a inculqué la franchise et quand je lui mens, il le sait. Je suis resté silencieux, espérant que la terre s'ouvre sous mes pieds et m'engloutisse.

« Tu n'es plus mon fils. Dégage et ne reviens jamais chez moi. » Il a dit ces mots doucement, simplement. Il me tournait le dos. J'ai marché jusqu'à la porte, et je suis parti en ayant le sentiment d'avoir tout perdu.

Chapitre 57

En arrivant au Centre, les enfants ont vu les cadeaux et se sont précipités à l'intérieur, malgré Youssef. « Attendez au moins deux jours ! » Mais en deux jours, ils craignent que le bâtiment ne soit bombardé et les présents réduits en cendres. Joséphine les rassure en leur disant que tout sera mis en sécurité.

« Si vous voulez, on peut les cacher chez nous. On a une cave bien protégée », lui dit un petit garçon de 10 ans. « Merci, mais ils sont bien ici », lui répond-elle pendant qu'elle répartit les paquets dans des sacs. « Moi, j'aime bien les dessins. J'en fais beaucoup, et mes parents adorent ce que je fais. » L'enfant sort une feuille de sa poche, sur laquelle est dessinée une terrasse bombardée, des fusils et un visage dans le ciel. « C'est mon ami Ibrahim, il est parti le mois dernier, il est au paradis maintenant. C'est un martyr. »

Le soir tombe rapidement sur la ville, les arbres sont glacés. Dans les rues, de rares passants achètent du pain à la seule boulangerie encore ouverte. Leurs pas sur les feuilles sèches rompent le silence qui enveloppe le quartier.

Bilal est en réunion avec le chef du groupe militaire islamiste, ce dernier est assis au cœur de la pièce, et triture sa longue barbe. « Ils n'auront pas le droit de chanter ni de dire Joyeux Noël. Seulement à cette condition on leur permettra de manifester. »

Il continue en récitant ce verset coranique : « "Allah n'aime pas ceux qui se réjouissent." Dieu condamne ici tout bonheur étranger à l'islam. Cette fête chrétienne que vous voulez célébrer ne nous ressemble pas. Et puis, la musique ne renversera pas le régime mais ceci le fera ! » dit-il en brandissant un coran. « Tu as raison ! concède Bilal.

— Je ne veux pas que tu me dises que j'ai raison, mais que tu me croies. Voilà cinquante ans qu'un criminel nous dirige. Les communistes et les laïcs ont tenté de résister en demandant de l'aide à la communauté internationale et pour quel résultat ? Al-Assad a tué et arrêté des dizaines de milliers de personnes. Personne d'autre qu'Allah ne nous viendra en aide.

— Tu as raison. »

Chapitre 58

De : Youssef <youssefcadi@gmail.com>
Envoyé : 26 décembre 2011
À : Mohammad <mohammadamir@gmail.com>
Objet : À la suite de notre première rencontre

Ma mère m'a téléphoné aujourd'hui, les services de renseignement ont débarqué chez elle pour m'arrêter. Elle m'a supplié de ne surtout pas venir et de ne pas les appeler. Je sais que je suis en sécurité ici à Al-Khaldiya mais j'ai peur qu'ils ne la prennent en otage.

La situation est devenue très compliquée : un homme de notre quartier s'est infiltré en zone alaouite et s'est dissimulé à côté de la maison d'un général. Quand celui-ci est sorti de sa voiture, il l'a poignardé au ventre. En représailles, le régime a exécuté dix prisonniers à Homs et tout fait pour arrêter des militants pour se venger.

Fais attention à toi, Mohammad ! Même en utilisant des VPN, j'ai entendu dire que le régime employait des cyber-spécialistes pour surveiller les comptes des militants et ceux qui les contactent. Le mieux serait que nous nous écrivions moins souvent.

Ce qui s'est passé entre toi et ton père, ce n'est pas la fin du monde. D'une façon ou d'une autre, il aurait fini par le savoir. Nos familles ne nous acceptent pas comme nous sommes, pour cela, il faudrait que nous soyons de simples reproductions d'elles-mêmes. Nous serons persécutés du fait de notre différence.

Je sais que tu n'es pas heureux, mais laisse-moi tout de même te souhaiter un joyeux Noël.

Chapitre 59

Lorsque l'officier arrive ce matin-là dans la prison, sa première requête est qu'on lui amène le prisonnier numéro 117.

« Dans mon bureau immédiatement.

— Tout de suite », lui répond le secrétaire en faisant le salut militaire.

Khalil se lève en entendant son numéro, son prénom ici. L'informaticien se lève aussi et le prend dans ses bras.

« Bon courage. Si tu devais ne pas revenir, sache que je respecterai notre accord.

— Bouge-toi et ferme ta sale gueule ! le brusque le soldat. Tes camarades ont commencé à assassiner les grands chefs de l'armée, dit-il en s'adressant à Khalil. C'est ça votre révolution pacifique ? »

Khalil ouvre puis ferme la bouche dans une vaine tentative de réponse. Ses lèvres sont desséchées, de grandes traces noires cerclent ses yeux.

Son dos est voûté, il vacille, ses genoux ne cessent de se dérober sous son corps meurtri. Le contact de la moquette sous ses pieds à vif lui est insupportable, il sautille presque, agité de tremblements nerveux.

« Ceux qui tuent pour parvenir à leurs fins, ce sont les islamistes. Nous n'avons rien à voir avec eux.

— Nous savons que vous travaillez ensemble ! Vous êtes tous des traîtres ! »

Il lui montre une photo de Youssef.

« Qu'est-ce que tu sais sur ce connard ?

— Rien.

— Je n'ai pas de temps à perdre. Soit tu parles, soit j'appelle Dracula.

— Non ! Non, pas lui.

— Alors ?

— Je ne sais rien sur ce type ! Je vous le jure. »

Le tortionnaire l'empoigne et le jette au sol :

« Cette fois, ce n'est pas une bouteille que tu vas avoir dans le cul. C'est vingt bites de soldats qui vont t'enculer les uns après les autres jusqu'à demain matin… »

Au moment où il lui écrase le tibia avec sa botte, Khalil hurle : « Attendez ! Attendez ! Arrêtez. »

Il sanglote : « Youssef est un membre de Qalb… Il organise des manifestations… »

Sa voix n'est plus qu'un souffle. L'officier le redresse et l'assied brutalement sur une chaise.

« Il habite où ?

— À Al-Khaldiya.

— Et la salope qui s'appelle Joséphine et qui traîne tout le temps avec lui ? » Cette question lui fait l'effet d'une balle entrant dans son cœur.

« Je ne la connais pas. »

L'officier le frappe à nouveau au tibia, lui arrachant des cris. « Dans ce cas, j'appelle notre ami Dracula. »

Lors de ces moments, Khalil revoit Joséphine le jour où ils se sont quittés et qu'elle est partie vers le souk Al-Hamidiyah. Il se souvient de ce sentiment étrange qui l'a submergé un bref instant. L'impression d'avoir déjà vécu ces instants, déjà vu Joséphine tournant la tête de cette façon charmante. Oui, il avait déjà vécu ça, mais il avait oublié quand.

Les mots sortent, il parle, sans faire attention à ce qu'il dit.

« Joséphine circule entre Homs et Damas, où nous nous sommes vus pour la dernière fois. Elle n'a pas dû bouger. »

Le militaire avale une grande gorgée de son café et réfléchit en regardant les feuilles de papier qui jonchent le bureau.

« Je sais que tu veux sortir. Et je te promets que tu vas retourner à l'université. Si tu veux de l'argent, on sera aussi là. Mais avant, tu dois faire ce que je te demande : je vais te rendre ton portable, tu vas appeler Joséphine et lui dire que tu as été libéré et que tu l'attends quelque part dans le centre-ville, et…

— Hors de question !

— Dracula…

— Non ! C'est bon… je vais le faire. »

« Joséphine ? Salut, salut, salut ! Je suis libre !

— Quoi ? Depuis quand ? Tu es où ?

— Je t'attends devant le souk Al-Hamidiyah. Je t'expliquerai.

— Je suis à Homs… »

L'officier souffle à Khalil ce qu'il doit dire.

« C'est moi qui viens alors. Tu peux être à la gare routière d'ici deux heures ?

— J'y serai. Tu me manques beaucoup. »

Une fois que Khalil a raccroché, le gradé éteint le téléphone portable, avant de lui attraper le menton :

« Pourquoi t'as répété "salut" trois fois ?

— Ah bon ?

— Si c'est un code entre vous, tu es un homme mort. »

Chapitre 60

De : Mohammad <mohammadamir@gmail.com>
Envoyé : 28 décembre 2011
À : Youssef <youssefcadi@gmail.com>
Objet : À la suite de notre première rencontre

Je ne peux pas moins t'écrire, je suis accro à tes mots. Et je n'ai plus peur d'être arrêté pour cela.

Tu es sans doute surpris, mais je ressens une immense solitude. Je pense beaucoup à mes amis émigrés, emprisonnés ou engagés dans la révolution. Tous se sont éloignés de moi car je ne partage pas leur combat.

Je suis allé dans une boîte de nuit qui vient d'ouvrir à Bab Touma, à seulement cinq kilomètres de la Ghouta orientale où se déroulent les combats. C'est très différent des boîtes de nuit que l'on connaît : pas de chansons cochonnes ni prostituées et le décor est occidental. C'était plein de gens qui dansaient en groupe. Cette frénésie donnait l'impression qu'ils compensaient ainsi le fait de vivre chaque jour avec la mort. Au bar, une cliente a demandé à la serveuse d'où elle venait. Celle-ci lui a répondu qu'elle était une déplacée, des environs de Damas. Elle avait fui avec sa famille les affrontements. Avec son diplôme de tourisme, elle aurait pu partir à l'étranger, mais elle a choisi de rester : « Je suis comme un poisson : hors de l'eau, il ne peut plus respirer. »

J'ai commandé un shot de vodka, j'avais besoin d'un alcool fort pour noyer ma tristesse. Un garçon mince de grande taille et charmant se déhanchait près du DJ. Il te ressemblait beaucoup... Plus loin, sur la piste de danse, deux filles s'agitaient à moitié saoules. Je me suis approché, mais l'une d'elles m'a jeté un drôle de regard avant de se détourner avec mépris. Elles ont continué à se toucher le visage, les épaules et les seins. Derrière moi, un homme m'a ensuite heurté sans s'excuser. Je suis allé commander une autre boisson en souriant à la barmaid qui ne m'a pas remarqué. J'ai ensuite dit bonsoir à une femme aux cheveux rouges qui était à côté de moi. Elle m'a répondu d'un vague geste de la tête. J'avais besoin de parler à quelqu'un. Alors je l'ai invitée à prendre un verre, mais elle m'a immédiatement répondu qu'elle était fiancée.

Le bruit de la musique était presque insupportable, les lumières de toutes les couleurs éclataient en faisceaux et les gens continuaient à danser et à boire sans retenue. J'ai compris à leur façon d'être et à leurs tenues qu'ils étaient soit des enfants de hauts gradés, soit des trafiquants.

J'ai détesté ma vie.

Je suis allé aux toilettes, au mur il y avait une publicité pour des chaussures de sport : un joggeur en plein désert avec au-dessus de lui un grand soleil. J'ai touché l'image du bout des doigts, je m'imaginais dans la péninsule Arabique, enfonçant mes mains dans le sable pour enterrer cette terre maudite d'où ne jaillissent que pétrole, guerres et haine.

À deux heures du matin, je suis rentré chez moi avec le besoin de t'écrire. J'étais désespéré, effondré. Dans la rue, il n'y avait qu'un vieil homme qui balayait ce que les passants avaient jeté.

Chapitre 61

Le soleil perce à travers le rideau. Mohammad repense à ce qu'il a dit à Youssef quand il était là : « Je rêve de vivre avec une fille mignonne et calme, qui m'accepterait comme je suis. Elle pourrait être employée dans une association où elle travaillerait toute la journée. On ne se verrait que le soir, pour sortir et se balader. On parlerait de tout. Ensuite, on reviendrait à la maison et je préparerais une salade pendant qu'on boirait un verre. Avec elle, je n'aurais besoin de rien d'autre. On ne se disputerait presque pas… » Youssef l'avait alors coupé : « Tu regardes trop de films ces jours-ci. »

Il rit en se souvenant de ce dernier commentaire. Puis lui revient ce qui s'est passé entre son père et lui. Juste un instant, il se sent libre, n'a plus peur de l'avenir et n'est plus triste.

La migraine, les vertiges le prennent, il ne parvient pas à trouver le sommeil. Il n'a plus de médicaments mais il hésite à descendre dans la rue à cette heure où les gens vont travailler.

La pharmacie n'est qu'au bout de la rue. Il sort en bâillant, croise deux garçons. L'un d'eux lui dit : « Ça va, pédé ? » Sans réfléchir, Mohammad le gifle. Les deux types le font tomber par terre et le rouent de coups de pied avant de s'enfuir une fois que le sang a recouvert son visage.

Mohammad essaye de se mettre debout, mais n'y parvient pas. Il rampe jusqu'au trottoir où il reste assis un moment, la tête entre les mains.

Un simple d'esprit que tout le monde connaît dans le quartier vient vers lui. Comme à son habitude, il tient une bouteille dans laquelle se trouve une éponge.

« Ne t'inquiète pas ! Nombreux sont ceux qui m'ont frappé. Tu es d'où ?

— De Damas.

— Moi aussi ! Je suis d'origine chinoise et ma mère vient de Corée. Nous sommes tous des enfants de cette planète malade. »

Mohammad essuie le sang qui a coulé le long de son cou avec un mouchoir.

« Mais tu es Syrien.

— Je ne suis pas sûr ! Tu sais, les Mongols nous ont envahis il y a des siècles et ils ont baisé nos mères. Nous sommes leur descendance, des bâtards. Crois-moi, si ce n'était pas le cas, tu verrais pas tout ce mal autour de toi. »

Il tapote le bras de Mohammad.

« Je cherche un couteau depuis un moment, t'en as pas un ?

— Pour faire quoi ?

— Pour sortir l'éponge.

— Mais qui l'a fait entrer dans la bouteille ?

— C'est moi. Je voulais la mettre à l'abri. Je ne savais pas que je l'emprisonnais, je dois la libérer pour que la paix l'emporte. »

Puis il se met à courir en criant : « Préparez-vous ! Un trou noir va vous avaler ! »

Chapitre 62

Quand Youssef entre dans la chambre, il est anxieux. « Il ne faut pas que tu ailles à la gare, il y a des mouvements bizarres là-bas. Je me suis renseigné : il semblerait que personne n'ait vu Khalil. C'est un piège. Tu es surveillée. Donne-moi ta carte SIM, je vais la détruire. » Joséphine lui tend la carte déjà découpée en petits morceaux : « C'est déjà fait. Je m'en suis doutée à sa voix. On avait mis en place un code : si au téléphone l'un de nous deux répète un mot, cela signifie qu'il faut faire l'inverse. » Elle s'arrête et observe Youssef.

Le costume du Père Noël qu'il porte lui donne un air ridicule, il est beaucoup trop court pour lui et la barbe blanche ne recouvre pas totalement la sienne. « T'as l'air d'une caricature ! » lui dit-elle en revêtant son propre costume rouge.

Ils arrivent sur la place où doit avoir lieu la manifestation à bord d'un pick-up décoré de lumières multicolores et rempli de sacs contenant les cadeaux. Les enfants, impatients, les attendent déjà avec leurs parents.

L'électricité a été coupée et quatre hommes barbus et armés encadrent la foule. Youssef, furieux, leur demande ce qu'ils font là. Un des hommes lui explique qu'ils protègent la manifestation sur l'ordre de leur chef.

« Mais nous ne vous avons rien demandé », leur répond-il avant de tourner les talons. Un carton accroché sur son buste déclare : « Je suis le prisonnier Khalil, accusé d'aimer la liberté. » Il frappe une cloche et Joséphine se met à chanter *Leilat Aïd* : « C'est la nuit de la fête, les décorations, les gens, le son des cloches résonne au loin… » Elle distribue les cadeaux aux enfants qui l'entourent tandis qu'ils reprennent avec leurs mères la chanson. L'une d'entre elles lui donne un châle vert : « C'est tout ce que nous pouvons vous offrir. J'espère que cela vous plaît. » Joséphine le met sur ses épaules, saisit une des extrémités du châle et l'agite en dansant.

Le chef des barbus arrive et lui demande de disperser la foule sur-le-champ. « On n'a pas encore fini la distribution. » Il insiste : « Vous donnerez les derniers cadeaux plus tard. »

Bilal, qui est parmi les pères de famille, assiste à cette scène entre cette Mère Noël et l'homme en armes.

Des enfants ont commencé à se battre pour les paquets, leurs parents ne réussissent pas à les calmer. Le chaos gagne la foule. « Calmez-vous ! » crie Joséphine en répétant les slogans les plus connus de la révolution : « Liberté, justice, démocratie, pacifisme ! » Mais plus personne ne lui prête attention. Youssef la prend dans ses bras et l'amène à la voiture. Sa petite pancarte « Je suis Khalil » est tombée dans la mêlée.

Le chef islamiste tire en l'air pour réclamer l'ordre : « Rentrez chez vous immédiatement ! » Une balle casse une porte en verre sur un balcon à proximité. Il demande à ses sous-fifres un bidon d'essence qu'il vide jusqu'à la dernière goutte sur le reste des jouets avant d'y mettre le feu. Puis se tournant vers Bilal : « On avait dit que les chansons étaient interdites.

— Crois-moi, je leur ai parlé mais Joséphine…

— Qui est cette connasse qui nous tient tête et s'oppose à nos ordres ? Amène-moi à leur Centre. »

La place n'est plus éclairée que par les flammes des cadeaux qui partent en fumée. À cette lumière, les hommes ont l'air de fantômes dans la nuit.

Chapitre 63

Partout le bruit de la violence, des insultes et des gens qui pleurent. Cette nuit, un concert de tortures se tient dans la prison. Khalil est de nouveau seul, le froid est insupportable. Lorsqu'il était dans la cellule collective, le souffle des prisonniers l'atténuait, mais ce soir, ses mains sont bleues, le sang a cessé de couler dans ses veines.

Il essaye de rêver pour une minute, une seconde même, qu'il est avec Joséphine. Pour faire durer ce souvenir, à l'occasion de cette première heure de 2012, il se bouche les oreilles. Il pense à une histoire entendue il y a longtemps : Saül, le mauvais, marchait sur le chemin de Damas quand un éclair a jailli du ciel. Jésus lui a parlé et ordonné d'entrer dans la ville jusqu'à la rue Droite où il allait rencontrer Hananiya préalablement informée par le Christ du rendez-vous. Khalil est là, à Bab Charki, il court vers son amour. Joséphine est au milieu de l'orage. Elle porte une veste fourrée ; pour lui, la beauté de l'univers se dissimule sous ses habits. Ses cheveux sont trempés, le khôl coule sur ses joues, laissant des traces noires. Khalil se demande si Joséphine pleure ou bien si c'est à cause de la pluie. Il l'appelle, le ciel est comme éclairé par des feux d'artifice. Des fleurs de jasmin voltigent délicatement, auxquelles se mêle une plume d'oiseau. Khalil ne parvient plus à avancer, une douleur atroce traverse sa poitrine, un gardien l'a frappé et lui a brisé un os.

Dracula l'amène dans le bureau de l'officier. L'homme est installé confortablement, les pieds sur la table, à côté d'un reste de viande grillée et d'un verre vide. Au centre de la pièce, deux femmes tremblent.

« On m'a dit que tu n'as pas encore fêté la nouvelle année. Voici l'occasion de le faire tous ensemble. »

De la tête, il désigne les jeunes femmes tout en scrutant Khalil. Il essaye de les déshabiller mais elles lui mordent la main. L'homme sort un couteau et déchire leurs vêtements. Khalil détourne la tête. L'officier rit à gorge déployée. « Tu es gêné ? Allons, je suis sûr que le sexe te manque. Tu es jeune, tu dois assouvir tes pulsions. Dracula, aide-le à se déshabiller ! »

Khalil ne bouge pas tandis que le soldat exécute l'ordre en l'obligeant à garder les yeux bien ouverts.

Le chef caresse les fesses de ses prisonnières avec son fouet : « Tu vois, c'est agréable. Ces deux charmantes jeunes femmes sont sœurs, leur père a déserté l'armée pour se battre du côté des salauds. »

Il saisit la plus petite par le cou et la pousse sur la table. « Épargne-moi ! Je suis mère de trois enfants !

— Je vais t'en faire un quatrième alors ! » lui répond-il en la maintenant par la taille tandis qu'elle s'agite pour se libérer de son étreinte. Il sort son sexe et commence à la pénétrer.

« Prends ça, salope ! Je vais te remplir de mon sperme et je vais niquer votre révolution, votre liberté ! » Comme elle lui résiste, cela l'excite encore plus. Sa sœur crie :

« Laisse-la, ordure ! Criminel !

— Viens la remplacer ! »

Il coince la seconde contre le mur. Dans la débâcle, elle lui donne un coup de tête sur le nez. Il la gifle si violemment qu'elle tombe sur le tapis. « Viens, gros porc. Je suis ta mère. Viens baiser ta mère ! » Elle ouvre ses cuisses et, le regard provocant, ajoute : « Tu vois à quel point sa chatte est délicieuse ? »

L'officier s'éloigne d'elle, s'assied et allume une cigarette : « T'as pourri l'ambiance ! » Il arme son pistolet, braque le canon sur elle. « Si je te tue, tu seras plus tranquille. Mais d'abord, je veux que tu souhaites mourir. »

Il ordonne à Dracula de tous les ramener dans leurs cellules.

Une fois seul, Khalil se remémore l'histoire des enfants de Deraa qui avaient écrit sur un mur : « Le peuple veut renverser le régime. » C'était au début de la révolution, les services de renseignement les ont arrêtés et leur ont brisé les doigts. Leurs pères étaient allés demander leur libération au général Atef Najib qui leur avait rétorqué : « Oubliez-les et faites-en d'autres. Si vous n'en êtes pas capables, envoyez-nous vos femmes. »

Chapitre 64

Joséphine soigne Youssef qui a été blessé au bras pendant l'altercation lors de la manifestation. Il lui répète : « On n'est peut-être pas allés jusqu'au bout, mais on a fait quelque chose d'important ! » Elle lui lance avec amertume : « Bonne année, cher optimiste ! Je suis très triste pour ces gens. Tu as vu comment ils étaient ? Ils se battent pour presque rien. »

Un bruit de pas leur parvient de l'extérieur, Youssef ouvre la porte et se retrouve face au chef de la milice, la main sur le pistolet et le kufiya autour de la tête et du front. Sa grande barbe descend jusqu'au col de sa veste noire. Bilal se tient derrière l'homme. Youssef a beau rester calme, ses yeux sombres révèlent sa colère. Leurs regards se croisent dans la pénombre. Le chef bouscule Youssef et entre dans l'appartement. Sans un mot, il parcourt le Centre jusqu'au dispensaire de fortune, puis il observe la chambre où dorment Joséphine et Youssef sur deux matelas collés : « Qu'Allah nous pardonne ! » dit-il en s'avançant vers la pièce principale.

« Je vous rappelle que nous sommes musulmans et que la religion, pour nous, compte avant tout. Vous avez contrevenu à cette règle de base. »

Son ombre bouge au sol, selon l'intensité de la flamme de la bougie. Youssef enlève lentement la veste du Père Noël qu'il portait encore. « Nous avons chanté, ce n'est pas un crime.

— C'était interdit, l'ordre que nous avions donné était clair.

— Ce n'est pas parce que nous sommes tous nés dans ce pays que nous devons être semblables. Laissez-nous résister à notre façon et, de votre côté, faites ce qui vous convient. Nous avons tous le même ennemi : Bachar Al-Assad, c'est ça le plus important aujourd'hui.

— Je refuse d'entendre ce discours creux que récitent les laïcs.

— Comme tu veux, mais j'ai le droit de le tenir.

— Vous avez fait pire que chanter ce soir, ton amie n'a pas mis de voile pendant la manifestation. Vous ne saviez pas que c'est *haram* ?

— Elle portait un bonnet de Noël, répond en souriant Youssef.

— Tu te moques de moi ?

— Non. Dis-toi simplement que cette fille a apporté jusqu'ici tous les médicaments dont nous avions besoin, elle a aussi fait venir des caméras. Si elle couvre ses cheveux, ça change quoi ?

— C'est à nous de décider si ça change quelque chose ou non ! Nous protégeons le quartier et, rien que pour cela, vous devez respecter nos règles ! Et puis comment pouvez-vous dormir dans la même pièce alors que vous n'êtes pas mariés !

— Il n'y a rien entre nous.

— Cela ne change rien, il faut vous marier. Je suis imam, je peux arranger cela. Voici les témoins », dit-il en montrant ses aides.

Youssef lève les sourcils, des rides apparaissent sur son front.

« Tu es sérieux ?

— Je ne suis pas là pour plaisanter. On peut faire ça cette nuit.

— Et si on refuse ?

— Vous partez d'ici. »

Bilal, assis entre les deux hommes, parle pour la première fois depuis leur arrivée : « Tu as un grand cœur, ô notre chef ! Donne-lui deux jours pour réfléchir.

— Si c'est toi qui le demandes, alors je leur donne ces deux jours. »

Chapitre 65

Joséphine, qui était restée à l'écart dans une autre pièce, a tout entendu. Elle prend la main de Youssef. « Mon mari selon la charia islamique, je serai obéissante », lui dit-elle d'un ton moqueur.

« Ils sont sérieux. Nous avons quarante-huit heures pour nous décider.

— Moi, je rentre demain à Damas.

— Tu es recherchée ! Tu es en grand danger.

— Je préfère être arrêtée que de vivre avec ces cons sous leurs lois. »

Elle coiffe ses cheveux en arrière.

« Depuis mon dernier séjour à Homs où j'ai pu constater que ces barbares étaient partout, je pressens un grand massacre. Le régime actuel permet à ces gens armés et dangereux de faire ce qu'ils veulent. Il donne à la communauté internationale l'illusion qu'il fait face au terrorisme, ainsi il peut bombarder sans que personne n'en réchappe ni ne s'en soucie. Nous, par contre, nous ne sommes rien du tout. Tout ce que nous voulions, c'était vivre comme des êtres humains. Mais nous avons réclamé la liberté à un pays qui n'était pas prêt.

— C'est notre terre.

— Oui, mais elle ne nous a offert que l'oppression. Ce pays n'a jamais connu la stabilité. Pendant des siècles, nous n'avons été qu'une zone de guerre livrée à des dictateurs.

— Où veux-tu en venir ?

— Il faut que tu quittes la Syrie très vite. Moi, j'attends Khalil.

— Tu ne peux lui être utile en aucune façon. Et tu veux l'attendre où ? À Alep ? Les services de renseignement sont partout là-bas. Idleb ? Les Frères musulmans contrôlent tout. Deraa ? La ville est assiégée. Soit on part ensemble, soit je reste avec toi.

— Une seule chose me fait peur, c'est d'oublier la révolution et de passer notre vie perdus entre les pays et les continents. »

La bougie est en train de s'éteindre. Dehors, le vent souffle avec force. Youssef tourne la tête vers la porte : « Nous sommes nés exilés. Au moins, à l'étranger, on sera officiellement des migrants, on ne subira plus ce double exil. Allons à Beyrouth.

Il y a des chemins discrets, on peut y être dans deux heures. »

Il sort son portable pour contacter les passeurs mais s'interrompt : « Qui va filmer les victimes ici si on part ?

— YouTube regorge de cadavres, et cela sans aucun résultat.

— Tu sais, chaque fois que je vois un blessé ou une maison bombardée, je pense à la guerre civile espagnole. Tu connais *Guernica* ?

— Ça me dit quelque chose.

— Pablo Picasso a fait un tableau d'une ville effacée de la carte par les nazis. La toile est devenue immensément célèbre. Des gens de tous les pays viennent la contempler. Imagine si ce peintre vivait aujourd'hui au milieu de notre guerre civile, combien de *Guernica* devrait-il alors réaliser ?

— Et même s'il le faisait, crois-tu que cela amènerait quelqu'un à penser à nous ? Nous avons des milliers de photos qui documentent très précisément tous les crimes commis par le régime. Elles passent par des milliers de portables. Malgré cela, presque personne ne fait attention à cette tuerie. Notre sang n'a aucune valeur. »

Chapitre 66

Il a passé l'après-midi à délirer et à répéter des noms dans son sommeil, surtout celui de sa mère, Souad, et celui de Joséphine. Quand Khalil se réveille, il a l'impression d'avoir fait mille cauchemars oubliés au réveil.

Quelqu'un frappe sur le mur de la cellule voisine. Il pense d'abord que c'est une hallucination, mais cinq minutes après, le bruit recommence. Khalil répond d'une seule frappe sur son côté du mur. Deux coups lui répondent. Il sait qu'il n'y a qu'un seul détenu dans cette cellule. Il ne l'a entraperçu qu'une fois, sans pouvoir déterminer si c'était un homme ou une femme. Il se recroqueville un peu plus sur lui-même dans l'obscurité.

Il tape en rythme sur la paroi, la réponse lui parvient de la même façon. Ce dialogue se poursuit jusqu'au matin. Le couloir est vide et le silence règne dans la prison.

Lorsque le gardien arrive, Khalil donne deux coups secs pour souhaiter une bonne nuit à son voisin. Il ne sait pas s'il a compris.

Depuis des jours, les tortures ont cessé et on lui apporte du riz à la place des pommes de terre. Chaque fois, il se dit qu'il a très envie de manger un plat avec des tomates. Le parfum de ce fruit lui manque plus que son goût. Rien qu'en y pensant, il entend les chansons de son village. Un flot de salive afflue dans sa bouche, il inspire très profondément, une aura de matin d'été nimbe son âme. Il serait prêt à donner sa vie pour une tomate à cet instant.

Chapitre 67

De : Youssef <youssefcadi@gmail.com>
Envoyé : 01 janvier 2012
À : Mohammad <mohammadamir@gmail.com>
Objet : À la suite de notre première rencontre

Je ne peux pas tout t'expliquer. Je pars pour Beyrouth tout à l'heure. Peux-tu m'y rejoindre ?

Le Liban ne sera pas mon point de chute, je ne veux pas vivre dans un pays où les Syriens n'ont aucun droit. On y restera seulement quelques jours, peut-être un mois, avant de demander l'asile à la France.

Nous sommes 23 millions de migrants à l'intérieur de notre propre pays et le double à l'extérieur. Nous sommes disséminés sur toute la terre : de l'Amérique latine à la Chine. Depuis toujours, nous n'arrivons à être une patrie qu'en dehors de notre sol.

J'arriverai avant le coucher du soleil. Sur la route je penserai à tes lèvres, à ta voix, à ton cou et à ton souffle quand tu fais l'amour. Ils me donneront l'énergie nécessaire pour traverser la frontière.

J'attends le chauffeur, ce qui me laisse un peu de temps pour fixer en moi tous les détails de ce quartier. Ici, au milieu du danger, j'ai vécu mille vies.

Chapitre 68

De : Mohammad <mohammadamir@gmail.com>
Envoyé : 02 janvier 2012
À : Youssef <youssefcadi@gmail.com>
Objet : À la suite de notre première rencontre

Des mois que je t'attends à Damas et toi, tu m'invites au Liban !

Notre pays nous sépare, mais l'exil va nous réunir. Quelle vie surréaliste !

J'ai eu un petit accident et, depuis quelques jours, je ne sors plus de chez moi. J'ai rassemblé mes affaires, comme j'ai beaucoup de livres, je n'ai pas pu les prendre avec moi. Je les ai enveloppés dans un drap et je suis descendu dans le jardin derrière le bâtiment où je les ai enterrés. Je n'ai pas fait cela pour qu'ils deviennent un arbre à livres, mais pour les protéger des bombardements futurs. Peut-être que quelqu'un les trouvera un jour, quelqu'un qui saura que le verbe est plus efficace que les armes.

Je laisserai la clé à la maison. Je ne dirai adieu à personne. De toute façon, mon entourage a disparu. Je voyagerai en avion. Cela sera moins dur que de voir défiler les lieux où j'ai grandi. Je ne veux me souvenir de rien.

Je crois qu'on finira tous, jusqu'au dernier Syrien, par se retrouver ailleurs, en dehors du pays. Pour ceux qui resteront, la Syrie que l'on connaît finira par les abandonner eux aussi.

Et oui, cette tragédie ne date pas d'hier. Depuis longtemps nous sommes chassés par les conquêtes islamiques, les batailles entre les califes, les Mongols, les Ottomans, les coups d'État et voici qu'aujourd'hui, l'histoire se répète, mais avec les fascistes. Je suis sûr qu'il y a mille ans, des gens ont vécu comme nous, refusant cette violence, et ont fini par être tués ou par fuir.

Cette guerre est semblable aux jeux romains, au cours desquels des hommes se battaient à mort. La différence, aujourd'hui, c'est que le spectateur, c'est le reste du monde. Finalement, tueurs et victimes disparaîtront, il ne restera que leurs tombes oubliées et personne pour se souvenir de leur passage ici.

Seule compte notre histoire au milieu de cet effondrement général.

Chapitre 69

Ils n'ont pas beaucoup de choses à emporter. Youssef cache dans une chaussure une carte mémoire contenant tout ce qu'il a filmé depuis le début de la révolution. Joséphine a envie de tout emporter avec elle : les rideaux, les couvertures, même les paroles prononcées dans cette pièce. Soudain, pendant qu'elle prépare les bagages, elle dit : « C'est vrai qu'on ne s'est pas mariés selon leur charia. Mais j'ai le sentiment qu'on s'est mariés selon notre liberté. On a refusé leur mariage pour choisir le nôtre. Ce n'est pas une métaphore, je le vois, je le sens. C'est un mariage fort, sacré, le temps qu'on a passé entre ces murs a créé un lien éternel entre nous.

— Moi aussi, je le sens. C'est un mariage entre rebelles. Peut-être qu'une nouvelle génération viendra et continuera notre résistance.

— Ou alors, c'est nous qui reviendrons pour achever ce que nous avons commencé. »

Le départ est définitif mais personne n'ose se l'avouer.

En sortant du Centre, ils croisent un vieil homme et sa femme. Cette dernière pose sa main sur le bras de la jeune fille : « Je sais qu'ils ne vous laissent pas tranquilles, mais nous allons vous protéger. Nous nous sentons en sécurité grâce à vous.

— C'est trop tard, il n'y a plus de place pour nous ici. Nous ne voulons pas vous causer des problèmes. »

Le vieux les regarde. « Le bateau coule et vous êtes des oiseaux. Allez construire votre nid au loin. »

Bilal se tient à côté de la voiture, il essaye de s'excuser pour ce qui s'est passé. Youssef ferme le coffre avec colère : « Soit tu pars avec nous maintenant, soit tu continues ici avec ces brutes !

— Parle moins fort !

— C'est ça la révolution dont tu rêves ? »

Un bruit de balles venant de loin les coupe et se dissipe très rapidement.

« Je ne peux plus reculer. J'ai prêté allégeance à l'imam, ils me tueront où que j'aille.

— Tu demandes l'asile et tu seras protégé.

— Je suis croyant convaincu, je ne peux pas renier ma foi, même si je ne suis pas d'accord avec tout ce qu'ils font. »

Le véhicule démarre, Joséphine contemple une dernière fois les balcons, les portes et les murs à demi détruits. Chacun renferme des centaines d'histoires, des secrets, des espoirs, ceux d'un pays en souffrance. Youssef lui désigne la balançoire, l'obus que des enfants balançaient y est toujours. À côté, les enfants jouent aux billes avec des tas de douilles vides. Joséphine agite son châle vert en signe d'adieu mais, trop concentrés, ils ne la remarquent pas.

Chapitre 70

Dans un coin de la pièce, une petite pierre noire, du basalte, semble étrangère au milieu de ses compagnes de couleur grise. Une fourmi va et vient à sa surface, avant de grimper au mur, descendre et disparaître.

Khalil pense au jour de sa sortie. Il souhaite retourner en cellule collective, là-bas discuter l'apaise. Mais non, bien au contraire, cela pourrait l'empêcher de s'abandonner librement à ses fantasmes...

Il est avec Joséphine, sur la montagne du Qassioun, tous deux tournés vers Damas. La ville leur apparaît immense, calme. Elle s'étend à perte de vue, mouchetée du miroitement de petites lumières. Khalil tente de repérer sa maison. Un groupe vêtu de blanc passe à côté d'eux, regardant le ciel sans prêter attention à quiconque. Il scrute leurs visages, c'est Rachid, Bilal, Youssef, Adel et d'autres croisés au cours de cette vie.

Une femme pleure. Le bruit des pas des gardiens et des chaînes le sortent de sa rêverie. Des portes s'ouvrent et se ferment, la fourmi est revenue. Est-ce la même ou une autre ? Il lui offre un grain de riz : l'insecte le prend et s'en va, libre. Il s'empare de la petite pierre noire et écrit au bas de la paroi : « Ô toi qui vas passer par ici, le plus dur, c'est la prison en toi. »

Le chant d'un rossignol lui parvient à travers la petite fenêtre. Il sautille entre les barreaux.

Joséphine et lui descendent de la montagne, la ville est vide comme si elle n'était qu'à eux. Les livres sont toujours sur les trottoirs du Halbouni, les vendeurs dorment à côté. Un arbre est marqué d'une trace de fumée noire : une bombe ? ou un feu allumé pour se réchauffer ?

Ils arrivent à l'endroit où ils se sont embrassés. L'aube se lève derrière la montagne, le minuscule croissant de lune est encore visible et une étoile brille au-delà de la vieille ville.

Devant une grande fontaine, des lys tendent leurs tiges comme pour raconter aux passants leur histoire. L'une des fleurs a été coupée et jetée au sol. Khalil la ramasse et la met dans les cheveux de Joséphine. La jeune fille se détourne comme la dernière fois, mais désormais, il est sûr qu'elle ne va plus s'éloigner : il est avec elle pour toujours sur ce chemin sans fin.

Centre Intermondes
La Rochelle
19 août 2018

Remerciements

À Louise Danou, qui m'a donné le courage d'écrire en français, et m'a accompagné à chaque étape de ce travail d'écriture. Sans son aide, ce livre n'aurait jamais vu le jour,

À Virginie Garrett, pour sa relecture enrichissante du texte,

À Lionel Donnadieu, pour son aide en tant que correcteur.

Ce livre a pu être écrit grâce à l'obtention d'une bourse du CNL (Centre national du livre) en 2018 et à une résidence d'écriture au Centre Intermondes à La Rochelle. Qu'ils en soient remerciés.

Les citations sont tirées de Tarikh Al-Khulafa, *Histoire des califes*, de l'historien Al-Suyūtī, 1445-1505 et de *Fayde Al-Khater*, Ahmad Amīn, 1886-1954.

NORD COMPO
multimédia

Composition et mise en pages
Nord Compo à Villeneuve-d'Ascq

Imprimé en France par CPI
en novembre 2019

Dépôt légal : janvier 2020
N° d'édition : L.01ELIN000511.N001
N° d'impression : 155450